阅读，认识你自己
Lege, temet nosce

OWL 猫头鹰

自深深处

〔英〕王尔德 著　林步升 译

DE PROFUNDIS

OSCAR WILDE

中国友谊出版公司

目录

镜像与印象：
王尔德的《自深深处》及其他

邓宜菁[1]

王尔德是一名奇特的作家，他的作品不仅与时俱进，而且历久弥新。想要理解他的作品为何能通过时间的试炼，必须先回到他对文学艺术的信念上。王尔德相信杰出的作品会随着时代的演进，通过不同的读者、相异的时空，不断产生新的意义和能量。好的作品不仅可以反映人生，更能映照出观看、阅读的人。的确，王尔德作品的魅力之一，正是在于每位读者都能在其中或多或少地看到自己，而且常常是自己存而不察或察而难悟的一面。阅读他的作品，进入他的世界，就像是揽镜自照，总是能让人重新正视自己，重新认识自己，进而珍爱自己。如《理想丈夫》中的主角郭林勋爵（Lord Goring）所言："爱自己，是一辈子罗曼史的

1. 台湾清华大学英语教学系副教授。——译注（以下如无特殊说明，均为译注。）

起点。”（To love oneself is the beginning of a lifelong romance.）王尔德将作品视为揭显读者自身的魔镜。有着如此“读者取向”的作家，最看重的就是读者自身接触作品、面对作品时，所产生的多样、多变的印象与情感。

王尔德曾说：“批评家评论的唯一目的就是记录他自己的印象。”又说：“真正的批评家评论的目的是体会及记录他自己的心境。”可见“印象”一词在王尔德笔下，也有“心境”的意思。事实上，在他的作品中，“印象”有着诸多不同的含义，它们会随着情境或背景的改变而有所不同。不论是印象还是心境，主要还是回归、指向个人的情感、情绪甚或激情，是内在印象而非外在的感官印象。终其一生，王尔德一直想参透此种因心境变化而引发的种种内在印象，他将其称为“神秘的心境”。对他而言，当读者阅读其作品时，越从自身出发去感受和省思，就越能一窥其中堂奥，特别是《自深深处》这部书信体的作品更是如此，因为它有个明显的诉诸对象——“你”。

一八九一年，是王尔德创作生涯真正迈向高峰、大放异彩的一年，他的重要作品陆续出版。同年，他与道格拉斯勋爵［Lord Alfred Douglas，王尔德昵称他为波西（Bosie）］开始交往。一八九五年，王尔德尝到名利双收的滋味，但就在这一年，波西的父亲昆斯伯里侯爵在王尔德常去的俱乐部内，留给他一张名片，指称他为“鸡奸者”，王尔德随即对其提出诽谤告诉。此案经过三次法庭诉讼审理后，最终王尔德却戏剧性地成了被告，并于同年五月以“严重猥亵行为”的罪名，被判定有罪，服苦役两年。同性恋作家与位高权重的贵族之间喧嚣一时的诉讼就此画下句点。不断挑战当权者与传统成规的外来者终究不容于社会，遭到制裁，锒铛入狱。王尔德给恋人道格拉斯的长信《自深深处》，便是写于一八九七年一月至三月间，也就是王尔德出狱前几个月。

本书主要收录王尔德的《自深深处》一封长信，《说谎的式微》与《人的灵魂》两篇评论，以及《我眼中的王尔德》一文。这些作品间不仅有着镜像般的文本互涉关系，也共同营造出丰富、幽微的内在印象。《自深深处》让读者一窥王尔德瑰丽、诡谲的情感生活，也引导着读者探寻文字的秘境。一八八九年，柏拉图式的对话语录《说谎的式微》首次发表，刊载于文学月刊《十九世纪》（*The Nineteenth Century*）。文中，王尔德戏谑地以当时尚年幼的两个儿子之名来为两个对话者命名，此篇文章经王尔德稍做修改后，于一八九一年与另外三篇评论以《意图集》（*Intentions*）为书名结集出版。《社会主义下人的灵魂》写于同年，刊登在《双周评论》（*The Fortnightly Review*）上，一八九五年又另外发行单行本，题目则简化为《人的灵魂》（*The Soul of Man*），淡化了原来的政治含义，却突显了在《自深深处》中同样可见的深沉关切，也就是对人的本质的探索。一九〇〇年，王尔德在巴黎过世，纪德写了篇名为《怀念》（*In Memoriam*）的文章来追思王尔德，收录在一九〇三年出版的评论集《托词》（*Prétextes*）中。本书附录的《我眼中的王尔德》即为此文的节录，文中纪德回忆了他印象中的王尔德，在他笔下，王尔德的一言一行、一举一动，皆展现了生命与作品间紧密的辩证和映照关系。

一、《自深深处》

王尔德，十九世纪晚期震惊英伦海峡两岸、横跨文坛与艺界的奇葩，以其作品，更以其人生，不断挑战创作成规，逾越传统框架，在文艺界引发诸多争议，也在历史上留下属于自己的一页。这位伦敦一流剧院炙手可热的剧作家，上流社交圈的天之骄子，却在一夕之间声名狼藉，因同性恋丑闻锒铛入狱，人人避之唯恐不及。短短几年，王尔德便从生涯的高峰跌落到谷底，四十余载戏剧化的精彩人生，高潮迭起，生前就不时跃上各大报纸头条，逝世后更成了后世传记作者的最爱。

这位胆大的爱尔兰裔文豪，以其特立独行、惊世骇俗的行事风格而著称于世。他热衷于怪异的穿着与谈吐，酷爱自我标榜，语不惊人死不休，在公众场合屡屡引人侧目，时人对其议论纷纷。他在世时，大众新闻媒体如报纸、杂志方兴未艾，各种传说、报道就常围绕在其左右，在他身故之后更不断产出、衍生出各式各样的传记，这也造就了他在普罗大众读者想象中人胜于文、格外鲜明的作者形象，甚至进而混淆其人与其笔下的角色，仿佛虚构的人物皆是他的化身，皆是代他发声的傀儡或替身。昔日王尔德曾是欧陆美学运动、世纪末美学的指标性人物，今日更是西方酷儿[1]运动的偶像，建立起教主般的地位。在风行一时的解构学说中，他也不时被奉为先驱者。

王尔德在当代的理论或思潮中占有一席之地，常被用来代表“颠覆”或“翻转”等能松动僵化成规与权力关系的正面价值，但他在一般读者的想象中却往往大异其趣。王尔德的作品普遍带有诙谐、戏谑色彩，嬉笑怒骂，极尽嘲讽之能事，而读者较熟知的也是其喜剧作品如《不可儿戏》《温夫人的扇子》等。除了剧作外，王尔德其实也创作诗歌、童话、小说和撰写批评文章。一般比较陌生的或许是他在出狱前写给其恋人波西（道格拉斯）的长信，也就是本书所收录的《自深深处》。这部他生前最后的散文长作，也是最接近王尔德自传的作品。他在信中谈情说爱，剖析人生的现实与残酷，也畅谈艺术的抽离与超越。虽是抒发同性之爱，但诚如法国精神分析学大师拉冈（Jacques-Marie-Émile Lacan, 1901—1981）所言：“在爱恋中，没有性别的分野。”个中的酸甜苦辣，纠缠不清的恩怨情仇，刻骨铭心的相逢与别离，既是个人的也是普世的。但凡为情所困的世间男女都应当能感同身受，为之动容。

王尔德在出狱前给友人的一封信中特别提到《自深深处》一文：

1. 酷儿（Queer）：英文本意指“古怪的、不同于一般的”，原先因为词源及环境影响，而成为对同性恋者带有贬损意味的称呼，但自20世纪80年代开始，该词被广泛使用，指涉对象也变为对性爱表达方式所持立场与传统标准不同的人，并隐含“只因为他们是这样而受到压迫”的含义。

它是我生命中最重要的一封信，因为它最终关切的是我人生的心态、人格的发展、我所失去的、所学习到的以及希望达到的。终于，我看到了真正的目标，我的灵魂可以单纯、自然、确实地朝它而去。……我的一辈子全靠它了。

在这封信中，王尔德试图界定及解释《自深深处》的书写，解释这一作品对其生命的意义，并已预见其未来的影响与重要性。

很明显，王尔德的《自深深处》所诉诸的读者对象绝非只有道格拉斯一人。当他说到“我的一辈子全靠它了”，他所关切的不仅仅是入狱前的生活记忆，或是出狱后的自我发展，更是存活在文字中的生命，也就是后人对他的总体评价。王尔德有意将后世的读者当作最终的仲裁者，而他毕生所寻觅的真理或真相终将存在于读者的诠释中。一九六二年《自深深处》完整手稿的出版，的确赋予了后来的传记作者重新评议和想象的空间，而读者也终于能毫无窒碍地进入作家的私密世界。

《自深深处》的出版过程本身深具传奇故事色彩。一九〇五年首次出版时，仅以节录的形式呈现在读者眼前，信中涉及王尔德与波西亲密生活的章节一概被删除。一九〇九年，王尔德指定的遗嘱管理人，他生前的挚友罗斯（Robert Ross）将《自深深处》的手稿托付给大英博物馆，由该馆保管五十年。职是之故，首次出版之后发行的各个版本，不论是转译本还是罗斯口述本，皆避免不了穿凿附会、情节杜撰或是错误横生的情况。真正可信的版本直到一九六二年才由哈特-戴维斯（Sir Rupert Charles Hart-

Davis，1907—1999）注释编订出版，之后其他完整、可信的译本才陆续出现。

王尔德不仅在信中详述了他与波西共同生活的点点滴滴，也省思了他最关切的艺术与存在的问题。而这也正是本书附录《人的灵魂》实际探讨的主题，也就是个人主义的精髓。囚禁于监狱之中，写作对王尔德而言，的确让他可以暂时逃离身陷囹圄的状态，从现实的情境中抽离出来。而这也是他在狱中生活的最大体认：只有通过艺术，通过创作，方能达到极致的超越，从而趋近理想的存在，一种真正个人主义式的存在。任何小我的存在皆离不开现实，不论为名或者为利，都会带来现实的反扑与制衡，尤其是当一个外来者（爱尔兰英国人），受限于现行的权力结构，却冲撞既得利益阶级（英国贵族及伦敦上流社交圈），自然难逃当权者的惩处。王尔德自己也承认，当他运用他所讥嘲的社会与律法，借以对抗道格拉斯的父亲时，他即已背离艺术，背离个人主义。他因而感叹他之所以入狱，不是因为太多的个人主义，而是因为过少的个人主义。

自责责人的矛盾情绪与难以抑制的情欲让王尔德在清算对方的同时，却又渴望收到对方的只言片语。在王尔德身上，情感的拉扯和冲突是显而易见的：一方面他感叹自己真心换绝情，另一方面他却又尽可能地美化恋人的任性和偏执。身陷爱恨交织的情感之中的王尔德，谈到自己数次分手未果之时，提出许多“命中注定”的荒谬理由，来解释自己为何频频回头，为何无法甩开一个在他口中一无是处、带给他苦难折磨的登徒子。王尔德虽然认为道格拉斯无情无义，每每在危难时弃他于不顾，却又忍不住为他缓颊，他感叹对方性格上的“缺乏涵养”及“盲目、混乱的自我”，甚至称对方为无可救药的“滥情主义者”。

这样剪不断、理还乱，纠葛不清的情爱，也伴随着王尔德浓烈厚重的哲思。沉湎于旧日恋人的苦痛、难堪的回忆之余，王尔德也谈论自己，描述个人存在的状态、人格的养成及人生重要的转折点，并在情书的后半部逐一探讨他所关切的几个主题，如艺术、爱、生命、悲伤、不幸、痛苦等，试图借由哲学性、抽象议题上的反省思索来留下“我”的印记，通过重新检视人生的种种经验与历程，完整地呈现出挣扎中的心灵图像。

《自深深处》虽是“我”对于过往的追忆，但在信中，很多时候，王尔德与其所依恋的“你”却似乎是一体的两面。“你”这个信里诉说的对象，其实是“我”在追溯、想象及重建过去经验中不可或缺的角色。仿佛书写者必须通过一个难以割舍的讯息收受者，一个不在场却又好像面对面的他人，来谈论自身，来建构自“我”。就像一面镜子，镜中人是他欲望的对象、幻想的分身，更是他理想的倒影，以及由之而来的苦痛的根源。

阅读《自深深处》，不仅是面对书写者的一面灵魂之镜，更像是进入一座镜之迷宫；其中反射出的镜像，迂回曲折，层层叠叠，难以穷尽。我们不妨从文本互涉与交织出发，通过其他的书写、其他的面具，通过文字的假象或拟像等种种视觉欺蒙的效果，来尝试了解和诠释，从信中的声声探询中发现更多的回音与共鸣。

二、《人的灵魂》与《说谎的式微》

王尔德的作品涉及的文类甚广，举凡戏剧、小说、诗歌、散文及批评等皆多有涉猎。尤其是在他的同一作品中，不同文类之间的界限往往难以清楚区分。常常可以看到他的批评论述中夹杂着虚构、戏剧成分，而虚构作品中又蕴含着批评论述。王尔德的论述所涵盖的内容与讨论的议题甚广，除了文学的范畴外，还兼及哲学、美学、艺术等领域，并且在概念处理上的延展性及错时性方面，也创造了多元诠释的可能。

王尔德的作品除了类型多元，在遣词用字上也倾向于创造多音、多意并陈的效果，不仅诙谐、嘲弄、充满寓意与想象，而且具有强烈的对话性质。本书所收录的两篇评论，其中一篇《说谎的式微》，即是以对话的形式呈现，并融入戏剧的成分与元素，一方面免不了带有抽象思维论辩的无时间性，另一方面却又有意无意地营造出虚构叙事的时间感。除了设定对话场景发生的地点（诺丁汉郡的乡间别墅），还借由读者所熟悉的戏剧形式与虚拟的现实感，诱引其进入思维辩证的世界，并在对话中不时通过小物件（如香烟）的交换与咏叹以及对于人物及周遭景物的描述与感受，来赋予抽象的论述故事性，并注入想象的色彩，从而强化虚构现实的氛围。因此，王尔德借着戏剧虚构的形式，演绎并形构出他心中不断激荡与淬炼出的理想批评家，也是理想的读者与艺术爱好者。

《说谎的式微》触及文学与艺术对人及人的感受、思维、行动乃至自我形塑的力量。王尔德在文中提出几项重要的律则，打破了世俗的看法。他认为，不仅艺术模仿人生，人生也模仿艺术。而《人的灵魂》则更直指核心，探索人，尤其是经历产业革命洗礼后的现代人所面临的存在的根本问题，思索如何借由艺术解决存在的问题。论者常将《人的灵魂》视为《作为艺术家的批评家》（*The Critic as Artist*，王尔德另一篇重要的批评论述，同样是以对话的形式呈现）的延续或扩展，主要是因为两篇评论皆关注理想的存在问题。论者也常将《人的灵魂》与《自深深处》相提并论，因为两者同样探讨自我的发展，探讨人如何突破物的限制，掌握非物质的存在。

王尔德不论是在其批评论述还是其他类别的作品中，皆不断思索人在面对纷扰、快速变化的时代时，如何修炼、如何处世、如何存在等问题，并不时揭示“无为之重要性”［《作为艺术家的批评家》的副标题即为“兼论无为之重要性”（With some remarks upon the importance of doing nothing）］。他苦口婆心地劝勉世人化“为”（to do）为“成为”（to be）。不再是用“行为”“行动”“忙碌”来填满存在，而是要能真切感受到真正的存在，真正地活着。唯有真正地活着，才能成为真正的人（the “real man”）。

在《人的灵魂》一文中，王尔德提出四种“真正的人”，即“诗人”“哲学家”“科学家”及“具有文化素养之人”（man of culture）或者说能够自化化他之人。对他而言，批评并非只是文类的范畴，而是一种攸关理想存在，或真正存在的积极自我创造或再造的形式，也是一种接触外物、外境时，自化化人的能力与途径。批评是通过细腻的自我观察，了解、发掘他者的历程。评论则成了一种指涉外界时，自我省思和对话的工具。在“我”与“我”的激烈对话中，也造成了文中镜像的反射效果，仿佛每句话语都伴随着倒影，都会无可避免地引来回音。

自然，王尔德笔下所塑造以及所期待的批评家，既是深谙自我对话艺术的人，也是王尔德所谓的“理想的人”“真正的人”。对他而言，具有批评的精神与能力，才可能进行创作活动。所以，他所描绘的伟大创作者，横越古今，不管是诗人、哲学家、传道者还是科学家，皆可是艺术家，皆可是批评家。比如，他在《自深深处》中即称耶稣是位伟大的艺术家。

王尔德将批评视为一种自我对话的工具，他的这种不从世俗的看法不仅影响了后来批评论述的发展，也丰富、更新了传统自我书写的概念。如此一来，批评就成了某种特殊形式的自传，而好的自传也可以是卓越的批评，能够启迪众人、振聋发聩。

三、《我眼中的王尔德》

王尔德虽是英语作家，但也通晓法文，熟识重要法文作家的作品，在《说谎的式微》中，他就曾多次引用巴尔扎克的《幻灭》、福楼拜的《萨朗波》等作品来佐证自己的观点。而他知名的剧作

《莎乐美》最初即是以法文书写而成。从《自深深处》中可以清楚地看出，波西将《莎乐美》译为英文，但王尔德对结果并不满意，想要退回译稿，波西还因此勃然大怒。现在流通的《莎乐美》英译版，是王尔德根据波西的原译大幅修改润饰而成。王尔德也与同时代的法国文学家、艺术家往来密切。诺贝尔文学奖得主纪德即是其中一位，他也是同性恋作家，年轻时经友人介绍，认识了在当时如日中天、意气风发的王尔德。在《我眼中的王尔德》一文中，纪德还转述了王尔德与象征主义诗人魏尔伦会面的情景。

王尔德在其作品中巧妙地捕捉到了人，尤其是现代人对自我形象的追寻、困惑与执迷。从《我眼中的王尔德》一文里，也可读到王尔德在生活中，同样展现着非凡的敏锐与特立独行的姿态。纪德眼中的王尔德既是一位天生的演说家，口若悬河、辩才无碍，也是一位绝妙的表演者，需要观众、需要舞台、需要掌声。

在他嬉笑怒骂、玩世不恭、游戏人间的表象背后，潜藏着丰沛浓烈的情感与悲天悯人的情怀。纪德叙述他与王尔德在北非相遇时，见到乞讨的孩子，王尔德一边丢着铜板，带着欢欣的目光看着那群孩子，一边怜悯地喃喃自语，说他自己希望“败坏这座城市的道德风气”。

人格与作品的厚度与重量让王尔德在法国学界一直备受推崇。王尔德立足于英国，却在英伦海峡的另一端找到了知音。法国学者未被王尔德看似肤浅的表象蒙蔽，反倒普遍认为王尔德的作品充满睿智与幽默，而且十分幽微难解。王尔德的法文译本作品集被收录在法国出版界最尊贵的迦里玛出版社（Éditions

Gallimard）“七星文库”（Bibliothèque de la Pléiade）中。通常被收在此文库的作家皆是举足轻重、已经盖棺论定的大作家，其中以法国作家居多，外国作家也有，而王尔德便名列其中。坊间随处可见王尔德作品的法文译本，有些如《格雷的画像》甚至同时有好几种译本流通。

王尔德的著作常常被列入法国大学英文系和法文系的课程之中。不仅文学系的教授谈论其作品，其他人文社会领域的学者也常引用其著作。百余年来，王尔德在法国的声名历久不坠，持续受到关注。相对于法国学者的严肃态度，王尔德在英文世界里，即使因为性别研究的风潮而获得较多的青睐，但学界提到王尔德时，似乎总免不了带有一丝嘲弄、轻慢的意味。

在法国，不仅文人、学者十分看重他，甚至称他是“法国作家”，就连市井小民对他也不陌生。尤其是王尔德自创或改编的格言警语，机锋处处，更是深入人心。十几年前法国电视台风靡一时的实境节目《诱惑岛》（*L' Île de la tentation*）还直接将其名言“面对诱惑最好的对策，就是屈从于诱惑之下”，大大地打在节目片头处。这样耸动的做法，无非是为了吸引观众，但同时也反映了一般大众对王尔德的熟识与喜爱。

王尔德自己对法国的人文环境也情有所钟。出狱后王尔德旋即离开英国，避居法国北部的一个滨海小镇。他一心一意想再写出一部杰作，让世人忘记他因丑闻入狱一事。但事与愿违，新作还未来得及写出，王尔德便回到巴黎，不久即溘然长逝，安葬于巴黎的拉雪兹神父墓园（Cimetière du Père-Lachaise）。直至今日，凭吊他的人依然络绎不绝。

王尔德过世后，许多人一直感到疑惑的是，他明明有机会远离丑闻、避开危险，却让自己卷入诉讼之中，如同飞蛾扑火，最终不可挽回。按照纪德的说法，王尔德将人生视为艺术创作，而好的艺术作品是独一无二、容不下无意义的重复的。究竟是出自对艺术的执着，还是对人生的参透与厌弃，以至于在看尽人生的荣耀、光辉与惊奇后，王尔德选择了以“注定”“致命”的自毁来终结完美的艺术人生。王尔德是否过于恃才傲物，以至于无法甘于平淡？他选择轰轰烈烈的人生。宁鸣而死，勿默而生。论者以为，王尔德执意对同性恋人道格拉斯的父亲——有钱有势的昆斯伯里侯爵提出告诉，之后情势逆转，他又执意以被告的身份出庭受审，是在自我惩罚，说到底是一种探索、逾越现实与想象界限的终极做法。王尔德曾借笔下的人物说：“事实令人窒息。”而根据纪德的追忆，对王尔德而言，发生过的事即成为事实，而对于事实毋庸多言。对王尔德如此天纵英才之辈而言，未曾发生的一切，才值得谈论，那才是想象的世界、艺术的范畴，更是进入未知灵魂深处的途径。

王尔德在作品中酷爱谈论假、作假以及说谎的议题，但他其实是借假谈真，借假探真。他比那些声称信奉真实、追求真实的人更在乎何谓真实，更愿意炽烈地拥抱真实。这或许可以解释他最后为何会选择回英国出庭应讯，而非留在国外暂避风头。他明知往前一步即是险路绝境，却仍不顾好友们的阻拦，执意而去。

世事反复，真真假假，似实而虚。王尔德的陨落与早逝究竟是命运捉弄还是作茧自缚？重新检视他在狱中洋洋洒洒的深情告白，光辉荣耀，凄凉落寞，不过一线之隔。在回忆与表述、真假虚实之间，文字符号究竟能传达多少事实？生命与书写，在印象和镜像之间，宛如雾里看花，镜花水月。何者为是？何者为非？何者为真？何者又为假？一切只能留待读者自己来取舍与决定了。

自深深处[1]

1 本篇原题 Epistola: In Carcare et Vinculis，意为“书信：禁锢之身”。在王尔德死后，友人罗斯另加上了标题 De Profundis，原意为“来自深渊”，目前中译本多称为《自深深处》。

寄自雷丁监狱

亲爱的波西[1]：

经过如此漫长又无谓的等待，我决心动笔写信给你，不仅是为你而写，也是为我自己，因为我实在不愿去想，在狱中度过难熬的两年后，除却那些听了就锥心的消息，我竟收不到你捎来的只言片语，得不到任何你的音讯留言。

我俩的友情一路乖舛凄凉，到头来我身败名裂，这段关系也随之告终。但我依然经常忆起往昔的情谊，一想到内心曾充满爱意的角落，竟就此被憎恨、怨怼和轻蔑永远盘踞，我不禁悲从中来。你自己心里想必也明白，写信给身陷牢狱、孤单寂寞的我，都好过未获我允许便公开我的信函，或擅自写诗献给我。不过如此一来，世人也就无从得知，你用来答

1. 波西（Bosie）：阿尔弗雷德·道格拉斯勋爵（Lord Alfred Bruce Douglas，1870—1945）的小名，1891 年与王尔德相识相恋。

复或辩驳的言辞是悲伤还是激动，是懊悔还是冷漠。

这封信会谈谈我俩各自的人生，也会提到过去与未来，以及美好的事何以变得苦涩、苦涩的事又何以可能变成喜悦，因此我相信有不少内容会一针见血，伤了你的虚荣心。倘若属实，请务必把信再读上几遍，直到根除你的虚荣心为止。假如你认为信中的指控有失公允，记得要心怀感谢，这代表你自己还有些清白可被冤枉。假如信中有任何段落让你眼眶泛泪，那就痛哭一场吧，就像我们身陷囹圄之人一样，日日夜夜都只能哭泣。哭泣是你获得救赎的唯一途径。要是你像上次听说我在写给小罗[1]的信中批评你时那样，反而去向令慈诉苦，任由她安抚疼惜，让你再度变得志得意满，那么你就真的无药可救了。你只要捏造出一个借口，很快就会再找到千百个，然后重拾原本的处世态度。当初你在给小罗的回信中写道，我把“莫名其妙的动机”冠在你头上，你现在还是这么想的吗？唉，你的人生根本毫无动机可言，仅仅有玩乐的兴致罢了。所谓动机，应是理性思考后的目标。或是你想说我们的友情萌芽时，你还“年轻不懂事”？其实，你的缺点并非是对人生了解得太少，反而是懂得太多了。年少时光宛如晨曦时分的娇嫩花朵、纯净光芒，伴随着纯真的欢乐与

1. 小罗（Robbie）：罗伯特·鲍德温·罗斯（Robert Baldwin Ross，1869—1918），王尔德的毕生挚友。

希望，凡此种种均被你悉数抛弃。你的双脚跑得飞快，霎时便从浪漫的青春，奔往现实的世界，开始着迷于社会阴沟及其中事物。这也是为何你当初会惹上麻烦而向我求助，我抱着同情与善意，极为不智地伸出援手。你务必要把此信彻头彻尾地读完，哪怕字字句句皆可能像外科医生的手术刀或喷枪，刺伤或烧灼你那细嫩的肌肤。要知道，众神眼中的愚蠢迥异于人类所见的愚蠢。一个人即使全然不知艺术潮流的演进或时代思潮的发展，不懂欣赏拉丁诗句的壮阔或希腊元音多元的音调，不理解托斯卡尼的雕像和伊丽莎白时代的歌曲，仍然可能充满了美妙的智慧。真正的愚人缺乏自知之明，最容易遭众神挖苦或折腾。我曾有很长一段时间如此，你则是至今都未见改善。别再当这种人了，你不必畏惧改变。万恶莫大于肤浅，凡事省悟即得善果。请记得，此信中任何令你难受的字句，我在下笔时更是加倍痛苦。你总是受到冥冥之中那股力量的眷顾，让你像在看水晶里的阴影般容易地见证人生悲惨诡谲的一面；你不必冒着变成石头的风险，只需自镜中一窥梅杜莎的面貌[1]。你向来可以自在地漫步于花丛之中，反观我则被剥夺了多彩又动感的美丽世界。

首先，我想告诉你我实在自责不已。当我身着囚衣独自

1. 希腊神话里，只要有人直视蛇发女妖梅杜莎的双眼，就会变成石头。

坐在阴暗的监牢中，声名俱损，我责怪着自己；每个心慌反侧的黑夜，每个漫长单调的白昼，我责怪着自己。我怪自己不应展开这段毫不理智的友谊，它的主要目的并非开创或省思事物之美，却完全主导了我的人生。我俩之间，打从一开始就存在着鸿沟。你读中学时成天打混，上了大学更是变本加厉。你不知道身为一位艺术家，尤其是像我这种作品质量取决于性格的强化的艺术家，技艺的成长必须有灵感、知识氛围、宁静、平和与孤独长伴左右。你总是对我完成的剧作赞不绝口，享受着首演之夜的耀眼成果和之后豪华的庆功宴，当然亦得意自己是如此杰出的艺术家的密友。可是你并不了解艺术创作的必备条件。我现在得不加夸饰、全然忠于事实地向你说，每当我俩相处的时候，我连半行字都写不出来，无论是在托基、戈灵、伦敦、佛罗伦萨或其他地方，只要你在身旁，我就觉得才思枯竭。遗憾的是，除了难得的短暂空当，你一直都在我身旁。

类似的例子不胜枚举，在此只举其中之一。犹记得一八九三年九月，我租下一整间套房，仅为了让自己写作时能不受打扰，当时霍尔[1]对我催稿催得可紧了，我早先允诺帮他写一出剧，却无法如期履行约定。头一个星期，你刻意不

1. 霍尔（John Hare，1844—1921）：英国演员，为伦敦盖瑞克剧院（Garrick Theatre）首任经理（1889—1895）。

来找我。因为我俩先前对你《莎乐美》译文的艺术价值有所龃龉，这也见怪不怪了，而你为此还寄来好多封愚蠢的信当作发泄。在那个星期内，我写完了《理想丈夫》的第一幕，巨细靡遗到可以直接搬演，但隔一星期你就来了，我只得搁下手边的工作。我家虽然尚称得上安静，但难免会有些琐事烦扰，因此为了能心无旁骛地构思和写作，我每天都会在上午十一点半到达圣詹姆斯旅馆，但结果只是徒劳罢了。毕竟你都在十二点乘车抵达，待在套房里抽烟闲聊到下午一点半，接着我又得带你到皇家咖啡厅或柏克利餐馆用餐，再加上喝甜酒的时间，整顿午饭会持续到三点半。然后你会去怀特俱乐部休息一小时，到了下午茶时段再度出现，待到准备换装出门吃晚餐。我们多半在萨沃伊饭店或泰特街吃饭，往往形影不离直到过了午夜，因为得在威利斯小馆吃过夜宵，才能替美好的一天画下句点。我那三个月就这么度过了，日复一日皆然，唯有你出国的四天例外。当然，我之后还得去加来港接你回来。以我的脾气和个性，这实在离谱又可悲。

如今你一定察觉到这点了，想必也意识到自己欠缺独处的能力。你生性亟欲要求他人的关注与陪伴；你完全缺乏维持理智思考的能力；还有个意料之外的遗憾——这么说是希望事情已有转变：你先前在知识层面尚未养成“牛津气质”，我的意思是你从不能温文地评估各种意见和想法，任何事都只是强硬地妄自断言。凡此种种，再加上你的喜好与兴趣均投入到生活而非艺术当中，不但有碍你提升自身的文化素养，亦摧毁了我身为艺术家的创作。每次我拿我们的友谊，对照比你更年轻的少男与我的情谊，诸如约翰·格雷[1]和皮埃尔·路易斯[2]，我便觉得颜面尽失。唯有与他们来往时，我才算真正过着高品质的生活。

暂且不论我俩的友谊所导致的凄惨结果，我现在只想着那段时间朝夕相处的质量。对我而言，这段关系俨然有辱我的心智。你身上确实隐约有着未经雕琢的艺术气质，但我俩的相遇若非太早就是太晚了，我也不知道何者才对。每当你不在我身旁，我的创作便一切正常。比如，先前提到的那年十二月初，我一说服令慈送你出国，便开始重组自己支离破碎的想象力，重拾自己主导的生活。我不仅完成了《理想丈夫》剩下的三幕，还构思出，甚至快完成了另外两出类型截然不同的戏剧，即《佛罗伦萨悲剧》和《圣妓》。但你又突然不请自来，在当时的情况下更扼杀了我原有的幸福。那两部未完成的作品我再也无法继续创作，我再也回不到原本创作它们的心思上去。你自己也出版了一本诗集，应该能理解我句句

1. 约翰·格雷（John Gray，1866—1934）：英国诗人，被认为是王尔德名著《格雷的画像》主角道林·格雷（Dorian Gray）的原型。

2. 皮埃尔·路易斯（Pierre Louÿs，1870—1925）：法国诗人、作家，因作品中可见女同性恋主题而闻名。

属实。但无论你能否理解，皆不会改变我俩友谊的丑恶真相：只要你在我身旁，就能把我的创作毁灭殆尽，而更让我自责不已和引以为耻的是，自己居然还允许你干预我的艺术创作。你不会知道，也无法明白，更不懂得欣赏，我无权对你抱有任何期待，毕竟你只在乎美食和心情，空有玩乐的欲望，追求庸俗低下的愉悦。这些皆是你天性的需求，或者认为是当下的需要。我早该禁止你未受邀请就进来我家或我的房间，只能恨自己太过软弱。这纯粹是软弱所造成的。即使只与艺术共处半个小时，也远好过与你消磨整天的时光。无论是在我人生的哪个时期，凡是与艺术相比，任何事物皆微不足道。但对艺术家而言，倘若软弱摧残了想象力，不啻形同于一桩重罪。

我怪自己竟让你挥霍到害我彻底破产、名誉扫地。犹记得一八九二年十月初某日早晨，我与令慈在布拉克内尔树叶渐黄的林中坐着闲聊。当时，我对你的本性几无所知，顶多有回和你在牛津共处了周六到周一的时光，另一次则是你来克罗默陪我打了十天的高尔夫球。我和令慈自然就聊到了你，她开始说起你的性格有两大缺点：其一是虚荣，其二是她所谓的“金钱观念彻底偏差”。我清楚地记得当时自己捧腹大笑，殊不知第一项缺点害得我锒铛入狱，第二项则导致我散尽财产。我当时以为，虚荣心不过是少年佩戴的典雅胸花，生活铺张则仅是不吝花费，况且节俭谨慎的美德也非我家本性。但我俩继续往来不出一个月，我才真正领悟她话中的真意。你坚持要过挥霍的生活，对于金钱需索无度，甚至还要求我负担所有娱乐开销，即使我根本不在场亦然，因此没过多久我便陷入财务困境。而随着你对我生活的掌控越发强烈，我也越发受不了你一成不变的铺张行为，因为几乎全是吃喝玩乐的花费。当然，餐桌上偶有红酒与玫瑰装点确实是乐事一桩，但你不知节制。你要求得理所当然，拿了又不懂感谢。你逐渐养成要不得的心态，以为我理应供养你的生活，纵然你过去并不习惯如此奢靡，胃口却是越养越大。到后来，你只要在阿尔及尔的某间赌场输了钱，隔天一早就会发电报到伦敦，要我把你输掉的金额汇到你的银行户头，而且事后竟当作没有这回事。

这么说好了，自一八九二年秋天到我入监服刑的那天为止，我俩出去的开销与你的个人花费，便超过了五千英镑的现金，这尚未计入我自己的支出。你坚持的生活挥霍程度可见一斑。你觉得我言过其实吗？我俩在伦敦待一天的日常开销，包含午餐、晚餐、夜宵、娱乐、马车等林林总总的各项花费，多半在十二英镑到二十英镑，一星期下来自然得花八十英镑到一百三十英镑。待在戈灵的三个月期间，我的开销（当然涵盖房租）共计一千三百四十英镑。我便是这样与破产管理人检视我生活中的每笔花费，这实在令人心惊肉跳。当时，你绝对不会认同“生活简朴、思想高尚”的哲学，但过得这般奢侈，对你我都是莫大的耻辱。我忘不了这辈子最愉快的晚餐之一，是在苏豪区一家小餐馆与小罗一同享用的，那顿饭的金额相当于跟你吃饭的数目，只不过前者是先令，后者则是英镑[1]。那顿与小罗的晚餐，让我写出第一本、也是最好看的一本对话录。举凡灵感、标题、手法和形式等，都源于一顿三块半法郎[2]的便饭。反观我俩共进的昂贵晚餐，仅留下吃得过饱、饮酒过度的回忆。我一再地纵容反而害了你，你如今亦明白此点。如此的纵容令你更加贪婪，有时太过肆无忌惮，而且总是很不客气。我早已数不清自己充当几次东道主了，但既无半分欢愉，也感受不到荣幸。你忘了某些做人的道理——我并非指客套地表达感谢，这只会让亲密的情谊变得生分——这些道理仅是好友相伴时基本的风度，亦即希腊人所谓的谈笑风生的魔力，还有让生活美好的温柔人性，宛如伴随生活的音乐，调和周遭事物，让旋律深入残酷和死寂之地。或许你会感到疑惑，落魄如我，何必区别羞耻之间的差异？但我得坦承，自己蠢到在你身上砸大钱，任由你挥霍我的财产，害了我更害了你。我竟因铺张此等俗气的理由

1. 在 1970 年实行币制十进制前，一英镑等于二十先令。

2. 19 世纪末，一英镑约等于二十五法郎，此处三块半法郎约二点八先令。

破产，让我加倍难堪。我生来可是要成就大事的。

然而最令我自责的是，竟然让你拉我进入了道德败坏的窘境。性格的基础是意志力，而我的意志力却全然屈服于你。说来荒谬，却是千真万确。你仿佛身体有此需求般，动辄大吵大闹，扭曲了你的身心，令人不忍卒睹或听闻；你遗传了令严可怕的躁症，驱使你写下令人痛恨的信件；你丝毫控制不了情绪，时而阴郁愠怒、久不吭声，时而抓狂暴怒、有如癫痫。诸如这些缺点，我都曾在信中提及（无奈你随手将信丢在萨沃伊饭店或某家旅馆，被令严律师当作呈堂证供）。假如当时你知道何谓苦楚，便会读出信中我的哀求带着伤悲。我一味纵容你与日俱增的要求，最终落得凄惨的下场，便是源于前面种种缘由。我身心俱疲了。这是以小胜大、以弱凌强的典型例子，正如我写过的一部剧本中所说，这是“唯一历久不衰的暴政”[1]。

我对你的迁就可谓无法避免。在人与人的关系中，往往得找到“相处之道”。我与你的相处之道便是：若不对你言听计从，就只能放弃与你的情谊，别无其他选择。我之所以处处忍让，是基于许多理由的，包括我对你深深的错爱；我对你性情缺陷的怜悯；我人尽皆知的善良与凯尔特民族的懒

1. 出自《无足轻重的女人》（*A Woman of No Importance*）。

散；艺术家生性不喜吵闹场面和恶言相向；当时我毫无能力承受他人的憎恨；我不愿见到我的生活被微不足道的琐事烦扰，而变得苦涩难熬。有鉴于上述理由，我总是对你言听计从。于是，你的要求、你的控制欲和你的索讨越发不可理喻；你的用心刻薄、欲望低劣、爱好庸俗，成为你支配他人生活的法则，必要时甚至可以无所顾忌地牺牲他人。你既明白只要大吵大闹就可任性妄为，自然会不自觉地极尽粗俗之能事，再怎么难听刺耳的话都说得出口。到头来，你不会知道汲汲营营所为何物，亦不明了人生要走向何处。你占尽我的才气、意志和财富的便宜后，却仍被永无止境的贪欲蒙蔽，妄想占据我全部的人生。你得逞了，我的人生却面临了重大的难关，在我展开荒谬的行动[1]前便已腹背受敌：一边是令严在我的俱乐部留了张用词难听的卡片抨击我，另一边则是你寄来同等恶毒的信件责难我。我任由你拉我去警局申请那逮捕你父亲的可笑拘捕令的早上，还收到你寄来的信，堪称最不堪入目的一封，缘由更是无耻至极。我周旋于你们父子俩之间，实在难以理性思考，我丧失了判断力，而恐惧取而代之。坦白说，你们的夹击让我无处可逃，宛如一头盲目的公牛，步履蹒跚地往屠宰场前进。我在心理上犯了严重的错误，一直以为在

1. 指王尔德向波西的父亲昆斯伯里侯爵（John Sholto Douglas，9th Marquess of Queensberry，1844—1900）提告，但最后反成了被告而入狱。

小事上迁就你不痛不痒，一旦大事来临，我必定能重振意志力，发挥原本的优势。实则不然。遇到大事发生时，我的意志力竟辜负了自己。人生其实不分大小事，价值和分量皆为均等。我凡事宠你惯你的习惯，起初仅仅觉得无所谓，不知不觉间竟融入了我的本性。我丝毫没发现，自己的性格因此永久定型成要命的状态。因此，佩特[1]才会在散文集首版那意味深长的结语中写道："失败即为习惯之养成。"牛津那群学究还以为，此话不过是故意将亚里士多德《伦理学》中的文字倒置，殊不知里头藏着可怕的绝妙真理。我放任你压榨我性格的活力，而此习惯的养成不仅导致了我的失败，更毁了我的人生。你对我道德层面的戕害，甚至超越对我艺术天赋的斫伤。

拘捕令一下来，你便理所当然地遂行自己的意志。那时，我理应听取律师的忠告待在伦敦，冷静思考自己为何误入这一恶毒的陷阱——令严至今仍称之为诱饵战术——你却偏要我带你去蒙特卡罗度假，那里简直是世上最倒人胃口之地，你没日没夜地豪赌，非得到赌场打烊才罢休。由于我对百家乐[2]缺乏兴趣，因此只好独自在外头等你。你只顾着赌博，甚至不愿挪出五分钟，谈谈你们父子俩带给我的窘境。我的

1. 佩特（Walter Pater，1839—1894）：英国文学家、评论家，唯美主义代表人物。

2. 百家乐（Baccarat）：赌场中常见的赌博游戏之一。百家乐源于意大利，15 世纪时传入法国，及至 19 世纪时盛传于英法等地。

唯一功能便是付住宿费和还赌债。但凡稍微提及我面临的煎熬，你便一脸厌烦，反而对侍者推荐给我们的新品牌香槟更感兴趣。

我们一回到伦敦，真正替我着想的友人就恳求我出国暂避风头，不要面对一桩毫无胜算的官司。你却说他们居心叵测，只有懦夫才会真的听从。你逼我留下来厚着脸皮应付官司，视情况在证人席上捏造些荒唐可笑的伪证。当然，我最后锒铛入狱，令严则成了一时的英雄——岂止是一时的英雄，俨然要名列仙班了。这就好像哥特元素在历史方面的荒诞怪异效果，让克利俄[1]成了最不严肃的缪斯女神。令严将永远是主日学校称颂的心地纯洁的好家长；你的位阶等同于无邪的婴儿塞缪尔[2]；我则会被困在地狱的深渊，左边坐着莱斯[3]，右边坐着萨德侯爵[4]。

当然，我早该把你甩掉，一如甩掉衣服中蜇人的虫子，彻底将你逐出我的人生。埃斯库罗斯[5]最精彩的一出戏剧[6]中，某位贵族老爷在自家养起幼狮。每当老爷轻声召唤，小狮子

1. 克利俄（Clio）：希腊神话中九个缪斯女神之一，司掌历史。

2. 塞缪尔（Samuel）：生于公元前11世纪中叶，是以色列人进入君王时期前最后一位掌权的士师；拯救以色列脱离危难绝望，转入平安兴盛时代的民族英雄。一生为神尽忠，终身清白。

3. 莱斯（Gilles de Rais，1405—1440）：英法百年战争期间的法国统帅，生性残忍变态，遭处火刑。

4. 萨德侯爵（Marquis de Sade，1740—1814）：法国作家，擅长虐恋和色情书写，曾多次入狱。

5. 埃斯库罗斯（Aeschylus，525—456 B.C.）：古希腊剧作家，被誉为悲剧之父。

6. 指《阿伽门农》（*Agamemnon*）。

便眼神熠熠地来到跟前，还会摇尾巴撒娇讨食，老爷对其宠爱有加。岂料，小狮子长大后露出本性，把老爷的身家财产悉数摧毁殆尽。我亦是养狮为患，只是我的过错并非无法与你分手，而是分手得太过频繁。就我印象所及，几乎每三个月我便会结束彼此的关系，每回你皆借由苦苦哀求、发来电报、不断写信、拜托我俩的友人说情等各种手段，设法让我回心转意。一八九三年三月底，你离开了我在托基的住处，我便决心再也不要与你说话，无论如何亦不再允许你我复合，因为前一晚你又闹起脾气，让我忍无可忍。你却从布里斯托又是写信又是发电报求我原谅，连你的导师[1]也出面缓颊，说有时你的言行并非全然是你的错，更指出莫德林学院多数人的看法亦同。我只得同意见你一面，当然也原谅了你。在回市区的路上，你又央求我带你去萨沃伊饭店，这回真的导致了严重的后果。

三个月后的六月，我们人在戈灵。你有些牛津的朋友来访，从周六待到周一。他们要离开的早上，你又再次大吵大闹，令我极度难受，只得再次提出分手。当时的情景仍旧清晰：我俩站在平坦的门球场上，四周尽是整齐的草坪。我说我们简直在糟蹋彼此的人生，你害得我的生活分崩离析，我显然

1. 指波西的大学导师道奇森（Campbell Dodgson，1867—1948）。

也无法让你真正快乐，唯有彻底分开、不再往来才是明智之举。午餐过后，你板着脸离去，留下一封措辞狠毒的信，要管家在你走后转交于我。岂料不出三天，你便从伦敦发来电报求我原谅，让你回来。我租下那间房子，就是为了讨你开心，又按你的意思雇了仆人。我以前总是觉得你很可怜，认为你被自己的脾气害惨，而我对你仍有情意，便再度答应让你回来，亦原谅了你。又过了三个月后的九月，你又开始另一波的无理取闹，起因是我指出了你的《莎乐美》英译稿中所犯的基本错误。如今，你的法文造诣想必已不可同日而语，理应看出先前译文既配不上原文，更有损你牛津人的身份。不过当时你自然无法理解，还在某封措辞强烈的信里说，对我“并无任何智识上的义务”。犹记得读到此句时，我深觉这是我俩交往期间，你所写过的唯一真理。我因此明白，一个欠缺文化素养的人会更适合你。我这么说，心中并无任何怨怼，仅是我俩相处所得的事实罢了。维系所有情谊的终究都是对话，无论是婚姻或友情皆然，对话必须有共同基础，而文化素养迥异的两人，便只剩最低层次的共同基础。细琐的思想与行为有其可爱之处，我曾将之当作绝妙哲思的基础，通过戏剧和悖论加以呈现。但你我生活的肤浅和愚蠢，时常让我心生厌倦。我俩唯一的共通话题便是泥沼[1]，尽管谈论起来饶富趣味，你对此也总是滔滔不绝，但听到后来依旧单调乏味。即使我觉得无聊得要命，也依然接受了，就像接受你对歌舞杂耍表演的爱好，接受你荒谬铺张的饮食癖好，接受你在我眼中的诸多缺点。我百般忍耐退让，付出昂贵的代价，都是为了多了解你。离开戈灵之后，我前往迪纳尔待了半个月，你因为我不带你去而暴跳如雷，临走前在阿尔伯玛饭店对此大肆咆哮，事后更接连发电报到我暂住的乡间别墅，用词同样难听尖锐。我记得曾跟你说，你整个夏天都在外头玩乐，应该担起责任陪陪家人。但我老实跟你说，我无论如何都不会让你同行，我俩当时腻在一块儿整整三个月，我需要好好休息，需要从你窒闷的陪伴中挣脱出来。我必须有些时间独处，满足心智所需。因此，我承认在前述你寄来的那封信中，看到了一个可以不带任何怨怼，就结束我俩这段厄运连连的友谊的大好机会，就像三个月前的六月，我在戈灵那个晴朗的早晨提分手那样。然而，又有人出面（他其实是我的朋友，你有困难时亦找过他）帮你说情，指出若我就这么形同退回小学生作业般退回你的译文，你会非常受伤甚至深感羞辱。他还表示，我对你的学识要求严格过头，不论你的信件或行为

1. 指同性恋相关话题。

如何，对我的真心绝对是如假包换。仔细想想，你甫踏上文学之路，我不想当第一个苛责你或挫你志气的人；此外，我内心也很清楚，除非由诗人来翻译《莎乐美》，否则难以精确传达其中的色彩和韵律。另外，不论是过去或现在，真心对我而言皆是一项美德，不可说舍就舍。故我接受了你的译文，也重新接纳了你。恰好过了三个月，你又接连闹了好几次脾气，最令我忍无可忍的是某个周一傍晚，你把两位朋友带回我的住处。隔天一早，我飞也似的逃出英国，只为远离你，不但编造了荒唐的理由向家人说明为何匆忙离去，还特地留了假地址给仆人，生怕你跳上下一班火车来找我。犹记得那天下午，我搭乘火车前往巴黎，反省人生何以落到这般糟糕透顶、艰难窘迫的田地，我堂堂一位享誉世界的作家，竟被逼得逃出英国，只为了甩掉一段友谊，以免继续摧残我的心智与精神。这个我迫切欲摆脱却又纠缠不清的人，并非从阴沟沼泽窜入文明生活的可怕怪物，而居然是你这名年轻人——不但社会地位与我相当，亦毕业于牛津大学，更常是我家中的座上宾。一如往常，我再次收到你发来的电报，又是哀求又是懊悔，但我全都不予理会。最后你甚至语带威胁，说除非我见你一面，否则就绝不去埃及。我先前在征得你同意后，拜托令慈送你去埃及，因为你在伦敦只会自毁前途。我知道若你未能成行，令慈必会大失所望。看在她的分上，我便答应见你一面。由于被浓烈的感情冲昏了头——这你必定也很清楚——我原谅你过去的所作所为，唯独对未来只字不提。

隔天回到伦敦后，我记得自己坐在房间里，沉痛又认真地思考你是否真如我看到的那样，身上尽是顽劣的缺点，不仅害惨自己亦拖累旁人，光认识或相处皆有不堪设想的后果。我花了整整一星期思索此事，检讨自己有无错怪或冤枉了你，结果就收到令慈的来信，彻底印证了我对你的一切观感。她说你的虚荣心盲目浮夸，让你看不起自家人，还把自己纯真善良的长兄视为“市侩之人”；她还提到你的脾气很大，因此不敢过问你的私生活，尽管她大概知道是什么状况；她也说你挥霍金钱的习惯，实在让她忧心不已，同时提及你的改变和堕落；当然，她也明白家族遗传给你的人生带来的重担，不讳言地写道你是“唯一继承道格拉斯家族要命性情的孩子”。信末，她说自己有必要坦言，在她看来，你我的友谊让你的虚荣心加倍膨胀，甚至成了所有个性缺点的根源，因此恳求我切勿在国外与你见面。我当下立即回信，不仅说完全同意她信中的每一句话，还追加了其他事情，把能说的都说了。我告诉她，我俩是在你仍就读牛津大学时认识的，那时你碰上极特殊又严重的麻烦，因而向我求助；我告诉她，你的生活仍旧受类似的麻烦所扰。你把去比利时的原因都推给旅伴，于是令慈怪我介绍他给你认识，我便在回信中厘清了责任：

那根本是你的主意。我最后向她保证，自己无意在国外与你碰面，并请求她把你留在埃及，要么让你在使馆谋个官职，要么让你学点时下流行的外语，或其他任何理由亦可，至少让你在那儿待上三年，这样对我俩都好。

这期间，你不断从埃及写信给我，每一邮班必定有你的信。但我完全不当一回事，通通都是看完便撕掉。当时，我已坦然接受不再与你来往。我的心意已决，乐于投入先前被你中断的艺术创作之中。岂料三个月将过时，令慈又亲笔写信给我（说来不幸，她性格中的软弱，亦是我人生走向悲剧的因素，程度不亚于令严的残忍）。毋庸置疑的是，肯定是你怂恿她写这封信的。她告诉我，你等我回信等得发慌，还特地附上你在雅典的地址，避免我找借口不联络你。话说回来，雅典这座城市我熟悉得很。老实说，那封信我实在读得目瞪口呆。我真不明白，她在十二月写了那封信又收到我的回信后，为何还设法让我俩重修旧好。我只得回信给她，再次催促她帮你与国外的使馆牵线，免得你回到英国。但我还是没写信给你，依旧不理会你发的电报。岂料，你竟发电报给我妻子，央求她动用自身对我的影响力，让我写信给你。我俩的关系向来让她心烦，不仅因为她对你向来没有好感，更因为她看到在你长期陪伴下我的转变，而且并非转往好的方向。尽管如此，她依然秉持着过去对你的亲切好客，无法忍受我无礼——或者该说她眼中的无礼——对待任何友人。她认为，此举有违我的个性。在她的要求下，我终于联络你了。犹记得当时电报的用字遣词，我说时间可治愈一切伤痛，但未来几个月，我不会再写信给你或见你。你却刻不容缓地动身前往巴黎，一路上发来一封封用词热切的电报，拜托我无论如何都得见你一面。我断然拒绝了。你于周六深夜抵达巴黎，在下榻的旅馆看到我留的短笺，上头言明我无意见你。隔天早上，我在泰特街收到一封你发来的电报，长达十到十一页，说不管过去你对我做了什么，都难以相信我会坚决不见你。你说自己六天六夜兼程赶路，横跨欧洲大陆，就为了见我一面，哪怕一小时也好。我得承认，你哀求的语气卑微凄凉，结尾似乎扬言要自我了结，丝毫没有多加掩饰。你以前就常提到，家族中不少人双手沾满自己的血：你叔叔如此，你的祖父或许也是，还有许多其他亲戚，均属同一条疯狂的血脉。我出于可怜你，亦念在对你的旧情，以及替令慈着想（毕竟你若死得如此悲惨，对她的打击实在太大），又想到你如此年轻，尽管有许多缺点陋习，但仍有美好的前途可盼，就这么葬送生命太可怕了，当然亦有单纯的人道考虑——若需要找借口，这些都是我允诺见你最后一次的理由。我到巴黎的那天晚上，无论是在瓦松餐厅的晚餐，或在帕拉德餐馆的夜宵，你的眼泪都未曾停过半刻，宛如雨水从双颊滑过。你看到我满脸欢喜，老拉着我的手不放，像个知错的好孩子，你当时的懊悔看来单纯又真诚，让我答应继续我俩的友谊。我们回到伦敦的两天后,令严撞见我俩在皇家咖啡厅用午餐,故意坐了过来，还喝光了我的红酒，当天下午便寄给你一封信，对我展开了首波的非难。

说也奇怪，同你分手的责任——我不会说这是机会——再度落在我身上。我应该无须提醒你一八九四年十月十日至十三日期间，你在布莱顿对我的言行举止。三年了，你回想起来也许颇为久远。但对于像我们这些阶下囚，生活中没别的事情，只有伤心相伴，只能用悲楚的阵痛和辛酸的回忆来估量时间。我们完全没别的好想。受苦——也许你听来觉得新奇——却是我们存在的唯一方式，唯独通过受苦，我们才意识到自己的存在。追忆过去所受之苦对我们实属必要，方能借此认定、证明我们身份的存续。我与现实中欢乐之间本已隔着深不见底的鸿沟，我与记忆中欢乐之间的鸿沟更是如此。假如我俩在一起的日子，真如世人所想象般仅有愉悦、挥霍与欢笑，我绝对回想不起任何片段。正因为我俩的生活时刻都可能充斥着悲伤、挖苦和恶意，不断上演的争吵和粗暴的言语亦显得沉默难堪，所以我仍可巨细靡遗地忆起一件件往事，历历在目、声声入耳，掩盖了其余一切事物。这里的囚犯皆是苦中度日，迫使我所回忆起的我俩的友情，总像是一支序曲，呼应着日复一日我所体悟的大小煎熬，甚至成为我生活的必备。我的人生过去在自己或他人眼中的样貌已不重要，如今看来，俨然就是一部悲怆交响曲，每个乐章顺着节奏推进，最后导向必然的终局，一切皆是命中注定，犹如每个伟大艺术主题的表现手法。

我曾说过在三年前，你接连三天对我百般无情，还记得吧？那时我独自待在沃辛，想写完最后一个剧本。你先前已接连来找我两次，后来又忽然带着一名同伴出现，还打算要让他住在我家。我当下便拒绝了（你现在也得承认我的拒绝有理）。我仍旧招待了你们，毕竟我别无选择，但当然不在我家，而是另觅他处。隔天是周一，你朋友回去忙工作的事，你则继续留在我家。你在沃辛不久就待腻了，而瞧我成天只想写剧本却又无法专注，想必让你更加不耐烦，便吵着要我带你去布莱顿的格兰德饭店。我俩抵达布莱顿的当晚，你却得了流感（真是个蠢名称）病倒了，微微发着烧，煞是折腾人。这是你第二还是第三次感染流感。我应该不必提醒你，当时我是如何随侍在侧、细心照料着你，不仅有钱买得到的水果鲜花、礼品书籍，更有钱买不到的——不论你是否同意——关爱与呵护。除了早上散步一小时，以及下午坐马车出门一小时，我不曾离开饭店半步。你嫌弃饭店准备的葡萄，我便特地自伦敦买来给你，还编些故事来取悦你，不是守在你身旁，就是在隔壁房待命，每晚更是陪在你身边哄你逗你。过了四五天，你完全康复了。我在外头租了间房，希望把剧本好好写完，你自然也就陪我过去。安顿好的隔天早上，我整个人极度难受，你有事得去伦敦一趟，答应我下午就回来。岂料，你在伦敦碰见一位朋友，隔天很晚才回布莱顿，当时我已经在发高烧了。根据医生的诊断，我是被你传染了流感。唯有病人才会发觉，没有比出租屋住起来更不舒服的地方了。起居室在二楼，卧室却在四楼，那里没有仆人伺候，就连派人带个口信或拿个药都是奢望。但有你在那里，我并不担心。但接下来的两天，你却把我一人丢在房里，完全不闻不问。葡萄、鲜花、礼物就不必了，问题是连生活必需品都没有，我甚至无法按医生的嘱咐喝牛奶，柠檬水就更甭提了。我求你到书店买本书，即使没有我想要的那本，随便挑一本也可以，但你居然完全懒得跑一趟。结果我整日无书可读，你却若无其事地说书买到了，书商也答应要寄来。岂料后来我无意间得知，你从头到尾都在扯谎。与此同时，你的一切开销依然是我埋单，包括四处坐马车和格兰德饭店用餐的花费，只有缺钱时你才会来房间看我。那个你一大早就留我自己在家的周六的晚上，我请求你晚餐后回来陪我一会儿，你虽语带烦躁且态度无礼，但终究还是答应了。我枯等到晚上十一点，却始终不见人影。我只好在你房内留了字条，提醒你明明做了承诺,却言而无信。凌晨三点,我辗转难眠又渴得难受,只好忍着寒冷摸黑下楼,想到起居室找点水来喝,没想到竟看到了你。你用各种难听的字眼骂我,反映的是你脾气暴躁、毫无规矩与缺乏教养。你任凭狂妄的自尊心作祟,恼羞成怒地发泄在我身上,指控我生病要你陪是自私无理、妨碍你从事娱乐活动、企图剥夺你的生活乐趣。你说自己半夜回来只是要换套衣服,然后就要再出门找新乐子,但看到我留的字条提醒你整天把我晾在家中,完全败坏了你尽情享乐的兴致,也减少了你继续寻欢的能力。我内心难受地爬上楼,失眠到黎明,等到天光大亮后才能找东西来喝,减缓发烧造成的口干舌燥。到了十一点,你走进我的房间。昨晚你大闹一场,尽管比平时更加离谱,但我发觉那张字条多少让你有所收敛。早上你已恢复本来的样子,我自然等着听你这回又有什么托词、又要怎么乞求我原谅,因为你心里明白,无论你行事再荒唐,都能得到我的原谅。你对此深信不疑,这也是我最喜欢你的地方,或许也是你最讨喜的特质。但事与愿违,你非但没有认错,反而继续昨晚的炮火,语气更是变本加厉地猛烈,我听到后来只好叫你滚出房间。你作势要离开,但当我自枕中抬起头,却看到你仍在原地,狂笑不止,接着怒气冲冲忽然向我逼近。我心中涌现莫名的恐惧,马上跳下床,赤脚冲下两层楼到起居室待着,直到房东——是我按铃请他来的——告诉我你已不在我的卧室，并答应若有需要会即刻赶来,我才敢离开起居室。过了一个小时——在这期间医生来访，想也知道，他说我精神极度耗损，烧得比之前更加严重——你悄悄地回来找钱，在梳妆台和壁炉架上搜刮了一番，拿了自己的行李，就头也不回地离开了。需要我来告诉你，接下来的两天，孤单抱病的我是怎么看待你的吗？需要我来告诉你，依你的所作所为，我若再与你来往，即使只是点头之交，对我而言都是种耻辱吗？需要我来告诉你，该来的时刻终于来了，我只感到如释重负吗？需要我来告诉你，不论从各方面来看，以后我的艺术和人生都会更加自由美好吗？尽管我仍病着，却着实感到轻松。想到分手已是定局，就让我内心平静。周二，我的高烧退了，终于开始下楼用餐。那天是我的生日，桌上摆满了信件和电报，其中一封是你的亲笔来信。我伤感地拆开信封，心想我俩回不去了，任何甜言蜜语或难过的话，都无法让我再接纳你。然而，我完全搞错了，我完全低估了你的能耐。你在我生日当天寄来的信，居然更仔细地重复了前两次的争吵，费尽心机地以白纸黑字重现！你用常见的玩笑话奚落我，还说整件事你最得意的，就是故意在离开布莱顿前，到格兰德饭店吃了顿丰盛的午餐，最后全都记在我的账上。你还恭喜我，指出我那时离开病榻，匆匆下楼是明智之举，你说：“当时情况可难看了，比你想象的还难看。”唉！我的直觉果然没错，只是不知道你当时的确切意图：难不成你随身带着那把买来吓唬令严的枪？犹记得某次我们在餐厅[1]，你以为枪未上膛，不小心开了一枪。还是说你当时想拿桌上的餐刀？或是你怒火攻心，忘了自己身高力量皆不如我，只想对卧病在床的我，施加人身攻击或肢体暴力？这些我当时不得而知，至今也难以明白。我只知道当时恐惧席卷全身，除非马上离开房间，否则你就会做出（或试图做出）即使是你这种人，也会愧疚一辈子的事情。这次之前，我只有一次对别人产生过这样的畏惧：当时我在泰特街自家的书房中，令严像癫痫发作般，疯狂挥舞着那双小手，面前站着他带来的恶棍（或朋友），满口都是他龌龊脑袋所想出的咒骂，语带各种可怕的威胁，而且奸巧如他，果然日后逐一兑现。那次当然是我把他赶出书房的，但这次却是我自己主动离开。这已不是我首次救你免于铸下大错。

你在信末说：“当你不再是被供着的偶像，就一点乐趣也没有。下次你再生病，我马上离你远远的。”唉！这等品行多么粗野！全然缺乏想象力！此种性格既冷酷又低劣！“当你不再是被供着的偶像，就一点乐趣也没有。你下次再生病，我马上离你远远的。”我独自遭囚禁于不同的牢狱期间，这番

1. 指在柏克利餐馆。

话始终纠缠着我。我自己也默念了无数遍，看出你音讯全无隐藏的含义（但愿我错怪了你）。当我因为照顾你而染病发烧时，你却写这封信给我，口吻蛮横残忍，当然令我极度反感。但放眼全世界，无论谁对谁写出这种恶毒的话，都会是难以饶恕的罪过（倘若真有这种罪过的话）。

我坦承，读完那封信后，我感觉几乎要被你污染了，仿佛一旦与你这种人有关联，就彻底糟蹋和作践了人生。其实，我当时早已深受其害，但要等六个月后，才明了自己有多么凄惨。我打算在那周五返回伦敦，私下拜访乔治·路易斯爵士[1]，请他写信给令严，表明我已下定决心，无论在任何情况下，都不会再让你踏入我家半步，或者跟我一同用餐、交谈、散步，亦即不管何时何地，你都不会再陪在我身边。此事办妥后，我就会写信给你，告知我将采取的行动，个中原因，想必你心里有数。周四晚上，我将一切都打点好了，但周五一早我坐下来要吃早餐时，恰巧翻开报纸，瞧见一条电报说，令长兄——真正的一家之主、爵位继承人、整个家的支柱——被人发现死在水沟中，身旁放着他的手枪，子弹已被击发。这桩悲剧太过吓人，如今已确认是意外走火，但当时却传出另有隐情。令兄平素人见人爱，竟遭逢如此厄运，据说差不多

1. 乔治·路易斯爵士（Sir George Henry Lewis, 1st Baronet, 1833—1911）：英国律师，为多位作家、艺术家之代表律师。

是在新婚前夕，实在是令人唏嘘。我想到你可能得多么难过，也想到令慈痛失爱子所面临的创伤。她人生的自在与幸福全寄托在令兄身上，她也亲口告诉过我，令兄打从呱呱坠地以来，就从未让她掉过半滴泪。我还想到你的孤单无助，毕竟另两位兄弟不在欧洲，只剩你当令慈和令妹的依靠，不仅要在她们伤心时陪伴，还要处理后事所伴随的烦琐杂务。我还想到万物同悲与全人类的哀愁——凡此种种念头与情绪在我内心交会、涌入脑中翻腾，皆让我对你和你的家人充满无限怜悯。我也把对你的责怪和愤恨，全都抛诸脑后。纵然我生病时你待我无情，我仍无法在你痛失至亲时还以颜色。因此，我当下立即发电报给你，致上最诚挚的慰问，并在后续的信中邀你来我家。我觉得在此时丢下你，还是通过律师转达，对你未免过于残忍。

你自事发现场回到城内，就飞也似的来找我，身穿丧服、眼眶泛泪，一副单纯温顺的模样。你像孩子般渴求慰藉和帮助。我对你敞开了大门、敞开了自家，更敞开了心胸，痛你所痛以减轻你的负担，且只字未提你先前的所作所为：无端地发飙以及恶毒的信件。在我眼中你真的哀伤不已，我俩的关系也较过去更为亲近。你从我这儿拿去放在令兄坟上的鲜花，不只是象征他的生命之美，更象征了所有生命蕴藏的美，终有重见光明的一日。

众神总是难以捉摸，不仅把人的罪孽作为手段来折磨我们，更会利用人心的善良、温和、仁慈及友爱来毁灭我们。我当初就是对你们一家心存怜悯和关怀，才导致现在被关在阴牢兀自落泪。

当然，在我俩交错的关系中，不仅宿命清晰可见，劫难亦昭然若揭。然而劫难总是疾行于前，因为得赶赴伤亡之约。你自令严一脉相承的家系，任何联姻无不遭殃，与人交友每逢灾厄，暴虐性情害人害己。无论是我俩人生交错的点滴缘分，还是你不分大小事地找我求助或享乐，以及宛如梁上飞尘和树梢落叶的微小巧合与机运，劫难都紧紧跟随，像是哀号伴随的回音、猛兽移动的阴影。我们的友情始于你写来的一封求救信，内容悲戚动人，央求我救你脱离某个窘境，任谁陷入其中都会极为恐惧，对于牛津的学生更是可怕。于是我替你解了围，但你却在路易斯爵士面前，总是搬出我的名字，害我渐渐失去他的友谊与尊重，十五年的交情就这样付诸流水。一旦无法获得他的忠告、协助与关心，我也就失去人生中最大的靠山了。

你曾寄来一首替大学诗社所写的优美诗作，希望获得我的肯定。我的回信则充满了文学妙喻，将你比作海拉斯、雅辛托斯、琼奎尔和纳西瑟斯[1]，或是受到伟大诗神的眷顾与宠爱。那封回信宛如摘自莎士比亚十四行诗，只不过转换成小调演奏。唯有读过柏拉图的《会饮篇》，或能体悟希腊大理石雕像的肃穆神情，才能真正领略信中要旨。老实说，凡是剑桥或牛津的学生作诗来谦恭地讨教，我只要心情愉悦，便会随性挥笔回复，确信他拥有充分的才识与学养，足以正确解读文句的意象。但看看这封信的命运吧！先是被你拿给某个可恶的同伴，再流入一批专搞勒索的流氓手上，而信件复本则在伦敦广为流传，多位友人与搬演我剧作的戏院经理[2]皆收到了。坊间对信件的含义有各式各样的揣测，但没有半个正确的诠释。社会各界对此议论纷纷，甚至有离谱至极的谣言，说我写了这封不入流的信件，所以得赔上一笔巨款。这则谣言成了令严猛烈抨击我的依据，我在法庭出示信件原稿，以证明自己的清白，却被令严的律师批评为意图不轨，残害年少无知的心灵。这封信最终构成刑事告诉的罪状。刑事法庭竟也加以采纳，法官的结案陈词道德至上但缺乏学养，我也因此蒙受牢狱之灾。我回给你一封文情并茂的信，居然落得如此下场。

1. 海拉斯、雅辛托斯、琼奎尔和纳西瑟斯（Hylas，Hyacinthos，Jonquil，Narcissus）：均为希腊神话中的美少年。

2. 指赫伯特·崔伊爵士（Sir Herbert Beerbohm Tree，1852—1917）：英国演员、剧院经理。

我俩待在索尔兹伯里那阵子，你收到一封过去友人寄来的恐吓信，害怕得不知所措，拜托我代为出面协助。我照办了，结果却遭池鱼之殃，被迫扛下本该由你承担的责任。当你未能取得学位而得离开牛津时，你拍了个电报到伦敦给我，央求我去找你。我立刻赶了过去。你要我带你去戈灵散心，因为眼下情况你不愿回家。到了戈灵，你看上一栋房子，我也为你租了下来，但如今从各方面看来，我都是在害自己走上绝路。还有一天你来找我，要我看在你的面子上，帮你朋友为即将创办的牛津大学生杂志写篇文章，尽管我从未听你提起此人，对他一无所知，但为了讨你开心——我何尝不是事事顺着你？——我寄给他原定在《周六评论》刊登的文章的其中一页，内容列出了许多悖论。数月后，我竟因为该杂志性质的缘故，站在中央刑事法庭的被告席，结果也成了刑事告诉的部分依据。法官要我替你朋友的文章和你的诗作进行辩护。对于你朋友，我无法辩护，但对于你写的诗，我则是极力捍卫到底，忠于你正值青春的文学与年华，不容许他人称你是淫猥的作家。但因为你朋友办的大学生杂志，以及你那句“不敢说出口的爱”[1],我终究是成了阶下囚。我曾送过你一个圣诞礼物，你在谢卡中说那是“很漂亮的礼物”，我知道

1. 出自道格拉斯在该大学生杂志发表的一首诗《两种爱》(*Two Loves*)。

你心系它很久了，不过四五十英镑，便买来送给你。当我大难临头又面临破产时，查封人员没收并卖掉了我的藏书，用来偿付那个“很漂亮的礼物”。正是因为它，查封执行令才追到家中。而到了那噩梦般的最后关头，我忍受不了你的百般嘲弄，不得不对令严提告并申请拘捕令之时，唯一能用来摆脱现况的借口，就是付不出高额的诉讼费。我当着你的面，向律师说我已无积蓄，付不起这笔巨款，手头也没现金可用。我句句属实,你也很清楚。如果我身上有钱,在那要命的周五，哪会待在汉弗里律师事务所无奈地自掘坟墓，而是早就在法国逍遥快活，把你们父子俩抛诸脑后，不甩他恶毒的卡片与你的信件。但我却被困在埃文代尔饭店，饭店人员执意不让我离去。我俩在饭店总共住了十天，岂料你还找了个同伴前来，实在令我怒不可遏，你也不得不承认理亏。那十天共花了一百四十英镑。饭店老板表示，除非我付清，否则绝不让我提取行囊离开。所以我才会一直留在伦敦，要不是积欠饭店费用，我早就在周四一早到巴黎去了。

当我告诉律师自己没钱支付巨额费用时，你立即插话表示，你的家人会很乐意垫支所有必要开销。你说令严是家中的梦魇，家人常商量是否该送他去精神病院，省得他在家里找麻烦。你也提到，他带给家人烦恼与痛苦，其中又以令慈深受其害。如果我能出面让他被关起来，就会成为他们家的英雄和恩人。果真如此，令慈那些有钱的亲戚就会心满意足，进而揽下所有诉讼花费。律师当场定案，我便连忙赶往法院声告。我找不到借口不去，完全是被迫蹚此浑水。你家人当然没帮我付半毛钱。后来我宣告破产，令严要负起全责，而且仅仅为了七百英镑[1]。如今，我妻子也与我闹翻到准备诉请离婚，只因谈不拢我每周的生活费该是三英镑还是三英镑十先令。这当然又需要全新的事证和审判，随之而来的也许有更严重的诉讼。我自然不知道其中细节，只知道我妻子的律师找来的证人名字：他就是你在牛津就学期间的仆人，那年夏天我还应你的要求，请他前来戈灵伺候我们。

然而，我已不需要再举其他例子，来说明你在大小事上带给我的劫难。这有时令我觉得，你似乎只是一具傀儡罢了，你的背后由秘密的隐形之手操纵，将灾厄导向可怕的结局。但傀儡本身也有自己的欲望，也会替表演增添全新桥段，改变曲折人生的既定轨迹，满足自身的兴头或胃口。我们无时无刻不在印证人生永恒的吊诡：全然自由又受制于法律。我常常在想，若人类深邃奥妙的灵魂能有个解释，这便是唯一能解释你脾性的说法，尽管说起来让这等奥秘更加玄妙。

1. 七百英镑是那场控告昆斯伯里侯爵未胜诉的诉讼费用。王尔德的债务总额是六千英镑，昆斯伯里侯爵则是提起王尔德破产申请的债权人。

没错，你也有你的幻觉，也确实活在幻觉之中，隔着变化多端的雾气与五颜六色的面纱，你眼中的现实全变了样。我记得很清楚，你以为将自己全心全意献给我，摒弃自己的家人与家庭生活，就足以证明你对我的重视与爱慕。对你而言确实如此。但别忘了，与我在一起时，你的生活尽是奢靡高档的消费、无限的享乐和数不清的金钱。家庭生活令你觉得腻烦，套句你说的话，“索尔兹伯里的廉价葡萄酒”不合你胃口。而你只要在我身旁，除了学识上的收获，还有口腹声色的享受。当你找不到我陪时，你另找的那些同伴实在令人反感。

你以为寄律师函给令严，说宁愿放弃每年两百五十英镑的生活费（应已扣掉你在牛津的欠债），也不愿切断跟我之间的友谊，便可借此展现自己的义气，达到自我牺牲的崇高境界。但不拿区区那一点生活费，并不代表你想放弃任何肤浅的奢华享受，或是任何非属必要的铺张行径。相反的是，你比以往更渴求奢侈的生活。我俩与你那意大利仆人待在巴黎的八天，花了将近一百五十英镑，光是帕拉德的餐费就高达八十五英镑。按照你理想的生活形态，就算你只计算个人餐费，并且在吃喝玩乐上较为节省，你全年的收入也只撑得了三个星期。你放弃生活费不过是虚张声势，让你至少有个冠冕堂皇的理由花我的钱。你在各种场合利用这个借口，充分发挥其最大价值。你不断地伸手索求，当然主要是向我要钱，但我知道令慈也深受其害，这比以往更加恼人，因为就我而言，你从来没说过一次谢谢，也不懂得要稍加节制。

你也以为，运用恶毒的信件、辱骂的电报和毁谤的明信片来攻击令严，就等于替令慈打抱不平，挺身而出捍卫她的尊严，帮她报复婚姻生活蒙受的委屈和痛楚。这根本是你个人最荒谬的妄想。你若真想替令慈所受的屈辱出口气，认为这是身为儿子的本分，真正该做的就是当个孝顺的儿子，别让她不敢与你讨论正经事，别把在外的账单全算在她头上，别让她伤心难过，凡事对她体贴一些。令兄弗朗西斯便是如此，尽管他的生命如花朵般短暂，但他对令慈体贴善良，减轻了她内心的苦楚。你原本应该以他为榜样，却妄想若成功怂恿我把令严送入大牢，令慈就会倍感欣慰，殊不知这想法错得离谱。若想知道女人看到自己的丈夫，自己孩子的父亲穿着囚衣、关在牢里，心里会是什么滋味，不妨写信问问我妻子，她会如实告诉你的。我同样也抱有过幻想，误以为人生是场精彩有趣的喜剧，你会是剧中风度翩翩的要角。没想到，人生竟然是场龌龊恶心的悲剧，而最大灾难的阴险祸患，就是脱下了欢愉假面具的你，专心致志只为一己目标。这个假面具不仅拖我下水，也害你自己误入歧途。

现在，你能略为明白我的痛苦了吗？有家报纸，印象中是《帕尔莫公报》[1]，报道了一出我所写的剧作的彩排过程，提到你如影随形地跟在我身旁。我俩情谊的追忆，是狱中伴我左右的影子，从未离开半步。夜半时影子将我唤醒，一遍遍地诉说相同的故事，我听了心烦意乱，睡意全无，直到天明。黎明过后，影子又开始跟着我，尾随我进入监狱中庭，让我拖着步伐时自言自语，被迫想起每个痛苦时刻的每个细节。那些不幸岁月里所发生的大小事情，我皆能在充满伤心与绝望的脑海中重现。你声音里的每分焦虑、双手的紧张颤抖、每一句恶言恶语都向我袭来。我想起我俩经过的街道或小河、四周的墙壁和林地、时钟所指的数字、风吹拂的方向、月亮的颜色与盈亏。

我知道，对于我说的这一切，你的回答会是你爱我。你会说在那两年半期间，命运将我俩原本分隔人生的丝线，编织成一张深红的图腾，你是真的爱着我。是啊，我知道你爱我。无论你待我有多么残忍，我总觉得你心底是真的爱我。但我也很清楚，我在文艺界的地位、性格的魅力、财富、优渥的生活，以及千百种令人钦羡又不真实的条件，每一项都是让你迷恋又缠着我的因素。但除此之外，还有种莫名的吸引力，让你爱我远胜过任何人。然而，你就像我一样，生命中蕴含

1. 《帕尔莫公报》(*Pall Mall Gazette*)：1865 年创刊于伦敦，1921 年并入《伦敦标准晚报》。

可怕的悲剧，但本质与我截然相反。你想知道是什么吗？在你心中，恨永远比爱来得强烈。你对令严的恨意，全然超越、压倒与掩盖了你对我的爱恋。两种感情之间没有任何抗衡，即使有也微不足道。你的恨意力量庞大，滋生速度快得吓人。你不知道，同一个灵魂无法容纳两种强烈的情感，爱与恨无法在同一间精心雕刻的屋子里共存。爱是以想象力浇灌，我们因为爱变得更有智慧、更加善良、更为高贵，因为爱得以窥见生命的面貌，也唯有通过爱，方能明白他人理想的状态与现实的关系。爱唯有精心构筑的美好想象力能喂养，但任何东西都能喂养恨。多年来，你饮下的任何一杯香槟，吃下的任何一道佳肴，无不让恨意日渐肥大。因此，你为了满足心中的恨，不惜拿我的人生下注，正如你毫无顾忌地用我的钱豪赌，满不在乎任何后果。你揣想，即使输了，你也不必蒙受损失，但若赢了，胜利却属于你，你会坐享喜悦与好处。

恨会蒙蔽双眼，但你并未察觉此事。爱可读到遥远星辰的音讯，但恨只会局限视野，使你仅看到眼前狭窄无比、四面是墙的欲望花园，里面的花朵皆因纵情声色而枯萎。你性格中最致命的缺陷，完全是内心的仇恨导致的结果。不知不觉间，恨意默默地啃噬你的人性，宛如苔藓啃咬发黄植物的根部，直到你眼中只剩下贫乏的兴趣与狭隘的目标。你原本能由爱培养的能力，已被恨给毒害瘫痪。令严首度对我展开抨击,是在一封写给你的私人信件中,把我当成你的私人朋友。一读到信中下流的威胁和粗俗的辱骂，我立即就预见原已乖舛的日子，隐约有可怕的危险蛰伏其中。我告诉过你，我可不想成为你们父子俩彼此仇视下的牺牲品。我还说过，对他而言，在伦敦的我，自然比远在德国洪堡的外交大臣，更值得成为猎物。而若你把我置于这种窘境，即使暂时如此，也对我有失公允。我的人生有更重要的事，不值得跟这种酗酒、堕落又愚蠢的人浪费唇舌。但你看不到这点，仇恨蒙蔽了你的双眼。你硬是说你们父子俩的争执与我无关，也不准许令严对你的私生活下指导棋，要求我介入其中确实很不公平。但你在跟我商量此事前，居然发了愚蠢又不入流的电报给令严，这当然导致你采取同等愚蠢且不入流的行动。人生最要命的错误不能归诸不明就里，这反而可能是最美好的时刻，最要命的错误得归诸自作聪明，两者有着天壤之别。那封电报制约了你日后与令严的关系，也决定了我全部的人生。此事最荒诞之处在于，那封电报就连街上最粗鄙的痞子看了都会羞愧。随着事态的发展，你原本是寄发用词难听的电报，后来是寄一本正经的律师信函，而这当然只会产生相反的效果，让他别无选择，只能继续变本加厉。你逼着他得捍卫自身名誉，或者说他得洗刷你强加的耻辱，导致他接下来的攻击模式，不再只是写私人信件，把我当成你的朋友，而是昭告天下，把我当成公众人物。我不得不将他撵出我家。岂料，他四处到各家餐厅找我，只为了在众目睽睽下辱骂我，此种举止使得我无论反不反击，都只有死路一条。当时，你理应出面跟他说，你不忍见我为了你承受丑恶无情的抨击与迫害，而愿立即断绝我俩之间的友谊。我猜你现在才能体会。但当时，你却丝毫都没想过，你因为心中充满恨意而盲目，除了不断写信和发电报羞辱他，只想得到买把可笑的手枪，后来意外在柏克利餐馆走火，这桩丑事引起的波澜，远比你所得知的更加难堪。你一想到自己成为令严与我这种身份地位之人争执不休的焦点，似乎还沾沾自喜。不过我想也没什么好奇怪的，毕竟这样既能满足你的虚荣心，也让你更加自命不凡。倘若令严争得你的身体但我不在意，而我获得你的灵魂但他不在乎，问题就此解决，你势必会觉得心烦。你嗅到能当众令他出丑的机会，就连忙飞奔过去。而你想到可以隔岸观虎斗，就觉得心满意足。那个季节后来你似乎异常雀跃，我从未看过你心情这么好。你唯一失望的应该是没发生什么大事，我和令严未再碰面或龃龉。但你为了填补失望，又发了许多电报惹毛他，弄得他不堪其扰，最后下令给仆人无论谁发电报来，都不准再拿给他。你并未因此却步，转而发现明信片的巨大优势，于是极尽所能地发挥其功用。你对他比以往更穷追猛打，虽然我也不认为他本来有意罢手，毕竟家族本性根深蒂固，他对你的恨亦不亚于你对他的恨，而我却成了你俩的棋子，兼顾攻击与防御的能力。他对于恶名在外特别渴求，这不仅是个人爱好，更是家族遗传。尽管如此，只要他的兴致稍有降低，你持续寄去的信件和明信片很快就重燃他心中的陈年之火。后来果然如此，他的手段自然就更加夸张。继私下辱骂我与公开抨击我之后，他最后决心发动最为猛烈的攻势：故意挑我作品上演的剧院，想诋毁我艺术家的身份。他设法冒名取得一出剧首演之夜的座位，企图要中断台上演出，在观众面前对我狂加叫骂、羞辱我的演员，还要趁我到台前谢幕时，向我丢掷不雅或猥亵的东西，完全要以穷极恶劣的方式，利用我的剧作来毁掉我。说巧不巧，某回他的心情似乎好得忘我，一时之间吐露实情，竟在其他人面前把阴谋拿来说嘴。警方获报后，他就被禁止进入戏院。当时正是你的大好机会，难道你至今依然看不出来吗？难道你不该把握机会站出来，说不愿见到我的艺术因你而毁吗？你很清楚艺术对我的意义：艺术是我一切的根本，借由艺术我先看到了自我，再将自我呈现于世人面前；艺术是我的人生热情之所在，我对它的爱胜过任何事物，宛如沼泽之水对比红酒美馔，或萤火之光对比魔幻月光。难道你至今还不明白，自己性格最大的缺陷就是想象力匮乏吗？你要做的事相当单纯，清清楚楚地摆在眼前，恨意却蒙蔽了你的双眼，让你视而不见。九个月来，我承受令严凶残的侮辱与陷害，怎么样都不可能向他道歉。我也怎么样都无法摆脱你的纠缠，尽管我一试再试，甚至不惜逃离英国到国外去，只希望离你越远越好，一切却都徒劳无功。

你是唯一可能改变现状的人，事情关键完全在你手上。你曾有这样一个大好机会，可以对我付出的关爱、温柔、慷慨和照顾，做出小小的回报。倘若你懂得欣赏我身为艺术家的价值，哪怕只有十分之一也好，你就会抓住机会报答我。但仇恨让你盲目。我先前说过："唯有通过爱，方能明白他人理想的状态与现实的关系。"你的这项能力已然死去，整副心思都系于如何让令严坐牢。你曾说过，看到他"站在被告席上"是你一心想要达成的目标。这也成了你挂在嘴边的话，吃饭聊天必定提及此事。好吧，你终于如愿以偿了。恨实现了你所有的愿望，是对你百般纵容迁就的主人。的确，恨对任何供奉它的仆人皆然。头两天，你与法警高高坐在旁观席，尽情观赏令严站在中央刑事法庭的被告席中。第三天，站在被告席的人却是我。怎么回事呢？在这场你们父子俩彼此仇视的赛局中，我的灵魂成了赌注，你掷骰子掷输了，就这么回事。

如你所见，我必须写下你的种种作为，你也必须有所体悟。我们至今认识超过四年了，其中一半时间我们交往，另一半时间则因我俩的友谊，我只得在狱中度过。倘若这封信真的交到你手上，我也无从得知你在哪里，但想必是罗马、那不勒斯、巴黎、威尼斯或某个河畔或滨海的美丽城市，即使没有我俩在一起时满是多余的奢侈享受，你的身旁八成也少不了声色犬马、美食佳肴。对你而言，人生确实美好。然而，你若足够聪慧，希望人生更加美好并且有所转变，就会在读了这封难以卒睹的信件后——这点我了然于心——领略人生关键的危机与转机，如同书写这封信对我的意义。犹记得，你以前只要饮酒或欢愉，苍白的脸庞便容易泛红。若在读这封信的过程中，你的双颊因羞愧而不时发烫，仿佛炉火烤过那般，那对你就再好不过了。万恶莫大于肤浅，凡事省悟即得善果。

我差不多已讲到拘留所了，对吧？我在警局被关一晚后，就被送到了拘留所。当时你展现了无比的体贴和关心。你在出国之前，几乎每天下午都不嫌麻烦地坐车到哈洛威监狱探望我。你也寄来多封温柔感人的信。但你没有一时半刻想过，我之所以会锒铛入狱，元凶不是令严，而是你，自始至终你难辞其咎，我坐牢根本都是因你而起、为你所害。即便我身陷囚笼之中，都无法唤起你枯槁的想象力。你就像欣赏了一出悲剧的观众，再怎么满怀怜悯与伤感，却没意识到这难以卒睹的悲剧，其实是自己一手造成的。我当时很清楚你不知道自己做了什么，我也无意代替你的良心来告诉你一切，只可惜你的良心已被恨所麻痹，我无法再给你任何忠告。凡事皆得仰赖个人天性才能有所领悟，一个人倘若无感又无知，旁人说什么都是徒然。我之所以现在提笔写信，是因为在我蹲苦牢期间，你的沉默和行径让我不得不说。况且，既然结果是我独自承受所有打击，那么写这封信我尚能聊以宽慰。基于许多原因，我受苦受得心甘情愿，但当我看到你那副全然任性的盲目，心中还是充满不少鄙视。犹记得，你那次意气风发地拿一份小报给我看，上头刊载了一篇你所写的关于我的投书。那篇投书写得四平八稳又无关痛痒，整体而言平庸无奇。你在文中说要替一位“遭逢挫败的先生”发声，力图诉诸“英国人讲究公平的精神”，或诸如此类了无新意的论调。凡是德高望重却无私交之人遭受恶意指控，你这封投书照样可以适用。但你却自我感觉良好，以为写了篇精彩之作，证明自己拥有理想中的道义精神。我知道你其实还投了其他报纸，只不过最后都石沉大海。这些投书仅反映了你痛恨令严，只是这件事没有任何人在乎。你还不明白的是，从知识的角度而言，恨永远只会造成反智，而从情感的层面来看，恨就是一种萎缩的病症，歼灭所有情感，直到仅剩自己。投书报纸宣告自己恨透某人，就好比告诉大众自己罹患羞于启齿的隐疾，而你恨透的人正好是令严，而令严也恨透了你，并不代表这份情感比较高尚，充其量只反映它是种遗传的疾病。

我又回忆起一件事。当初法院对我家下达查封令，所有藏书家具悉遭查封拍卖，眼见破产在即。我当然也写信告诉你此事，但略过查封人员来我家搜刮的原因，亦即要偿付我送你的那些礼物。我当时心想——不论这想法是对是错——这消息可能会令你有些难过，毕竟你也常到我家用餐，所以我只简单交代了查封的过程和内容。岂料，你从法国布洛涅写来的回信，竟是一副乐不可支的口吻，说令严正好“手头很紧”，又得筹措一千五百英镑的律师费，如今我面临破产，不啻是对他一记“迎头痛击”，因为这下便无法从我身上获得任何赔偿了！你现在知道恨可以把人欺瞒到什么地步了吧？你应该也能明白，我所谓的恨是会歼灭其他情感的萎缩症，其实是科学地陈述真实的心理面向了吧？我所有心爱的收藏都得卖掉：所有伯恩－琼斯、惠斯勒、蒙提切利、所罗门的画作[1]；我的瓷器；我书房内所有的藏书，几乎囊括当代每位诗人的作品，如雨果、惠特曼、斯温伯恩[2]、马拉美[3]、莫里斯[4]、

1. 爱德华·伯恩－琼斯（Edward Burne-Jones，1833—1898）和所罗门（Simeon Solomons，1840—1905）为前拉斐尔派画家，惠斯勒（James Abbott McNeill Whistler，1834—1903）和蒙提切利（Adolphe Joseph Thomas Monticelli，1824—1886）是印象派画家。

2. 斯温伯恩（Algernon Charles Swinburne，1837—1909）：英国诗人。

3. 马拉美（Stéphane Mallarmé，1842—1898）：法国诗人、文学评论家，为早期象征主义诗歌代表人物。

4. 莫里斯（William Morris，1834—1896）：英国小说家、诗人，英国艺术与工艺美术运动的领导人之一。

魏尔伦[1]等，以及家父家母装帧精美的著作、我求学时期的各式奖项与豪华版书籍等。但这一切损失对你毫无意义，只说罗列查封的东西无聊至极。你眼中所见，就只有令严可能要破费好几百英镑，区区这个念头就令你喜不自胜。至于诉讼费，你也许有兴趣知道：令严曾在奥尔良俱乐部公开表示，他已从官司中获得极大的满足和享受，也顺利拿下胜利，即便最后要花上两万英镑也非常值得。他不但成功让我吃上两年的牢饭，还不过一下午的光景就害我公开宣布破产，称得上是他意料之外的惊喜。我毕生耻辱的最高点，亦是他完全胜利的巅峰。我非常清楚，假如令严没有向我索讨诉讼费，你起码会在信中对我失去了所有藏书深表同情。这对一位作家而言是无法弥补的损失，其他财物遭查封都没令我如此痛心。说不定，你会因为想起这几年我花费无度地供养你，而特地帮我买回部分书籍。即使是一流的藏书，也不过一百五十英镑，差不多等于我一星期花在你身上的费用。但你只顾想着令严会破点小财而沾沾自喜，全忘了应该帮我把一些书买回来作为小小的回报，这既简单、便宜又显而易见，是我求之不得的事。所以我没说错吧？恨确实蒙蔽人心。你现在明白了吗？若是还不明白，那就努力看看吧。

1. 魏尔伦（Paul Verlaine，1844—1896）：法国诗人。

无论当时或现在，你性格的缺陷我都看得一清二楚，这自不待言，但我总对自己说："不管要付出什么代价，我都得把爱留在心中。倘若我因为蹲苦牢就没有了爱，我的灵魂会变成什么模样？"我先前从哈洛威写给你的那些信，都是为了努力让自我秉性继续以爱为主调；否则要是我愿意，大可以在信中狠狠地责备你，用无情的咒骂把你羞辱得体无完肤。我本可以让你照照镜子，看看连自己都不认得的模样，直到你发现它模仿着你恐惧的表情，才会惊觉镜中的人是谁，从此永远痛恨镜里与镜外的自己。当然不仅如此，我还因故成了代罪之羊。我当初若选择自保，大可以在任何一次审判中供出真相，就算无法免除外界的羞辱，至少能逃过牢狱之灾；我当初若能在法庭上指出，最重要的三名证人皆是受令严和其律师唆使，不仅隐瞒真相还捏造证词，经过刻意的密谋与擘画，将某人的所作所为栽赃到我头上。我本可以请法官，将他们全都赶下证人席，比先前处理做伪证的阿特金斯更加迅速果断。然后，我就可以谈笑风生地走出法院，双手插着口袋，重获自由之身。旁人也给我庞大的压力，无非要我为自己出头；他们唯一关心的就是我与家人的幸福，一再对我提出诚恳的建议、苦劝又拜托我说出真相。但我拒绝了，没选择这么做，至今也不曾有半刻后悔，即使在狱中最难熬的日子亦然，因为这不符合君子的作风。肉体的罪愆微不足道，倘若应该接受治疗，交给医生医治即可；但灵魂的罪愆真正可耻，若用这种方式脱罪，我将会一辈子寝食难安。但你真以为自己值得我如此付出吗？还是以为我认定你值得呢？你真以为在我们交往期间，自己有一时半刻配得上我的关爱，或觉得我认为你配得上吗？我知道这一切并不值得。但爱不是市场上流通的商品，亦不能用小贩的秤来论斤计两。爱的喜乐宛如智的喜乐，在于感受活着的价值。爱的目的就是付出爱，不多也不少。你是我这辈子的死敌，任何人都没遇到过这般敌手。我把人生奉献于你，而你为了满足内心低劣、粗鄙至极的人类欲望，诸如仇恨、虚荣和贪婪，居然弃之不顾。不到三年,你便将我的人生摧毁殆尽;而为了我自己着想，我只得别无选择地继续爱你。我很清楚，倘若任由自己去恨你，那片我至今仍踽踽独行的人生荒漠中，每块巨岩就会失去凉荫,每棵棕榈树恐将凋枯,每口水井源头尽是毒水。如今，你是否开始稍稍理解了呢？你的想象力是否正从漫长的昏睡中苏醒过来了呢？你已明白恨是什么了，那是否开始领悟爱的意义和本质了呢？你现在理解还不算太迟，尽管我为了教会你此点，不得不付出坐牢的代价。

遭到判刑之后，我穿上囚服，关进牢房，美好人生徒留废墟，任凭悲伤击溃精神、恐惧迷惑内心、痛苦晕头眩目。但我依然不愿恨你，我每天都对自己说：“今天务必要把爱留在心中，否则如何熬过一整天？”我提醒自己你并无恶意，亦非要故意害我，只是鲁莽地拉开了弓，一箭射进国王盔甲的缝隙而造成伤害。我觉得，若把人生所有芝麻绿豆般的悲伤与损失，全都拿来跟你算个仔细，实在有失公平。因此，我认定你也是受苦之人，也逼自己相信，长期蒙蔽你双眼的薄鳞终于褪去。我以前不时会心痛地想象，当你反省自己一手造成的伤害，内心会生成多大的恐惧。即便是在我人生黑暗无比的时期，我也不时渴望能安慰你，深信你终究意识到自己的所作所为。

可是，我万万没料到你竟有着最糟糕的恶习：肤浅。我不得不告知你此事时，真的难过不已。按照规定，我若有机会收信，必须以家务事为主。我的小舅子先前来信提到，我若能抽空写封信给我妻子，她就会看在我和两个孩子的分儿上，不会诉请离婚。我觉得自己有责任这么做。其他姑且不论，光是想到要跟漂亮又惹人疼的西里尔[1]分开，我心里就万分难受。他是我最亲昵的朋友、最挚爱的同伴，他小脑袋瓜上任何一根金发远比——我就不拿你做比较了——全世界的橄榄宝石还珍贵，一直以来都是如此，但等我真正体悟到这点却为时已晚。

1. 西里尔（Cyril Wilde，1885—1915）：王尔德的长子，于王尔德入狱后改姓 Holland。

你申请出国过了两个星期，我才终于听说你的消息。罗伯特·谢拉德这位最勇敢又文质彬彬的好友来探视我，叙旧闲聊之外，提到你将发表一篇关于我的文章，并且公开数封我的书信，还是刊于《法兰西信使》这家矫情作态、文学堕落的刊物上。他问我这是否是我的本意。我得知的当下，既诧异又恼怒，要求此事立即喊停。你常把我写给你的信随手乱放，不是被那些勒索你的同伴偷走，就是遭饭店服务生窃取，或让家中女佣拿去卖钱，而这仅仅是你疏忽大意、不重视我写的信。但如今你竟认真地要公开部分信件，我听了简直不可置信，至于会是哪几封信，我更是无从得知。许久未有你的音讯，第一则消息就令我老大不爽。

第二则消息没多久就来了。令严的律师亲自到狱中，交给我一份破产通知书，就为了区区七百英镑的税后诉讼费，我被公开宣告破产，还必须因此出庭。我至今都强烈主张，之后也会再次强调，这笔费用应该由你家人支付。当初可是你口口声声保证，你家人会支付这笔开销，我的律师也才答应承接此案。对此，你必须担起全部责任；即便你无法代表家人承诺此事，也应该想到自己害得我名誉扫地，理应至少帮我免去破产这个额外耻辱，更何况那笔钱根本就少得不像话，还不到我俩夏天在戈灵短短三个月内，我为你所花费用的一半。不过，这件事就暂且不说了。我坦承，我是通过律师助理得到你针对此事的传话的。那天他来记录我的口供和证词，忽然探过身子——狱卒也在场——瞄了瞄从口袋掏出的纸条，低声对我说："百合花王子向你致意。"我直愣愣地盯着他。"那位先生人在国外。"他故作神秘地说。我恍然大悟，然后大笑出声，这是我苦牢生活中头一次、也是最后一次发笑，笑声道尽了我对一切的不屑。百合花王子啊！我顿时明白了——之后的事情也证实了我的想法——尽管发生了大大小小的事，你却没有半点长进，依然自认是喜剧中风度翩翩的王子，而非悲剧中阴郁沉闷的人物。昨日种种宛如帽上装饰的羽毛，帽下是你狭隘的脑袋；又如马甲上点缀的花朵，衣下藏着的内心，唯有恨可以温热，唯有爱使之冰冷。百合花王子啊！无怪乎你会用假名与我联系，当时我仅是一介无名之人。我被囚禁在一座庞大的监狱中，已化身为长廊中一间狭小牢房的数字与字母，正如其他上千个了无生气的囚犯，早成了上千个冷冰冰的数字。但说也奇怪，明明有许多历史人物之名更适合你，我也能不费吹灰之力就认出来，何必取名百合花王子呢？我没料到在这亮眼俗艳、适合化装舞会的面具后头，居然会看到你的脸孔。唉！要是你的心灵曾因哀戚而受伤、因悔恨而低头、因悲伤而谦卑，即使是为了追求自身完美，也不会选择这等假面具进入痛苦之牢狱。生命中的大事如表面所见，因此尽管说来有些矛盾，常常难以解读；

但生命中的小事是象征符号，我们最容易从中吸取苦涩的教训。你的假名看似取得随性，但象征意义丝毫未减，因而出卖了你。

六星期后传来了你的第三则消息。当时我大病在身，躺在狱中的医护室，忽然被叫了出去，典狱长要转达你给我的留言。他读了一封你署名给他的信，你说自己打算将一篇《关于奥斯卡·王尔德先生一案》的文章投稿《法兰西信使》（你还莫名地补充说，这刊物可“媲美英国的《双周评论》”），急欲获得我的同意，好让你摘录信件内容。哪些信呢？正是我从哈洛威监狱所写的信件，你理应视其为世上最神圣又私密的东西啊！如今你居然打算公开发表，给百无聊赖的颓废派当成奇文共赏，让贪得无厌的八卦作家大做文章，供拉丁区名流士绅嚼舌根。就算你没在内心大声反对这般低劣的亵渎之举，至少也该记得济慈的书信在伦敦公开拍卖时，我既难过又不齿之余所写的十四行诗，进而了解诗句中真义：

……我想，他们并不钟爱着艺术，
还摔碎了诗人水晶般脆弱的心，
一双双病态小眼或怒视或得意，纷纷在旁伺机。

你发表文章想向大众表达何事？你想说我太迷恋你吗？

这连巴黎街头流浪的少年都知道。他们不但会读报纸，大部分还会投稿。你想说我是天才吗？法国人明白得很，也深知我的才气特殊之处，远远胜过你可能具备的认知。你想说天才常伴随着反常的情感和欲望吗？这点值得敬佩，但这应该是龙勃罗梭[1]需关心的研究主题，况且这类病症亦可在一般人身上发现。你想说自己与令严这场仇恨之战，我同时是你们父子俩的矛和盾吗？还是想说，这场迫害我的大战结束时，若非你把网子撒在我脚边，否则他碰不到我半根汗毛？这点说得没错，但听说亨利·博耶[2]已把这件事说明得清清楚楚了。倘若你是想佐证他的观点，更无须发表我的书信，起码不要公开我从哈洛威监狱写给你的那些信。

对于上述种种质疑，你也许会企图反驳，说我在哈洛威监狱寄出的某封信中，曾亲口拜托你尽你所能，在部分社会人士面前还我一点公道。的确，我曾拜托过你。但不妨想想我何以落得坐牢的下场，难道是因为我跟法庭那些证人的关系吗？我与他们的关系无论真假，政府或社会都不感兴趣，不但一无所知也毫不关心。我之所以坐牢，是因为企图让令严入狱，最后当然以失败收场，我的律师也只能认栽。令严

1. 龙勃罗梭（Cesare Lombroso，1835—1909）：意大利犯罪学家。

2. 亨利·博耶（Henri Bauer，1851—1915）：法国作家大仲马（Alexandre Dumas，1802—1870）之子，曾撰文替王尔德打抱不平。

把诉讼完全翻盘，把我送进了监狱，至今仍不见天日。这就是为何人们会鄙视我、轻蔑我，为何我得在牢中熬过每天每分每秒，以及为何我的上诉屡屡遭拒。

本来唯有你能提供整件事的另一面向，给予不同解读并多少反映真相，同时不必担心招致任何嘲弄、风险或责难。当然，我并不期待也不希望，你道出当初在牛津惹上麻烦时，向我求援的意图和经过，或三年来我俩几乎形影不离，你是基于何种目的（若你真的别有居心）。我三番两次试图斩断我俩的友谊，毕竟这段关系极度戕害我艺术家的形象、备受敬重的地位与上层社会一员的身份，但这些都无须像这封信一样翔实记述交代。我也不希望你着墨于那反复到令人生厌的胡闹场面，或公开你一封封充斥柔情蜜语与铜臭味的电报，或像我这样被迫写出你那些无情又难听的文句。尽管如此，我原以为若你能多少驳斥令严的说法，抗议他把我俩的友谊描述得既丑陋又歹毒——把你说得荒唐至极、把我说得名誉扫地——对于你我而言，不啻是件好事。但他的版本如今已是公认的事实，被人引用、相信和记述，传教士将其纳入布道词，卫道人士则引以为戒。我曾获得社会上各年龄层的喜爱，却不得不接受这野蛮小丑的判决。我在前文已提到——我承认口吻充满怨怼——我人生的讽刺莫过于令严成了主日学校教材里的英雄，你与婴儿塞缪尔齐名，而我则在地狱与莱斯和萨德侯爵为伍。我敢说，这种结果也许才好，也无意再多加抱怨。我在狱中所学的一大教训即是：凡事皆注定，该来的躲不掉。相较于小说《桑福德与墨顿》[1]的善良主人翁，中世纪的人渣莱斯和写出淫书《瑞斯丁娜》的萨德想必更适合与我做伴吧。

但当初我写信给你，真心觉得为了你我着想，所谓正确适切的选择，就是拒绝接受令严为教化庸俗世人，而通过律师提出的那套说辞。因此，我才请你谨慎思考，撰写尽量还原真相的文章，至少好过你胡乱投稿给法国报纸，只为披露父母的家务事。法国人哪会在意别人父母婚姻生活幸不幸福呢？这对法国人来说，绝对是无聊透顶的事。他们真正好奇的是，优秀如我的艺术家，引领了独特的美学和运动，深刻影响法国思潮走向，何以享有这类生活之后，竟会主动提起一桩莫名的诉讼。假如你想在文章中公布的信件（恐怕早已不计其数）内容是我诉说你带进我人生的灾难，你任凭自己成为暴怒情绪的奴隶，最终害了我亦害了你，还有我想要——应该说执意——斩断我俩这段要命的情谊，尽管我仍不会同意你发表，但至少能理解你的动机。令严的律师为了在法庭上抓到我自相矛盾的证据，忽然出示我在一八九三年三月写

1.《桑福德与墨顿》（*History of Sanford and Merton*）：托马斯·戴伊（Thomas Day，1748—1789）的小说，18、19 世纪红极一时，描述两位男孩的成长故事。

给你的一封信，信中提到，与其忍受你三天两头的任性发飙，我还宁愿被“全伦敦的房东敲诈”。我俩友谊如此难堪的一面，居然就这么被公之于世，我当时真是伤透了心。然而，我最为刻骨铭心的痛苦与失望，莫过于你竟如此麻木又迟钝，不懂欣赏人生难能可贵的事物，才会打算发表那些信件，殊不知我在信中寄托了爱的精神和灵魂，尽管肉体长年下来受尽屈辱，爱仍然不会就此消失。而你为何会出现此动机，恐怕我再明白不过了。仇恨蒙蔽你的双眼，虚荣更用铁丝缝紧你的眼皮。我说过：“唯有通过爱，方能明白他人理想的状态与现实的关系。”但你狭隘的自负磨平了心中的爱，长期荒废下来亦无法发挥效用。你的想象力跟我一样受困牢中，虚荣心构成牢房的铁窗，仇恨则是看守的狱卒。

这一切都发生于前年十一月上旬。人生的洪流横亘于我与遥远的那日之间，即便眺望如此宽广的河面，亦难以看见对岸的景色。但对我而言，过去种种仿佛是今天发生的事。苦难的时刻极为漫长，我们无法以季节区分，仅能记下其纷杂情绪的流转与回归。对我们囚犯而言，时间本身并不会前进，仅会绕着痛苦的中心，不停地在原地打转。这样的生活瘫滞不前，所有事皆按照千篇一律的模式，吃喝坐卧、下跪祷告都依循呆板的铁打纪律。除了日复一日地重复微小细节，狱中生活的瘫滞，似乎也反映在以变动为本质的外界。无论是播种或收获的季节、农民收割谷物或采摘葡萄的情景，还是果园草地散落着白花或熟果，我们均一无所悉。

对我们而言，唯一的季节就是悲伤的季节。日月仿佛被硬生生夺去，外头的天空或许湛蓝灿烂，但从头上的狭窄铁窗、厚厚玻璃穿透的光线，往往灰白微弱得可怜。牢房永远都是暮色，内心也仅剩黄昏。我们的思绪一如时间，全然静止不动。你早已抛诸脑后或可以轻易忘却之事，如今却在我的人生上演，明天还会搬演同样的戏码。你若能谨记在心，就能稍稍理解我写这封信的理由与口吻……

一星期后，我被移监至此。三个月后，家母撒手人寰。世上没人比你更清楚，我对她的爱和敬重有多深，她过世的消息对我打击太大，即便我曾自诩语言大师，仍难以表达心中的哀恸与愧疚。即便在我艺术才气的巅峰，亦找不到任何词语承载沉重无比的心情、寻不着肃穆的乐音安抚无法言喻的悲戚。由于家父与家母赐予我的姓氏，全赖他们的努力而光荣尊贵，不仅在文学、艺术、考古和科学领域如此，在英国历史和民族演进中更是发光发热。我却害此姓氏从此蒙羞，使它成了低下阶层的卑贱字眼，还将它在泥沼中拖行，任由野人赋予野蛮的含义，任凭愚人用作愚昧的代称。至今我所承受的创伤，绝非笔墨所能形容。我那温柔敦厚的妻子，不忍让我从闲杂人等口中得到噩耗，抱病从热那亚大老远赶回英国，亲口告诉我这个消息，丧亲之痛莫此为甚。那些仍关心我的亲友们，纷纷捎来慰问的讯息，就连未有私交的人听到我又遭逢人生变故，都写信表示他们的哀悼之意。你的种种行为，用维吉尔向但丁提到那些没有高尚的冲动亦没有深远意向的人时所说的话来形容再好不过了：“别理他们，只用眼睛看，再走过去”。

三个月过去了。我看到牢房门外挂着的日历才知道是五月，上头还写着我的姓名与罪状、日常表现和劳动情形。

几位友人再度前来探监，我照例打听起你的消息，因而得知你待在那不勒斯的别墅，准备出版一本诗集。探监结束前，他们随口提起你想把诗集献给我，我听了只觉得胃在翻搅，感受到前所未有的恶心，但我不发一语回到牢房，内心油然升起不屑与鄙视之感。你竟敢妄想未经过我的同意，就能把诗集献给我？你是痴心妄想对吧？你哪来的胆子？你该不会要说，以前我声名大噪之时，曾允许你把早期诗作献给我吧？没错，我确实说过，因为无论是任何年轻人，只要刚踏上艰难又美丽的文艺之路，我都愿意接受他们的致敬。对于所有致敬之美意，艺术家理应欣然接纳，其中又以年轻人的致意加倍让人欣慰。月桂叶若由老朽之手摘下便会枯萎，唯有年轻人能替艺术家戴上桂冠。因此年轻人必须体认青春享有的特权。但时移势易，过去固然盛名卓著，今日落得低贱臭名。

这点你还无法明白。

荣华、欢愉和成功的感受较为粗糙且本质相近，但悲伤则是世上最为敏感的情感。任何念头一泛起涟漪，悲伤就会剧烈地随之震动。相较之下，金箔片虽能检验肉眼看不到的电流方向，微小电流亦能颤动，敏锐程度依然不及悲伤。悲之伤口轻轻一碰，立即痛得汩汩渗血，即便是关爱之手亦无法避免，只不过并非出自疼痛。

你既然都去信给旺兹沃思监狱的典狱长，询问我能否答应让你公布信件，好让你把文章投至“媲美英国的《双周评论》”的《法兰西信使》，这次为何不写信给雷丁监狱的典狱长，先获得我的同意后再将诗集（无论描述得有多天花乱坠）献给我呢？难道是因为前次我严正禁止该刊物公开信件（毕竟你也一清二楚，我至今仍拥有法定著作权），所以这次你便恣意妄为，等我得知想阻止也早已太迟？若你真想把我的名字写在诗集的扉页，就应顾虑我如今是背负耻辱、身败名裂的囚犯，请求我行行好、给你这份特权和荣誉，才是对待落难又受辱之人的正确方式。

哀伤之地亦是神圣之地。总有一天，你终将理解个中深义，否则就永远无法领悟人生。本性如小罗的人便明白这个道理。当两名警察一左一右把我从监狱押往破产法庭，小罗就站在凄凉的长廊上等着，待我戴着手铐低头经过时，神情庄重地向我脱帽致意，如此简单又贴心的举措，顿时让在场众人鸦雀无声。老实说，更加微不足道的小善小德，都足以构成上天堂的理由了。无论是圣徒跪下来为穷人洗脚，或弯下腰亲吻麻风病患的脸庞，秉持的正是这般精神和大爱。对于这个举动，我从来没向他提过半个字，至今也不清楚他是否知道我留意到他脱帽。这件事难以正式用言语答谢，我只好珍藏在内心深处，当作自己欠他的债，亦庆幸可能永远不必偿还。我流下的许多泪水化作没药和肉桂，使其常保甜美、永不腐朽。当智慧于我无益，哲学于我无补，他人安慰我的名言锦句宛如尘土，唯有想起小罗那不动声色却道尽关爱的举动，足以打开悲悯的泉水，让沙漠绽放出玫瑰，带我脱离放逐的孤独，重新与残破受伤的世界之心共存。当世人不但体会小罗区区脱帽举动的美好，还了解此举为何对我意义重大，也许就知道该秉持什么精神，向我提出请求……

一点儿也没错，无论如何我都不会接受这首献诗。虽然，也许在其他情况下，别人问起我时，我会很高兴，但因为你的缘故，不管我自己感受如何，我都会拒绝这个请求。正值青春年华的少年献给世人的第一本诗集，应该如同春天盛开的花朵，就像牛津大学莫德林学院草坪上的白山楂花，或康姆纳原野上的樱草，绝对不能受到凄惨悲剧或难堪丑闻的拖累。倘若我允许你把我名字放在诗集扉页，不啻是犯了艺术的大忌，整部作品的调性将就此走味，调性在当代艺术中至关重要。当代生活最为显著的两项特征，就是本身的复杂性与相对性。若要表现其复杂性，我们所营造的调性得有微妙差异、富含暗示与独特观点；若要表现其相对性，我们则需要仰赖背景。这便是为何雕刻已不属于再现艺术，为何音乐却是再现艺术，以及为何文学无论现在、过去或未来，皆属于最高层次的再现艺术。

你的小书，本应带着西西里岛的神韵和阿卡迪亚的田园风光，而不是刑事被告席的肮脏龌龊或囚犯牢房的污浊气息。你所提出的这样一种献诗的行为，不仅是艺术品位的错误，从其他的角度来看，也是完全不恰当的。它会显得像是你在我被捕前后行为态度的一种延续。它会给人一种企图虚张声势的印象，像是那种在偏街小巷贱买贱卖的勇气。就我们的友谊而言，复仇女神已经把我们像苍蝇一样打得稀烂。你在我身陷囹圄时献诗给我，实在像在自作聪明地耍贫嘴，却是愚蠢至极。在过去那些你还只是写信的可怕的日子里——为了你好，我真心希望那些日子是一去不复返了——你常常以这种耍贫嘴的顶撞功夫为荣，得意地自我吹嘘。这样做，反倒不会产生我料想的——我坚信这一点——你所属意的那种严肃、美好的效果。你要是征求了我的意见，我会劝你暂缓一阵再出版你的诗集；或者，如果这样做你不乐意的话，可以先匿名出版，等你用歌声赢得了仰慕者——唯一值得赢得的仰慕者，到了那时你可以转身对全世界说："你们赞赏的这些花都是我种的，现在我要把他献给一个被你们抛弃了、赶走了的人，作为我对他人品的热爱、尊敬和钦佩。"但是，你却选择了错误的方式、错误的时机。爱情是讲策略的，文学也是讲策略的：你却对这两样都不敏感。

我之所以苦口婆心地说这么多，是因为希望你能充分掌握其中脉络，进而明白我为何会立即写信给小罗，字里行间充满轻蔑和嘲讽，断然禁止你献诗集给我，还要小罗一字不差把内容誊写后再寄给你。我觉得，差不多是时候逼你看清、辨明和稍稍领悟自己的所作所为了。盲目过头会让人面目可憎，而匮乏的想象力若不及早唤回，终将全然麻木不仁，尽管肉体仍能吃喝享乐，但寄居其中的灵魂会彻底死去，犹如但丁《神曲》中的德奥里亚。我写的信送到的时机看来正好，对你而言字字句句都如晴天霹雳。你在给小罗的回信中写到自己"失去所有思考与表达的能力"。显然如此，因为你只想到写信向令慈诉苦。她依旧不知道什么对你真正有益，才会造就你们母子乖舛的命运；想当然耳，她尽其所能地安慰你，也必定不断哄你惯你，直到你重拾原本乖戾粗鄙的心绪。对于我的严词批评，令慈还告诉我的朋友们她"极为不悦"，而除了向我朋友抱怨，更向不是我朋友的人——这无须我告诉你，数量实在太多了——宣泄不满。如今，我更从你家族好友那里得知，许多人听到令慈这般碎嘴，原本对我才华洋溢却处境凄凉渐生的同情，瞬间就灰飞烟灭，他们会说："哎呀！他先是企图害人家慈祥的父亲被关不成，现在又把责任怪到无辜的儿子头上。难怪他会被人讨厌！根本活该被社会唾弃！"依我看来，凡是有人在令慈面前提到我的名字，若她没要对于毁了我的人生，表达任何悲伤或懊悔（毕竟她也有不小的责任），那不如保持沉默吧。至于你，难道不觉得与其写信向她诉苦，直接鼓起勇气写信给我，把心里话通通说出来，从各方面来看都是更佳的选择吗？我写那封信是将近一年前的事了，你不可能一整年都"失去所有思考与表达的能力"吧？那怎么没写信给我呢？从我的信中，你应该也知道自己的行为伤我有多深、让我有多愤慨。还不只如此，你还看到我俩真实的友谊，毫无保留地摊在你眼前，不容一丝含糊。以前，我经常对你说，你会毁了我的人生，你都一笑置之。我俩刚开始来往时，艾德温·利瓦伊[1]看你总是利用我来挡掉一切责难，就连你惹出的牛津衰事——姑且如此称之——都是我奔走花钱摆平。某次我请他对此事提点和协助时，他整整花上一个小时劝我结束这段感情。我在布拉克内尔叙述跟

1. 艾德温·利瓦伊（Edwin Levy）：王尔德的旧识，是私家侦探也是放贷人。

利瓦伊深刻的长谈，你听了也只是笑笑。当我告诉你，那位最终跟我皆沦为被告的可怜年轻人，同样三番两次地提醒我，相较于我糊里糊涂结识的那些庸俗家伙，你导致的灾难远远更加要命，最终会彻底毁了我，你听了依旧是笑笑，不过似乎不大开心。当我有些行事谨慎或交情不深的朋友，因我俩的友谊而提出警告或选择离开，你则是鄙夷地笑笑。当令严首次在给你的信中辱骂我，我说过自己八成会夹在你们父子间，成为你们恶狠狠斗争的棋子，最后被害得万劫不复，你更是狂笑到无法克制。但就结果而言，每一件事都如我所说地应验了。你没有任何借口说看不到事情的全貌。为何你不写信给我呢？是因为怯懦,还是因为冷漠？到底是因为什么？我这么生你的气，信中口吻义愤填膺，你更有理由回信。若你觉得我写的有道理，就应该来信告知；若你觉得我有半点冤枉你，更应该回信驳斥。我只盼你能写封信来。我深信你终将明白，即便不念旧情，不屑争议不断的爱，不顾我千百次施与不求回报的恩惠，以及你欠我的千百次人情——即使这些全都毫无意义，单单基于人与人之间最薄弱的道义和责任，你都应该写信给我。你可别推托，说你以为我只能收家人的信，因为你明明知道小罗每三个月都会写信来，告诉我一点文坛的消息。他的信读来格外迷人，机锋毕露、评论精要，又不失轻松笔触。这才叫作书信，就好像当面交谈，颇有法国人“亲密闲聊”之感。他对我的景仰表现得低调，时而提及我的判断力，时而诉说我的幽默感，时而又赞扬我对美学和文化的直觉，无不是在含蓄地提醒我，我曾是众人眼中主宰艺术风格的权威。小罗展现的爱恰到好处，文学手法亦颇为得体。他的来信宛如信使，连接了我与美丽的艺术世界；我曾是那个世界的王者，本应继续坐稳王座，奈何禁不住诱惑，任凭自己跌入残缺的世界，里头充斥着粗俗原始的情欲、好坏不辨的胃口、不懂节制的欲望与毫无定性的贪婪。但说到底，你应当足以理解或想到，即便是出于内心单纯的好奇，我当然更有兴趣得知你的消息，而非得知阿尔弗雷德·奥斯汀[1]要出版诗集，或乔治·斯瑞特要替《每日纪事报》撰写剧评，或某位连念颂文都会结巴的诗人，竟宣告梅内尔女士是新一代思潮的先知[2]。

唉！倘若换作你坐牢——我不会假设是我害的，这么想实在太可怕了——可能是由于自己的过错或失误、交友不慎、过纵情欲、误信他人、爱错对象，抑或以上皆是或皆非，你觉得我会任你在黑暗和孤寂中独自神伤，而不会想方设法帮你分担羞辱带来的痛苦吗？你觉得我不会让你知道，你受苦

1. 奥斯汀（Alfred Austin，1835—1913）：英国诗人，王尔德曾撰文批评其作品。

2. 指诗人帕穆尔（Coventry Patmore，1823—1896）推荐诗人梅内尔（Alice Meynell，1847—1922）为桂冠诗人。

就是我受苦、你哭泣我也会流泪吗？当你坐困囚笼、遭世人唾弃，我会用悲伤筑起房屋，珍藏所有你被剥夺的一切，千百倍地积攒起来，等你届时回来疗伤。倘若非不得已或为了避嫌（这反而让我更痛苦），导致我不能前往探望你，错失与你相会的幸福，仅能通过铁窗看你忍辱的身影，我会不分四季地写信给你，期盼传达给你爱的只言片语或破碎回音。哪怕你拒绝收下我的信，我也会无怨无悔地写下去，好让你至少心里有底，再怎么样都有信等你读。许多人都是依循此方式，每隔三个月写信给我，或向狱方提出写信的申请。这些书信都会由狱方保管，待我出狱再转交给我。我只要知道有这些信等我，以及知道写信的人是谁，并且想到字里行间的同情、关爱和体贴，我也就心满意足了，无须再得知更多细节。但你的沉默却锥心刺骨。这份沉默并非以数周或数月计算，而是以年为单位。即便像你这样的人，过得无忧无虑、忙着寻欢作乐，日子飞快溜走，依然得算算年岁。你的沉默没有借口、无以开脱。我知道你有一双泥足[1]，这点我再清楚不过了。套用我写过的名句"金像因泥足而珍贵"[2],当时我就想起了你。但你帮自己所塑造的，并非泥足金像。你用两角四蹄在大街践踏的烂泥，造出惟妙惟肖的自塑像给我看，因此无

1. 原意为"不为人知的缺点"。

2. 出自《格雷的画像》第十五章。

论我内心曾藏有哪些殷盼，如今对你仅剩下鄙视和嘲笑。而姑且不提其他缘由，光是你的冷漠、世故、无情、怕事或任何其他形容词，都因为我落难后的特殊情况，而加倍令人痛心。

其他可怜人被关进监狱时，固然也会被夺走世间美好的事物，但起码躲过了外界各种要命的抹黑攻讦，可以窝在黑暗的牢房中，把耻辱当成避难所。无论世事如何变化，他们可以默默受苦，不受任何人打扰。我的情况则截然不同。悲伤的消息屡屡敲击牢房之门指名找我，而他们敞开大门任其进入。我的朋友想来探望被百般刁难，我的仇家却总是可以通行无阻。我在破产法庭出庭了两次，又被公开移监了两次，都被迫承受难以言喻的羞辱，以及众人的目光与嘲讽。死神信差更是来了又去，捎来不幸的消息。我坐困孤独愁城，无法获得任何抚慰，思念起先母，悲戚交织悔恨，几乎把我压垮。时间还来不及减轻或愈合丧母之痛，我妻子的律师便接连寄来措辞严厉凶狠的信件，我立即面临贫穷的窘境，但这我仍能忍受，即便再糟我亦撑得过去。但我难以忍受的是失去两个孩子的监护权，这将是我心头永远的悲痛；法律居然擅自认定，我不适合养育自己的孩子，这实在令人难以接受。这项判决带来的屈辱，远非牢狱之灾能相比。我不禁羡慕起其他狱友，他们的孩子想必在家等待，殷盼着他们出狱，再享亲子天伦之乐。

穷人比我们更为睿智、仁慈、善良且敏感。在他们眼中，坐牢是人生的悲剧、不幸与灾祸，应当唤起旁人的同情心。他们认为所谓的囚犯，只是“惹上麻烦”的人，言语间展现了爱的智慧。但地位如我的人可就不同了，只要坐牢就会遭人唾弃，就连阳光和空气都是奢侈的权利。我们一出现，便会扫他人的兴，出狱后更会遭受排挤，也不能重新享受月光的照耀。我们的孩子被硬生生地带走，人伦的联结就此断裂。尽管儿子仍在世上，我们却注定孤老而终。亲情本来也许是唯一能治愈伤痛、抚慰伤心、安定灵魂的良方，我们却无缘得到。

而在我伤口上撒盐的则是残酷的琐事：你的作为和沉默，以及各种已做与未做的事情，让我漫长的监狱生活更加难熬。狱中伙食也因你的行为而变味，面包苦涩难吃，饮水污浊发臭。你本应为我分担的悲伤倍增，本应减轻的苦痛更加剧烈。我深信，凡此种种你并非蓄意为之，而仅反映了你性格最大的缺陷，即完全不具有想象力。

然而，我终究还是得原谅你，我别无选择。我写这封信的目的，并非要在你心中埋下怨怼，而是要拔除我心中的苦楚。为了我自己着想，我必须原谅你。人不能任由胸中的毒蛇啃食自己的心灵，亦不可每晚起身在灵魂的花园栽种荆棘。倘若你愿意稍稍帮忙，原谅这件事对我来说便轻松许多。以前，无论你对我多么无情，我总是很快就原谅你，但其实这对你并非好事。只有当人清清白白时，才有资格去宽恕罪过。但如今情况不同了，我备受羞辱又丢尽颜面，我的原谅理应对你意义重大。总有一天你会明白的，无论是早是晚、是快是慢，甚或永远不懂这道理，都不会影响我走该走的路。我不能让你因为毁了我的人生，一辈子心上都背着内疚的重担。你也许对这个念头麻木冷漠，也许会悲痛不已，而我得替你扛下这个重担。

我得告诉自己，不管是你还是你父亲，即使再强大千万倍，也不可能摧毁一个像我这样的人。是我自毁人生，除了我自己，任何大人物或小人物都毁不了我的前程。我准备好要这么对自己说，也正在努力说服自己，尽管目前旁人可能无法苟同。我对自己的谴责更加无情。尽管外界待我是这般残忍，我对自己的所作所为却更加残忍。

我曾是当代文化艺术的象征人物。我刚成年就意识到此事，再让当代社会也有所体悟。鲜少有人一辈子能有此公认的成就。通常都得等这类人物和其时代消逝后，史学家或评论家才能察觉其不凡。但我并非如此。我先体会到自己与众不同，再让其他人也认可此事。拜伦也是时代的象征人物，但他象征的是那个时代激情的消长，我与当代的关系更为崇高、持久、重要和广泛。

众神几乎将一切都赐予了我，诸如才气、家世、地位、聪颖和胆识。我让艺术成为一门哲学，也让哲学化身一门艺术；我改变了世人的眼界与事物的色彩；我的言行无不令人啧啧称奇；我投身戏剧这门最客观的艺术形式，将表现手法赋予个人情感，宛如抒情诗或十四行诗，并且拓展戏剧取材范围、增加人物性格描摹。举凡戏剧、小说、有韵诗、无韵诗、含蓄或绝妙的对白，我所接触的任何创作，无不展现不落俗套之美感。至于现实的主题，我同时赋予其真实与虚幻，以显示真与假仅是知性的不同表现形式。我将艺术视为最终真理，将生活视为一种虚构。我唤醒本世纪的想象力，催生了许多神话和传说。我的一句名言便可总结思想体系、一句隽语即可点出生存之道。除此之外，我还尝试了不同的事物。我放纵自己长期陷入无谓欲望的享乐；我专跟游荡人士、纨绔子弟和时髦男子寻欢作乐，身旁为伍的是狐群狗党。我挥霍着一身才气，浪掷着青春年华。而在社会巅峰待腻了，我便刻意落入谷底，寻找新的感官刺激。我不只爱探讨悖论的思想，也喜好偏离常规的情欲。欲望终究成了疾病、转为疯狂，逐渐不顾他人生活，只知道及时行乐，享受完便率性走人。我忘了日常生活的微小言行可滋养亦可败坏品格，也忘了私底下干的好事，总有一天得公之于世。我不再是自己灵魂的主人，也变得不认识自己。我任由享乐宰制，最后落得声名狼藉。如今，我挥霍得只剩一样东西：彻底的谦卑。而你也是如此。

你最好放下高高在上的身份，和我一同学习这门功课。

我已坐了将近两年的牢，内心升起疯狂的绝望，沉浸于难以卒睹的悲伤，既暴怒又无奈，感到怨天尤人，动辄大哭失声，痛苦无法对人倾诉，哀恸过度徒留麻木。我历经了伴随苦难而生的各种情绪，我比华兹华斯[1]本人，更能体会他的诗句：

> 苦难永远都在，晦暗不明，
> 往往一望无垠。[2]

尽管有时想到煎熬的日子绵绵无绝期，我会感到莫名的痛快，却仍难以忍受毫无意义的受苦。如今，我从内心深处获得启发，世上万物皆有其意义，苦难更是如此。而这个深藏于内在的心性，犹如野地瑰宝，也就是谦卑。

谦卑是我内心硕果仅存、最为珍贵的心性。这项特质是我的最终发现，也是展开新页的起点。由于谦卑源自我的内心，因此出现的时机恰到好处，不早也不晚。假如由别人向我提起，我必定会不屑一听；要是由别人带来给我，我必定会拒绝收下。既然是我自己的发现，就会好好收藏起来，也必须如此。谦

1. 华兹华斯（William Wordsworth，1770—1850）：英国诗人。

2. 原文为“Suffering is permanent，obscure，and dark，/ And has the nature of infinity”。

卑里头包含了人生的要素，赐予了我新生。世间万物中，谦卑最为特殊，你既给不了别人，别人也给不了你，唯有放弃一切才能真正获得这项特质。唯有失去一切后，才知道自己拥有谦卑。

既然明白谦卑就在我心中，我便清楚自己该做什么，或者应该说必须做什么。我之所以这么说，并不是受到任何强制或命令。我并非受任何外力影响，我也远比以前更信奉个体主义。除非出于我个人意愿，否则任何事物皆无价值。我的秉性正在寻觅全新的自我实现方式，这也是我目前唯一关心的事。而当下首要之务，就是摆脱内心对世人的任何怨怼。

我现在身无分文且无家可归，但世上还有更悲惨的事。坦白说，与其心怀对世人的怨恨出狱，我宁愿从此挨家挨户乞讨，倒还甘之如饴。倘若得不到富人的施舍，我总会得到穷人的援助。有钱人往往贪婪，贫苦人乐于分享。只要内心怀有爱，我便毫不介意夏天睡在凉爽的草地上，冬天来时则在温暖的干草堆旁避寒，或是大谷仓的屋檐底下。身外之物于我已不重要，你应能理解我有多么自主了，或明了我正在迈向的目标，毕竟前方长路漫漫，“凡我行经之处，无不长满荆棘”[1]。

1. 出自《无足轻重的女人》。

当然，我知道自己不会沦落到在大街上乞讨，即使夜晚真的躺在凉爽的草地上，也是为了替月亮作首十四行诗。我出狱时，小罗会在大铁门的另一头等着，这不仅代表他自己对我的关爱，更象征了许多人的关爱。我相信，我应该多少还能撑个一年半，就算写不出好书，起码还能读些好书，人生之乐夫复何求？之后，我希望能重拾过去的创作能力。

但假使事与愿违，我在世上没有半个朋友，没人出于同情为我敞开大门，我必须穿着破烂衣服沿路行乞，只要我心中没有憎恨、没有冷酷、没有嘲讽，就能平静与自信地面对人生，而非身穿锦衣绸缎，内心却遭仇恨吞噬。

这对我来说并非难事。当你内心真的渴求爱，便会发现爱在等着你。

当然，我的任务不仅止于此，否则就会简单得多了，前方还有许多挑战等着我。我得攀上更高耸的山峦、跋涉更幽暗的山谷，而且必须完全仰赖自己，无法依靠宗教、道德或理性来达成。

道德帮不了我。我生来就是反律法主义者，是为了打破成规而非遵守法律而生。我认为错误永远不在人的行为本身，而是在选择成为什么样的人。所幸，我已明白了这个道理。

宗教帮不了我。他人信仰看不见的事物，我则信仰眼前所见与双手所及。我信仰的众神住在双手打造的庙宇中，我的信念因真实经验而打造完整；然而也许太过完整，因为正如众人将心中的天堂建于世上，我不仅在世上找到天堂之美，也见识到地狱的可怕。当我偶然想起宗教时，便想替无信仰的世人另创修道会，或许可称作“无信仰者兄弟会”：圣坛上没有蜡烛燃烧；牧师心无所谓的平安，圣礼是用未经祝福的面包与空酒杯。万物要成为真实，都得自立宗教。不可知论者同信教者，亦需要有自己的仪式。播下自己的殉教种子，收割自己的圣徒，每日赞美上帝隐身不让世人窥见。但无论是不可知论者或信教者，皆必须源自我的内心，由我创造其象征符号。唯有灵性之物能自行创造形体，倘若我无法于内心发现其秘密，便永远无法发现；倘若非我本身原有，便永远不会得到。

理性帮不了我。理性告诉我，将我入罪的法条为不公正的恶法，害我受苦的监狱制度是有缺陷的制度。但我必须设法让恶法和制度显得符合公义。这就好比在艺术创作时，我们只关心创作当下的意义，人性的道德发展亦然。我必须从有利于自己的角度看待人生发生的大小事：木板床、难吃的伙食、磨指头磨到痛的麻絮硬绳、从早到晚的粗活、狱卒的厉声命令、丑陋不堪的囚服、沉默、孤寂和耻辱——凡此种种，我都得转化为属灵体验。身体承受的每个磨难，我都得转化成灵魂的升华。

但愿有朝一日，我能淡定又不带造作地说，自己的人生有两大转折点，分别是家父送我去牛津就读，以及社会送我进监狱坐牢。我不会说坐牢是人生最棒的体验，这样未免显得过度挖苦自己。我宁愿说或听到别人说:我只是当代的缩影，因为离经叛道之故，而将人生善事变成恶事、恶事变成善事。

然而，无论我自己或他人怎么说，倘若我不愿剩下的日子皆是残缺损伤，当务之急和眼前所见，便是将发生在身上的一切悉数吸收，使其成为秉性的一部分，毫无怨尤、恐惧或勉强地接纳。万恶莫大于肤浅，凡事省悟即得善果。

我刚入狱时，有些人劝我忘却过去的自己，这项建议无疑会害死我。唯有看清自己是谁，方能寻得些许安慰。如今又有些人劝我，出狱后应忘却自己的牢狱生涯，我知道这话同样害人不浅。果真如此,我将永远摆脱不了内心莫大的耻辱，而那些我与世人共享的事物——日月之美、四季递嬗、破晓乐音、深夜阒静、自叶上落下的雨水、悄悄布满草地的银亮露水——全都将被玷污，失去疗愈与散播欢乐的能力。后悔过去的经验，等于遏制未来的成长；否定过去的经验，就是逼生命撒谎，无异于否定灵魂。

因为正如同肉体承受一切事物，无论是庸俗不洁，或是牧师与神灵所净化过的，都将转化为机敏与力量、美丽肌理与姣好皮肤，以及头发、眼皮与眼睛的曲线和色彩；灵魂同样有着取得养分的功能，可以将原本低贱、残酷和败德的事物，转换成情操高贵的思绪与意义深远的情感。此外，灵魂还可能挖掘出最具威严的表现形式，以及借由带来亵渎或毁坏的事物，完美展现自身的样貌。

我得坦然接受自己曾沦为阶下囚的事实，尽管说来有些奇怪，但我必须教会自己不以这段经历为耻。我必须接受这项惩罚，毕竟若以惩罚为耻，有本事就永远别犯错遭罚。当然，在我被控告的罪状中，许多实属莫须有，但其中有不少我确实犯过，更甭提那些从没被揭穿过的坏事。既然众神难以捉摸，不仅惩罚我们的邪恶与变态，更惩罚我们的善良与人道，我就必须接受，无论是行善或作恶，皆可能遭到惩罚。我深信其中自有道理，应当助人对善恶皆有领悟，不会因坐拥其一而自以为是。倘若我不再以坐牢为耻——我真心希望如此——便能自由地思考、行走和生活了。

许多人出狱后，其实仍背负着囚笼，把它当成耻辱深藏在内心，最后就像中毒的可怜人，只能默默钻到洞里等死。他们的下场令人不胜唏嘘，社会竟将人逼到这步田地，实在太过残忍。社会自认有权对个人施加严刑峻法，但却犯了肤浅这项大恶，而未能认知其造成的后果。社会结束对犯人的惩罚后，就任其自生自灭；换言之，社会的重大责任正要开始时，却径自抛弃了这些人，仿佛羞于自身的所作所为，刻意回避这些受罚之人，宛如无力偿还债务而东躲西藏，或是犯下滔天大罪而亡命天涯。我可以代表自己说，倘若我能明白自己所受的苦难，社会就应明白施加于我的折磨，双方都不应有任何芥蒂或怨恨。

当然，从某个角度来看，我的处境与其他犯人并不相同，就本质来说也确是如此。我的狱友不少是窃贼和边缘人，他们固然十分可怜，但许多方面都比我幸运。他们犯案的灰暗城镇或绿色田野都不大，出狱后若想找个地方重新开始，路途不出鸟儿从黄昏到拂晓所飞行的距离；但对我而言，世界缩小到仅有巴掌大，到处可见我的名字刻于石上。况且，我并非是默默无名之辈，一时卷入难堪的丑闻；而是声誉卓著的名人，从此烙上永恒的臭名。我有时会觉得，这件事透露的是,扬名立万与声名狼藉之间仅一步之遥,甚或仅一线之隔。

尽管众人无不认识我，丑事尤其人尽皆知，我依然能找到正面的意义。此事将逼着我尽快重新确立艺术家的身份，我只需要写出一部优秀的作品，应该就能抵御恶意的攻讦、懦弱的讥讽，并拔除外界嘲弄的口舌。

倘若生活百般刁难——料想如此——我也不是省油的灯。人们必须用不同的态度待我，评价我的同时亦评价他们自己。我当然不是指特定的某些人，如今我唯一愿意为伍的只有艺术家和受过苦之人，前者了解何谓美学，后者明白何谓悲伤。

其他人无法引起我的兴趣。我对生活也一无所求，只关注自己对人生的态度。我认为，正因为我并不完美，为了让自我向完美迈进，首要之务便是不以惩罚为耻。

接着，我必须学会快乐。过去，我凭直觉以为自己知道快乐是什么，快乐宛如内心里的春天，而我的性情亦与快乐相近。我用欢娱填满生活，如同以葡萄酒斟满酒杯。如今，我改采用全新观点来看待人生，光是想象快乐都变得无比困难。犹记得在牛津大学的第一学期，我在佩特的《文艺复兴》——这本书深刻影响了我的人生——读到但丁将自怨自艾者归入地狱底层。我还特地到大学图书馆找来《神曲》，读到该段落说荒芜沼泽中躺着忧伤愁苦之人，罔顾甜美的空气，动辄唉声叹气地说：

> 彼时，空气甜美、阳光雀跃，
> 我们却仍忧伤愁苦。

我知道教会谴责忧伤，但这让我好奇不已，猜想应是某牧师对现实生活无知，而任意虚构的罪愆。我也无法理解，但丁既然表示“悲伤让人与上帝再度结合”，怎可能如此严苛地对待执迷忧伤之人。我却万万没料到，忧伤有一天竟成为我人生的一大诱惑。

我在旺兹沃思监狱期间，唯一的念头就是想死。我在医护室躺了两个月，才被转送到雷丁监狱，随着健康状况逐渐好转，我内心也充满了愤怒。我下定决心，要在出狱当天自杀。过了一阵子，这个负面情绪消失了，我决定要好好活着，但从此把郁闷披在身上，宛如国王的紫色皇袍。我决定不再微笑。凡是我所到之处，莫不弥漫着哀戚。我要让朋友陪我难过地缓步慢行，教他们忧郁才是人生真理，并用自身的悲伤与痛苦，让他们的心灵蒙上阴影。如今，我的看法有所转变。我觉得，朋友都已特地来探监，我若愁眉苦脸相对，既忘恩负义又有失厚道，他们岂不得更愁苦以表同情。而我若真想招待朋友，便不该要他们品尝苦涩药草，或葬礼烘烤之肉。我必须学会保持愉悦和快乐。

最近两次我有机会见到朋友时，都尽量表现得很高兴，借此稍稍回报他们从市中心长途跋涉来探监。我知道这一点回报不足挂齿，但这肯定是最让他们开心的事了。上周六，我与小罗有一个小时的会面时间，我便把真实感受到的欣喜，尽量表现出来。这是我在坐牢期间的领悟之一，也确实是正确的决定，因为这是我入狱以来，第一次有活下去的意志力。

我仍有许多心愿尚待完成，若死前连一部分都无法实现，对我而言不啻是莫大的悲剧。我看到艺术和生活的演进方向，两者皆有可臻于完美的全新方式。我渴望活下去，方能探索眼前的全新世界。你想了解新世界的样貌吗？我想这并不难猜到，它正是我目前所处的环境。悲伤与悲伤予人的教诲，就是我的新世界。

曾几何时，我只为了享乐而活，回避任何悲伤和苦难。这两者我都讨厌，决心不予理会，并且视其为敝屣。悲伤与苦难不属于我的人生，亦不存在于我的哲学。家母却宏观地看待人生，以前常引用歌德的诗句——卡莱尔[1]写在多年前送她的一本书中，我猜译文应该也出自他手：

谁未曾以悲伤配面包，

谁未曾午夜时分，

泣不成声到黎明，

此人必不懂你，不懂你的天赐神力。[2]

高贵的普鲁士王后遭到拿破仑粗鲁的对待，她在受辱流亡期间便曾引用这些诗句。家母晚年若遇烦忧，也经常引用这些诗句。过去，我拒绝接受或承认其中蕴含的道理，全然无法理解其深意。犹记得我都会对她说，自己才不要以悲伤

1. 卡莱尔（Thomas Carlyle，1795—1881）：苏格兰评论家、讽刺作家、散文家、历史学家，著有《法国大革命》（*The French Revolution*）。

2. 出自歌德作品《威廉·迈斯特的学习时代》（*Wilhelm Meister's Apprenticeship*）。

配面包，亦不想整夜以泪洗面、迎接更加痛苦的黎明。

当时，我浑然不知这正是命运替我安排的经历，让我有整整一年的时间，几乎只能深陷悲伤之中。但我如今已尝完命运赐予的悲伤。过去数月以来，我历经严重的困顿和挣扎后，终于能理解深藏于痛苦之中的人生课题。神职人员与缺乏深思熟虑之人，有时把苦难说得晦涩深奥。但苦难其实是种启示，可以窥得前所未见的事物，从而以不同的角度观看历史；以前凭着直觉，对艺术仅有模糊概念，如今无论在智识或情感上，艺术不但清晰可见，更能予人深刻体会。

我现在明白了，悲伤是人类所能领悟的最高层次的情感，亦是任何伟大艺术必经的考验和形式。艺术家寻寻觅觅的，就是灵肉合一的生存方式，其中外在反映了内在，亦透露出形体。这种生存方式并不少见。有时，青春与以之为题材的艺术，可能成为我们效法的模范。有时，我们则可能觉得，当代风景印象画既细致又敏锐，显示外在事物蕴含灵性，以大地、空气、雾霭与城市为衣，精准掌握氛围、风格与色彩，充分用图画重现了希腊雕塑艺术的完美。音乐则是更为繁复的例子，表现手法糅合了所有题材且难以分割。相较之下，花朵或孩童则是相对单纯的例子。但无论如何，悲伤都是生活和艺术的终极类型。

欢笑背后可能藏有粗糙、强硬又冷漠的脾性，但悲伤背后永远藏有悲伤。痛苦与愉悦的不同，在于痛苦没有面具掩饰。艺术的真谛并非中心思想与偶然存在之间的呼应，亦非形与影的相似、水晶内映照的形体、空山传来的回音，或溪谷水潭里月亮或纳西瑟斯[1]的倒影。艺术的真谛是与本体合一，外在表现内在、灵魂有了形体、身体注入灵魂。因此，任何真理都比不上悲伤。我甚至经常觉得，悲伤似乎是唯一真理，其他事物可能是视觉或胃口的幻象，只会蒙蔽双眼、宠坏胃口。但万物却是自悲伤而生，婴儿出生或恒星诞生，无不伴随着痛苦。

除此之外，悲伤带有强烈又非凡的真实感。我先前说过，我曾是当代文化艺术的象征人物。而如今跟我同囚狱中的可怜人，无不象征着生命的秘密，因为生命的秘密就是受苦，这也是深藏于万物之中的道理。当我们诞生于世，甜美的经历总是无比美好，苦涩的经历则是过于煎熬，难免把一切欲望都放在寻欢作乐上，不只“一两个月以蜂蜜为食”[2]，而是希望一辈子以蜂蜜为生，却忽略了灵魂亦需喂养。

我记得某次曾与一位友人[3]谈过此事，她是我见过最慧黠的女子，而且在我入狱前后，对我的同情与关心，非言语所

1. 纳西瑟斯（Narcissus）：希腊神话中俊美自负的少年，爱上自己的池中倒影不愿离池而去，终致憔悴身亡，死去之地后来长出了一株水仙花。

2. 出自英国诗人斯温伯恩的诗句。

3. 指英国银行家之女艾德莲·舒斯特（Adeline Schuster），王尔德的挚友与恩人。

能形容。尽管她并不知情，但世上唯有她真正减轻了我所受的苦难,仅仅因为她的存在与本质,既体现了人性的理想境界，亦助人努力朝此境界迈进。她让普通的空气变得香甜，让灵性变得如阳光和大海般自然单纯。对她而言，美丽与悲伤并肩而行，传达相同的含义。我清楚地记得曾对她说过，伦敦随便一条小巷皆充斥着苦难，足以证明上帝不爱世人，凡是有悲伤出现之处，即使是小孩在花园里为了某个过错哭泣，都会让世上万物失了光彩。她说，我的观点全然错误，但我当时无法接受，因为尚未达到她的境界。如今我却觉得，爱也许能解释为何苦难无所不在。我深信没有其他解释，正如先前所述,若世界真是由悲伤所构建,那也是由爱之手所打造。世界为之而生的人类灵魂，唯有如此方能臻于完美。欢乐喂养了美丽的身体，痛苦却滋养了美丽的灵魂。

当我说自己深信此理时，语气颇为自大狂妄，仿佛遥远的上帝之城，宛如完美的珍珠那般清晰，就连小孩都能在一天内抵达。小孩确实不无可能。但像我这样的人，就得另当别论了。转瞬领悟的道理，可能在漫长沉重的年岁中消失于无形。想要维持“灵魂所能攀抵的高峰”实属难事。我们把永恒当作思考的基础，却得在时光中缓缓前行。我应无须再提,时光的流逝对囚犯又何其漫长,倦怠与绝望显得锲而不舍，一再溜进牢房、涌入心房，让人得打扫住所待其来访，宛如迎接不速之客、恶毒主人甚或另一奴隶，我们之所以得任其差遣，都是时运不济或咎由自取。

尽管目前可能令人难以置信，但铁铮铮的事实就是：相较于每天大清早得跪着刷洗自己牢房的我，生活自由舒适又无所事事的你，反而更容易学会谦卑的道理。这是因为监狱有数不清的匮乏和限制，容易让人心生叛逆；而监狱最可怕之处并非让人心碎断肠，毕竟人生来注定会心碎，而是让人变得铁石心肠。我不时会觉得，唯有摆出不屑的嘴脸才能撑过每一天。而心怀叛逆无法接受上帝恩典——套个教会爱用的词，其中也不无道理——因为生活跟艺术一样，叛逆心会封闭灵魂的出口、阻隔天堂的气息。然而，我只能在狱中学会这些道理，若我没有偏离正轨并面对“那道称作美门的门口”[1]，内心必定充满喜乐，不必担心在泥淖中跌倒多次，或在迷雾中误入歧途。

所谓的新生（此词是出于我对但丁的热爱），当然不是真正全新的生活，而是过去生活经发展与演变后的延续。犹记得于牛津毕业前一年的某个早晨，我与一位友人在莫德林学院的一条小路上散步，沿途鸟儿啁啾，我向友人表示，自己想尝遍世界这座大花园中甜美的果实，并且怀抱这份热情

1. 出自《新约圣经·使徒行传》。

闯荡世界。我也确实按此原则过活，唯一的错误是局限于园中阳光满溢的一面，回避晦暗阴郁的一面。举凡失败、耻辱、贫困、哀伤、绝望、苦难甚或泪水，以及痛苦道出的只言片语、让人脚踏荆棘的悔恨、良心的谴责、自我贬抑的惩罚、灰头土脸的悲惨、披破衣饮胆汁的创伤等，全都是我害怕面对的事物。正因为过去坚决不愿加以正视，到头来不得不品尝每项经历，甚至整季以其为生，别无其他选择。

我一点都不后悔曾为享乐而活。我当时用尽全力地享乐，正如人生大小事理应不遗余力。我尝遍了世上一切乐事，将珍珠般的灵魂掷入酒杯，顺着笛声踏上樱花草盛开的道路，日日皆以甜美的蜂蜜为食。但同样的生活不能持续下去，因为那无异于原地踏步，我得前往花园另一头探索奥秘。这一切其实在我的作品中已有伏笔，有些出现于《快乐王子》中，有些则出现于《年轻国王》里，尤其那段主教对跪着的男孩所说："难道创造磨难的他，不比你有智慧吗？"我在写下这句话时，并不觉得它有多特别。《格雷的画像》以厄运为主轴的基调中，也隐藏了许多的线索。《作为艺术家的批评家》一文呈现其缤纷色彩，《人的灵魂》则明白切入要点，用词清楚易读。《莎乐美》中，此"动机"更是反复出现，此剧读来成了民谣般的音乐。而在我的一首散文诗中，艺术家必须从"稍纵即逝的欢乐"青铜塑像，铸造"长久永存的悲伤"，呈现出苦难的化身，而且别无他法。人生的时时刻刻，既取决于过去亦取决于未来。艺术是一种象征，因为人类就是一种象征。

若我能完全达到此境界，不正是艺术生涯的终极体现吗？因为艺术生涯就是自我成长。艺术家的谦卑在于坦然接纳所有体验，正如同艺术家的爱仅是对美的感受，并向世人展现美的形体和灵魂。佩特在《享乐主义者马利乌斯》中，寻求艺术生命和宗教生命的调和，此处“宗教”专指深奥、美好又简朴的特质。但马利乌斯不过是旁观者，或该说是理想的旁观者，倾向于“以适当情感思索生命的奇景”，华兹华斯视其为诗人的目标。但身为旁观者，马利乌斯又太过执着于神殿器物的美观，未留意眼前所见其实是悲伤的神殿。

我发现，在基督的真正生命与艺术家的真正生命之间，有着更为紧密的联系。而令我极为欣喜的是，早在悲伤主宰我的生活、将我绑在其巨轮上碾压时，我便在《人的灵魂》一文中写过，追随基督脚步生活的人，皆完完全全忠于自我，并且不仅以山坡上的牧羊人、坐困牢中的囚犯为例，还提到把世界看作华丽盛典的画家，或将世界喻为一首歌的诗人。我记得有次与安德烈·纪德[1]在巴黎一家咖啡厅聊到，尽管我对形而上学兴趣不大，道德于我更是索然无味，但无论是基

1. 安德烈·纪德（André Gide，1869—1951）：法国作家，与王尔德熟识，于1947年获得诺贝尔文学奖。

督或柏拉图所说，皆可以立即移植到艺术的领域，并且获得充分的实现。这是一个像小说一样深刻的概括。

我们可以在基督身上看到性格与完美紧密结合，这也是古典主义与浪漫主义的真正差异；此外，基督的本质与艺术家的本质并无二致，皆为火焰般炙热的想象力。基督在人群关系中，实现了想象力丰富的同理心，而这正是艺术创作的唯一秘诀。他能理解麻风患者的症状、盲人所见的黑暗、只顾享乐之人的悲哀、富人特有的匮乏。你曾在心烦意乱时写信给我说："当你不再是被供着的偶像，就一点乐趣也没有。"由此可见，你的秉性离马修·阿诺德[1]所谓的"耶稣的秘密"太过遥远。照理来说，你应要学会同理别人的苦难。倘若你希望有句格言能日夜阅读，伴你度过生活的苦乐，那不妨在自家墙上写下这行字供日月照耀："苦他人之苦。"倘若有人问起这句格言是何意义，你不妨回答"耶稣的心灵和莎士比亚的智慧"。

基督与诗人堪称同道，其人道观念脱胎于想象力，唯有靠想象力方能体悟。上帝与泛神论者的关系，正如人类与基督的关系。基督率先将泾渭分明的种族视为一体。在他来到之前，众神和人类划分得很清楚，而他凭借着奥妙的怜悯心，

1. 马修·阿诺德（Matthew Arnold，1822—1888）：英国作家，以诗歌创作、文艺评论闻名于世，著有《文学与教条》（*Literature and Dogma*）等。

使自己成为两者的化身，自称为“神之子”或“人之子”。综观历史，唯有他真正唤醒了我们好奇的心性，而这亦是浪漫主义欲达成的目标。我至今仍觉得不可思议的是，区区一位年轻的加利利[1]农夫，竟想扛起全世界的重担，包括过去和未来的苦难与罪恶，例如罗马暴君尼禄、教宗亚历山大六世、其私生子凯撒·波吉亚、身兼罗马皇帝与太阳祭司的家伙[2]等人的罪孽；以坟墓为家的孤魂野鬼、受压迫的族群、工厂童工、盗贼、囚犯、社会边缘人的苦难，他们备受压迫却无法发声，唯有上帝听闻其沉默呼救。基督不只单纯空想，而是真的身体力行。如今，凡是接触基督之人，即便不向圣坛或祭司行礼，多少皆会发现自身丑陋褪去，悲伤之美外显。

我说基督与诗人同道，此言绝对不假，雪莱[3]和索福克勒斯[4]便与之相伴。但基督的一生也是首美妙无比的诗作。就引发“同情与恐惧”[5]而言，任何希腊悲剧都无法与之相提并论。而主角纯洁的形象，让整首诗抬升至浪漫派艺术的高度（底

1. 加利利（Galilee）：相传是耶稣的故乡和主要传道地点。

2. 指罗马帝国皇帝埃拉伽巴路斯（Heliogabalus，203—222），在位期间为 218 至 222 年。

3. 雪莱（Percy Bysshe Shelley，1792—1822）：英国浪漫主义诗人。

4. 索福克勒斯（Sophocles，497/6—406/5 B.C.）：古希腊三大悲剧诗人之一。

5. 亚里士多德认为，悲剧应具备唤起“同情与恐惧”的功能。

比斯与珀罗普斯的悲剧[1]同样可怕，但属于自作孽而未达到同等高度），并显示亚里士多德的主张毫无道理：他在戏剧专书中提到，观众无法忍受观看无辜者受苦。无论埃斯库罗斯或但丁等善于关怀的大师，或莎士比亚这位最体察人情的大文豪，或凯尔特人的神话和传说（婆娑泪眼呈现世间良善、人生短如花开花谢），都远远比不上基督受难的最后一幕，将纯粹的情绪渲染与巨大的悲剧效果合而为一：耶稣与众门徒最后的晚餐，其中有位门徒已将他出卖[2]；月光照耀着静谧的花园，该门徒内心天人交战，最后走近耶稣献上一吻，作为背叛的信号；另一位耶稣信赖的门徒，本该打造一座屋子供人避难，却在鸡啼前三度说不认识耶稣[3]；耶稣全然孤独、顺其自然又接纳一切；大祭司愤怒地撕毁他的衣服；罗马总督唤人拿水来，妄想洗去手上的无辜之血，但他终成历史罪人；还有那悲痛万分的加冕典礼，堪称有史以来最动人的一幕；这位无辜之人，就在他深爱的母亲和门徒面前，被钉上了十字架；士兵纷纷下注掷骰、瓜分他的衣物；他通过个人的惨死，留给世人永恒的象征，最后葬在富人墓中，遗体裹着

1. 指索福克勒斯所创作的希腊悲剧《俄狄浦斯王》（*Oedipus the King*），底比斯（Thebes）国王拉伊俄斯（Laius）曾劫走珀罗普斯（Pelops）的儿子，而遭诅咒其子会弑父娶母，果真后来由拉伊俄斯的儿子俄狄浦斯（Oedipus）应验。

2. 犹大为了三十枚银币出卖耶稣。

3. 彼得为避免受牵连，假装不认识耶稣。

埃及亚麻、涂着珍贵的香料，待遇有如王子。每当从艺术角度深思这一切，不禁让人心怀感激，教会可以不必流血搬演这场悲剧，仅需以对话、服装甚或肢体呈现耶稣受难记。而我只要想到希腊合唱虽在他处失传，却在弥撒上随从对牧师的应答中保留下来，便心生喜悦与敬畏之情。

但基督的一生——完美地融合了悲伤和美的内涵与表相——其实是一首田园诗歌，尽管在他死后，神殿布幔裂成两半、黑暗笼罩大地、石头滚至墓穴之门。我往往觉得，基督就像是身旁有许多同伴的新郎，他亦曾如此描述自己；或像一位牧羊人，赶着羊群穿越山谷，寻找绿茵草地或清凉溪涧；或像一位歌手，努力用音乐替上帝之城筑起城墙；或像一位情人，内心的爱满溢到全世界都装不下。他所施展的奇迹宛如春日来临般优美自然。我也毫无保留地相信，他的人格极具魅力，单单只要现身，就能为饱受折磨的灵魂带来平静，触碰他的衣服或双手就能忘却痛苦；凡是他行经之地，看不见生命真谛的人视野变得清晰，耳朵只闻靡靡之音的人首度听见了爱，惊觉其“优美如阿波罗之笛音”；他一出现，邪恶淫欲便自动窜逃，想象力枯槁之人听其呼唤，便宛如从墓中活了过来；又或者当他在山上讲道时，万千听众莫不忘了口腹之欲、世俗纷扰，而听他在宴会上讲道的友人，粗茶淡饭均成美味珍馐，开水尝来如美酒，整间屋子更充满甘松油的香气。

勒南[1]所著的《耶稣传》(根据《多马福音》，或可称《第五福音书》) 提到，基督的最大成就在于他死后和生前均受到众人的爱戴。倘若他与诗人同道，必定是名列首位的有爱之人。他十分清楚，爱是世界最初的奥秘，亦是智者追寻的目标；唯有通过爱，人才能走进麻风患者的内心，或抵达上帝的跟前。

最重要的是，基督是至高无上的个体主义者。谦卑不过是种表现形式，如同艺术接纳所有经验。基督看重的永远是人的灵魂，他称其为“上帝的国度”，认为灵魂存乎每个人心中。他将之比喻为微小的东西，诸如一粒种子、一把酵母、一颗珍珠等，因为只有放下所有外在的欲望、后天习得的文化与身外之物，无论好坏悉数舍弃，才能认识自己的灵魂。

过去，我凭着顽强的意志和反骨的性格，咬牙撑过了所有的磨难，直到我一无所有，只剩下亲生骨肉。我失去了名誉、地位、幸福、自由与财富，锒铛入狱且一贫如洗，但我至少还拥有孩子。忽然之间，法院硬生生地将我们拆散。这个打击大到令我慌了手脚，因而瘫软跪地，埋头哭泣地说：“孩子的身体就是主的身体，我却两者都不配拥有。”我在那时得到救赎，明白唯一的选择是接纳一切。说也奇怪，自此以后我就开朗了起来。这当然是因为我找到了灵魂最终的本质，过

1. 勒南 (Joseph Ernest Renan，1823—1892)：法国哲学家、作家，也是研究中东古代语言文明的专家，以有关早期基督教及其政治理论的历史著作而闻名。

去我百般视其为仇敌，如今却发现它像朋友般等着我。只要接触到自己的灵魂，便会像孩子那般单纯，这亦符合基督的教诲。

可悲的是，死前能“拥抱自我灵魂”的人屈指可数。爱默生[1]说过：“对任何人而言，出于自我意愿的行为最为难得。”这话真有道理。多数人只会从众，抄袭别人意见，模仿他人生活，连欲望也拾人牙慧。基督不仅是至高无上的个体主义者，更是历史上首位个体主义者。有人想把他形容成一般的慈善家，或将他归类为不科学、多愁善感的利他主义者，其实两者皆非。当然，他会怜悯穷人、囚犯、中下阶层和不幸之人，但他更加怜悯富人、只知吃喝玩乐的人、自由遭物欲钳制的人、穿锦衣住王宫的人。在基督眼中，比起贫困或悲伤，富贵与欢乐是更大的人生悲剧。至于利他主义，谁能比他更清楚，影响我们的是使命感而非判断力，以及荆棘中摘不到葡萄、蓟丛中采不着无花果？

基督的信条不是将利他设定为人生目标，这并非其信条的基础。他所谓的“宽恕你的仇人”，并非为了仇人着想，而是为了自己着想，因为爱比恨更为美好。他向年轻人恳求：“卖掉所有财产，分送给穷人吧。”此举不是想到穷人的困苦生活，

1. 爱默生（Ralph Waldo Emerson，1803—1882）：美国思想家、文学家。

而是想到年轻人遭财富腐蚀的灵魂。基督的人生观无异于艺术家，凡事按照自我实现的法则，因此诗人必须歌唱，雕刻家必须考虑青铜，画家视世界为反映自身情绪的镜子，好比自然的规律：山楂树必在春天开花、稻穗必于秋天变得金黄、月亮依时节画出盈亏轨迹。

但尽管基督没有向人类说“为他人而活”，却点出他人的生命和自己的生命并无差别，并借此把人格向外延伸与扩大。自基督以降，单独的个人历史都能成为世界历史。当然，文化强化了人的性格，艺术丰富了人的心智。凡是具有艺术气息之人，便会与但丁一同流亡，体会他人生活的辛酸与困顿。他们得以片刻享有歌德的平静与安适，但也很清楚波德莱尔[1]何以向上帝呼告：

> 主啊，请赐予我力量与勇气，
> 让我得以面对身体与内心，不会加以嫌恶。[2]

他们自莎士比亚的十四行诗中，冒着自讨苦吃的风险，汲取爱的秘密并据为己有。他们听了肖邦的夜曲、经手过

1. 波德莱尔（Charles Pierre Baudelaire，1821—1867）：法国诗人，象征主义诗歌先驱、现代派的奠基者、散文诗的首创者。

2. 出自《恶之花》（*Les Fleurs du Mal*）。

希腊的艺术品，或读了古代某男子热爱着金发红唇女子的故事，便能以全新的眼光看待当代生活。但艺术气息必须呼应表现形式，因此无论是文字或色彩，音乐或大理石，埃斯库罗斯戏剧的彩绘面具或西西里牧羊人的芦笛，基督与其旨意必定都已示众。

对艺术家而言，表达是唯一能建构生命的方式，失去表达与死亡并没有什么两样。但基督不是如此。基督的想象力宽广奇妙，让人心生敬畏，他将失语无声、充斥痛苦的世界纳为自己的国度，并且永远为其喉舌。我先前提到有些人备受压迫无法发声，“唯有上帝听闻其沉默呼救”，基督亦视他们为兄弟，致力于为盲人的眼睛、聋人的耳朵，帮遭噤声者发声。他希望充当世上无数失语者的号角，将他们的呐喊送达天听。由于他凭着自身的艺术秉性，通过苦难与悲伤来传达美的概念，并明白理念若缺乏形体与意象则不具任何价值，因此，他化身为受难者的形象，从此主导并风靡整个艺术界，远远超越任何希腊神祇的影响力。

希腊众神固然相貌姣好、四肢发达，但内在不如外在光鲜亮丽。阿波罗的前额轮廓宛如山顶的旭日，双脚则是晨曦的双翼，却对玛耳绪阿斯[1]施以剥皮酷刑，并杀害了尼俄伯的

1. 玛耳绪阿斯（Marsyas）：希腊神话中的森林之神，向太阳神阿波罗挑战吹奏笛子，最后落败遭剥皮而亡。罗马许多城市均有其雕像，象征自由。

所有子女；雅典娜眼神如钢，对阿拉克涅毫不留情[1]；天后赫拉除了排场和孔雀华丽之外，并无其他高贵之处；众神之父则过度迷恋人间女子。希腊神话中，倒有两位神祇具有深远的含义：宗教上是不属奥林帕斯之列的大地女神德墨忒尔；艺术上则是酒神狄俄尼索斯，母亲仅是一介凡人，儿子出生之时亦是自己的死期。

但现实社会的底层却诞生了一位伟大的人物，远比大地女神或酒神更为奇妙。此人出身于拿撒勒的木匠铺，任何传说或神话人物皆无法比拟；他亦注定要昭告天下，葡萄酒的神秘含义与野百合的美丽，无论在西赛隆山或恩纳[2]，皆是前无来者之事。

先知以赛亚在歌中说："他遭人鄙视与排斥，忧伤满怀又以悲苦为伴，我们却撇过头去，视而不见。"这段诗句似乎成了预言，最终也在他身上应验。我们不必惧怕这类预言。每件艺术品都可算是预言的实现，因为艺术创作皆是理念的具象化；每个人也算是预言的实现，因为无论在上帝或人类心中，每个人都是理想的化身。基督找到了自己的预言并加以实现，而无论在耶路撒冷或巴比伦，维吉尔派诗人的梦想，经过数百年的漫长等待，终于在他身上获得体现。以赛亚所留意到

1. 雅典娜将她变成蜘蛛，惩罚其以织锦图讽刺天神。

2. 皆为希腊神话里的故事地点。

的全新理想的特征之一是："他的面容比任何人憔悴，形体亦比任何人枯槁。"一旦艺术理解其中真意，便会如花绽放，迎接前所未见的艺术真谛。正如我在前文中所述，艺术的真谛是外在表现内在、灵魂有了形体、身体中注入灵魂，进而透露出形体。

对我而言，历史上最大的憾事，莫过于基督时期的文艺复兴，虽然造就了沙特尔大教堂、亚瑟王的各式传奇、阿西西的圣方济各的生平故事、乔托的艺术、但丁的《神曲》，却无法继续自行发展下去，被沉闷的古典文艺复兴硬生生中断，因而出现了彼得拉克、拉斐尔壁画、帕拉迪奥建筑、强调形式的法国悲剧、圣保罗大教堂、蒲伯诗作等来自外在死板规则的艺术，而非发自内心的灵性。但艺术上只要出现浪漫主义运动，基督或其灵魂就会以某种形式显现，诸如莎士比亚的《罗密欧与朱丽叶》与《冬天的故事》、普罗旺斯的诗歌、柯尔律治的《古舟子咏》、济慈的《无情妖女》和查特顿的《仁爱之歌》。

拜基督所赐，艺术才有如此多彩缤纷的人和事物：雨果的《悲惨世界》、波德莱尔的《恶之花》、俄国小说的悲悯元素、魏尔伦及其诗作；伯恩－琼斯和莫里斯的彩绘玻璃、挂毯与十五世纪工艺；另外还有乔托的高塔、亚瑟王妻吉尼维尔与情人兰斯洛特、吟游诗人唐豪瑟、米开朗基罗的浪漫派大理石雕像、尖顶建筑，以及对孩童和花朵的情有独钟——古典艺术确实几乎没有空间，可让花朵成长或孩童玩耍；但自十二世纪至今，花与孩童便在不同时期，以不同形态，一再出现在艺术作品中，来去自如和任性，符合两者的特性。春天感觉就像花儿在玩捉迷藏，唯有担心大人找得腻烦、放弃搜寻时，才会赶紧跑到阳光底下。孩童的生活则好比四月天，阳光和雨水同时滋养着水仙。

正因为基督本身极具想象力，所以成为浪漫艺术蓬勃发展的源头。诗剧与民谣的奇特角色皆是他人想象力所创造，但出身拿撒勒的耶稣，则靠着本身的想象力创造了自己。正如夜莺的歌唱与月亮的升起关系不大，以赛亚的呼喊与耶稣的降临亦不相干，不过真正的关系也许难说。基督的出现应验了预言，却又否定了预言；他凡是实现一个预言，也就摧毁另一个预言。培根曾说："一切的美皆有奇特之处。"至于生来具有相同灵性之人——亦即具有相同生命力——基督则说他们像风一样，"任意吹拂，无人知晓从何而来，往何而去"[1]。因此，艺术家才对他如此着迷。基督拥有生命的一切色彩：奥秘、奇异、感伤、暗示、狂喜与爱意。他带来妙不可言的感动，打造出只能理解他的氛围。

1. 出自《约翰福音》。

倘若基督“满载无穷的想象力”[1]，世界便具有相同的本质，每当我想到这点就喜不自胜。我在《格雷的画像》中说过，世上最大的罪恶皆源自大脑，但其实一切都在脑内发生。我们现在明白了，人并非以眼观看或以耳倾听，眼耳只是传递感官印象的管道，有时传递得充分，有时传递得不足。唯有在脑中，我们才晓得罂粟花是红色、苹果有香气与云雀会歌唱。

我最近在努力研读有关基督的四部散文诗。上回圣诞节，我设法拿到一本希腊文《圣经》，于是每天早上扫完牢房、洗好碗盆后，便会读些四大福音书，随手翻阅十几个诗节，愉悦地展开新的一天。每个人都应效法此举，即便生活紊乱又无纪律亦然。一年四季反复阅读之下，福音书原本的清新、率真与单纯的浪漫荡然无存。我们听他人念过太多遍、念得又太差，这种重复只会残害心灵。当我们回去读希腊文时，就好像走出狭窄黑暗的屋子，来到一座百合花的园子。

对我而言，想到我们所读极可能是基督本人用语，更是加倍欢喜。过去学界主张，基督说的是亚拉姆语[2]，就连勒南也这么认为。但如今，我们知道加利利农夫就跟当代爱尔兰农夫一样，会说流利的双语，而希腊语除了在罗马帝国东边使用，亦是巴勒斯坦一带的语言。我向来排斥通过层层翻译

1. 出自莎士比亚剧作《仲夏夜之梦》（*A Midsummer Night's Dream*）。

2. 亚拉姆语（Aramaic）：闪米特语族（闪族）的一种语言，与希伯来语和阿拉伯语相近。

才能了解基督的话，因此让我一想到就欣喜的是，就对话而言，查米德斯[1]可能听过他讲道、苏格拉底也许与他论过理，柏拉图也可能听得懂他的话。基督也许真的用希腊语说过“我是个好牧羊人”，想到原野上的百合时，很可能也确实说过“原野上的百合，既不辛劳又不纺织，就这么长了起来”，而他在临终前呼喊“我的人生已达终点、已臻实现、已然圆满”，最后一句遗言可能正如圣约翰那句希腊语：“成了”，不多也不少。

阅读福音书时——尤其是《约翰福音》（有一说是早期诺斯底教派冒充他名字所作）——我发现其中一再强调，想象力是所有属灵生活与物质生活的基础。我也因而了解，对基督而言，想象力就是爱的形式，爱包含了“主”这个词的完整含义。约六星期前，医生允许我吃白面包，而非监狱平日配给的黑面包或棕面包。那堪称人间美味。你也许会觉得奇怪，干干的面包怎可能是人间美味。我实在太喜欢吃了，用餐结束前都会把餐盘与粗桌布上的面包屑，捡起来吃得一粒不剩。这不是因为我没吃饱，监狱伙食相当充足，纯粹因为我不愿浪费食物。因此，凡事应以爱为依归。

基督就如同所有魅力独具的人物，不仅自己能说出美言，更能让别人对他说出美言。我特别喜欢圣马可所说的关于希

1. 查米德斯（Charmides）：《柏拉图对话录》中的主要角色。

腊妇人的故事：基督为了考验她的信仰，拒绝给她以色列孩子的面包，没想到她回答说即便是落下的面包屑，桌下的小狗亦不排斥[1]。大部分人是为了获得爱与赞美而活，其实应将爱与赞美奉为人生信条。倘若我们得到他人的爱，应谨记自己并不值得这份爱，任何人都不值得被爱。而上帝爱世人，显见按照神的法则，永恒之爱要赐予永不值得被爱之人。倘若这话听来刺耳，不妨换句话说，每个人都值得被爱，但不包括自认值得被爱的人。爱是圣餐，凡人均得跪下领受，嘴上与心中默念："主啊，我不配。"我希望你能想到这一点。你太需要它了。

若我得以重新提笔创作，我只想阐述两个主题：其一是"基督是浪漫主义运动的先驱"，其二则是"艺术生活与行为的关联"。第一个主题当然极为吸引人，因为基督身上不仅存有最高层次的艺术形态，更有浪漫性情的偶然与率真。基督也是率先向世人说应该过着"花朵般的人生"，从此律定此一词语的人。他把孩童当作世人的榜样，表示他们是长辈效法的对象，若完美的人和事物都得发挥效益，这便是我认为孩童的主要用处。但丁形容人类的灵魂是源自上帝之手，"宛如小孩般哭笑"，基督亦认为每个灵魂皆应"宛如小孩般哭笑"，

1. 出自《马可福音》。此处以色列孩子是比喻犹太人，小狗则是比喻非犹太人。

生命多变、流动又具活力，要其遵守刻板形式，无异于判其死刑。他也明白，世人不应太计较物质或庸俗乐趣，胸怀远大的理想十分美好，无须操心过多琐事。鸟儿都不烦恼，人又何必自找麻烦？他语带魅力地说：“无须替明日烦忧。难道灵魂不如食物吗？身体不如衣物吗？”最后那句话充满希腊风味，希腊人可能也说得出来。但唯有基督能兼顾两者，替我们囊括生命的真正含义。

基督的道德就是同情心，毕竟道德理应如此。如果他毕生只说过“她付出许多爱，罪愆得以赦免”，亦死而无憾。他信奉的正义，是善恶皆有报，是正义应有的样貌。乞丐之所以上天堂，是因为这辈子太过悲苦，此外我想不出更好的理由。葡萄园中，趁凉爽的傍晚时分工作一小时，跟在烈日下辛苦忙碌了整天，最后获得相同的报酬。难道不应如此吗？也许，没有人应该获得报酬，又或者他们并非同种人。基督不喜欢用那些沉闷又无生气的呆板理论把人类物化，因此他对人一视同仁，一切不讲究法则，唯有例外，仿佛世上一切人或事物均属同等。

对基督而言，浪漫艺术的基调，就是真实生活的基础，此外别无其他基础。众人将一现行犯带到他的跟前，指出她应受到的法律制裁，并请教他的裁示，他却弯着腰用指头在地上画字，众人再度催促后，他才抬头说道：“你们谁是没有罪的，谁就先拿石头打她。”此言既出，一生无憾。

跟所有具有作诗天赋的人一样，基督喜爱无知之人，因为他深知这些人的灵魂，总有空间容纳伟大的理念。但他难以忍受愚蠢之人，尤其是因教育而变愚蠢之人：说起话来头头是道，却不理解其中真意，是现代人中的异类；基督说这类人握有知识的钥匙，虽然可能打开天国之门，自己却无法使用，更不允许他人使用。基督主要对抗的是市侩之徒，这是光之子注定参与的战役。市侩是基督那个时代社会的风气，当时耶路撒冷的犹太人思想食古不化、流于惺惺作态、只会墨守成规、崇拜功名利禄、贪恋人生物欲、凡事妄自尊大，可以与现今英国市侩之辈两相对照。基督将此种装腔作势讽刺成“粉饰的坟墓”[1]，此词从而流传下来。他将世俗成就弃若敝屣，认为其毫无价值可言；他把财富视为人的负担；他不乐见生命成为任何思想或道德体系的牺牲品；他还指明，形式与礼仪是为人所设，人并非为了形式与礼仪所生；他认为守安息日并无意义。缺乏温情的慈善义举、铺张卖弄的公开捐助、中产阶级重视的繁文缛节，他全都不屑一顾。对我们而言，所谓的正统仅是不经思考、缺乏见识的服膺；但正统到了他们手上，就成了震慑众人的暴政。凡此种种，基督都

1. 粉饰的坟墓（whited sepulchre）：现在多比喻“伪善之人”。

弃置一旁，展现属灵才具有价值。他乐于向市侩之徒指出，尽管他们常常读《法律书》与《预言书》，却丝毫不知道两者的真正含义。他们每天仅花少部分时间履行责任，正如奉献薄荷与芸香的十分之一，浑然不知基督的教诲凸显活在当下的重要。

基督拯救的人之所以有此幸运，纯粹是因为生命中某个美好的时刻。抹大拉的玛利亚看到基督时，二话不说便打破七个情人之一送的雪花石膏瓶，用芬芳的香膏涂抹他疲惫的双脚，单单这一刻的举动，得以跟路得[1]与比阿特丽斯[2]相伴，永远坐在天堂白玫瑰丛中。基督所说的故事都略带警惕性，其实是要告诉世人，时时刻刻都有美丽之处，灵魂也得永远准备新郎的到来、引颈期盼情人[3]的声音。而所谓市侩，仅是人类本性中未有想象力眷顾的部分。基督将生命中美好的影响，全都视为光，想象力本身就是光的世界，世界明明由此而生，却无法理解想象力，这是因为想象力是爱的表征，而正是爱与付出爱的能力，将世人一个个区分开来。

然而，基督面对罪人的态度，最能反映其浪漫精神，亦最为真实。世人总是视基督为最接近完美上帝的化身。而基

1. 路得（Ruth）:《旧约圣经・路得记》中的贤妇。

2. 比阿特丽斯（Beatrice）:《神曲》的主要角色。

3. 情人或新郎皆是上帝或天堂的代称。

督凭借自身神性，似乎深爱着罪人，视其为最接近完美人类的化身。他的主要愿望不是让世人洗心革面，不是减轻世人承受的苦难，也无意将有趣的盗贼变成正人君子。倘若他看到现代的囚犯援助协会等组织，想必会不以为然。在他眼中，把税吏转变为严守律法的法利赛人[1]，称不上了不起的成就。但世人目前仍百思不解的是，他却视罪愆和苦难本身既美好又神圣，亦是臻于完美的方式。

这个想法听起来颇为危险。确实如此，所有伟大的想法都很危险。但毋庸置疑的是，这就是基督的真实信念，我亦深深相信着。

罪人当然必须忏悔。但原因为何？纯粹因为他必须了解自己的所作所为。忏悔的那刻就是重生的开始，更是罪人改变过去的方式。希腊人认为这是天方夜谭，常以其精辟的警句表示："即便是众神亦无法改变过去。"基督却表示，最平庸的罪人都办得到，也是其唯一能做的事。若别人问起此事，我确信他会说，浪子跪下啜泣的那一刻，过去曾倾家荡产嫖妓、沦落到与猪争食谷糠等行为，全都变成人生中美好神圣的时刻。多数人难以理解这个观点，我敢说必须要坐了牢才能体悟。果真如此，那坐牢的日子也就没有白费了。

1. 法利赛人（Pharisee）：公元前6世纪的一个政党，为犹太人的思想流派之一。"法利赛"这个名词源于希伯来语，意思是"分离"，指为保持纯洁而与俗世保持距离的人。

基督有其独特之处。就像真正破晓前会有假曙光，或冬天阳光乍现骗得聪明的藏红花提早吐金蕊、让傻鸟儿呼朋引伴在秃枝上筑巢，基督出现前亦有基督徒。对此，我们应该心怀感激。遗憾的是，基督来到世上后，就再也没有基督徒了，唯一的例外是阿西西的圣方济各。但上帝在他诞生时赋予了他诗人的灵魂，而他在年轻时便与贫穷结为连理，有了诗人的灵魂和乞丐的身体，他便可轻易地找到通往圆满之路。他了解基督也活得像基督，我们无须通过《认证书》来对照圣方济各的人生与基督的相似之处，若他的人生是一首诗，《效法基督》充其量只是散文。

说到底，这就是基督的魅力所在。他就像一件艺术作品，无须教导他人任何事，凡是有人被带到他面前，就会有所改变。每个人注定都将与基督相会，一生中至少有一次会与他同行至以马忤斯[1]。

至于另一个主题，即艺术生活与行为的关联，你想必很困惑我为何做此选择。众人指着雷丁监狱说："这就是艺术生活带来的下场。"这个嘛，可能还有更凄惨的下场。对于一丝不苟的人来说，人生是在精打细算得失后，再进行精准的沙盘推演，因此他们永远知道眼前的目标，并朝固定方向迈进。

1. 以马忤斯（Emmaus）：耶稣复活后在路上遇到两位门徒，他们起初未认出耶稣，一直走到以马忤斯村擘饼时才恍然大悟。

他们起初若想成为教区执事，无论后来进入什么领域，最后都会成功当上教区执事。一个人若想谋求外在的事物，诸如国会议员、杂货店老板、知名律师、法官或其他枯燥的职位，最后都会如愿以偿。这对他来说是项惩罚。凡是渴望面具的人，就必须终生戴上。

但对于具有旺盛生命力的人而言，可就没那么容易了。那些只想自我实现之人，从来就不知道未来的方向，也无从得知。当然，就特定意义而言，正如希腊神谕所说，我们有必要认识自己，这是知识的首要里程碑。然而，明白人的灵魂并不可知，却是最高层次的智慧。终极的奥秘永远是自己。即使称出太阳的重量、测出月亮的距离、标出七重天的所有星星，自己仍然有待认识。谁能算出自己灵魂的轨道呢？当基士的儿子出门帮父亲找驴时，他不知道上帝的使者正拿着加冕圣油等他，也不知道自己有了王者的灵魂。

我希望能活得久一点，完成引以为傲的作品，届时大限之日来临就可以说："是啊，这正是艺术生活带我到达的境界！"我这辈子遇过生命最完满的两个人，他们都蹲过多年的苦牢，分别是魏尔伦和克鲁泡特金。魏尔伦是继但丁之后，硕果仅存的基督徒诗人；克鲁泡特金则是有着美丽基督之魂的俄国人。过去七八个月以来，尽管监狱外头不断传来令我伤神的消息，我却因为部分人和事物，得以认识一位刚上任的典狱长，他给予我的帮助难以言喻。我入狱头一年，每天灰心丧志，只会绞着手喃喃自语："一切都完蛋了，多悲惨的下场啊！"但如今我会给自己打气："一切才刚要开始，这是美好的开始！"说不定真的如此，说不定会渐渐成为事实。果真如此，那都得感谢这位新来的先生，他改善了这里每个人的生活。

事物本身算不了什么，的确，这一次让我们感谢形而上学教给我们的道理——事物本身没有真实存在。唯有精神才是重要的。实施惩罚的方式是治愈创伤，而非制造创伤，就像施舍可以让面包在施舍者手中变成石头一样。会有什么变化——规则不变，因为规则是既定的，而变化的是通过规则所传达的精神——我和你说了，你就能明白。我曾告诉你，去年五月我曾争取获释的机会，倘若当时真的成功了，我离开时势必会恨透了这座监狱和里头的每个官员，这份怨念绝对会戕害我的人生。尽管我得在狱中多待一年，但所有囚犯都享有人道的待遇。我服刑期满后，必会牢牢记得这里的每个人对我的关心。出狱当天，我也会向许多人道谢，请他们别忘了我。

监狱制度可以说是彻头彻尾的错误。我出狱后，会想方设法促成其改变。我愿意姑且一试。而世上再大的错误，只要有人道精神、爱的精神和教堂之外的基督精神，就可能加以改正，或即使无法改正，多少能让人尚可忍受，不致加深内心的仇恨。

我知道外头有许多美好的事物等着我，包括阿西西的圣方济各所说的“风兄弟”和“雨姊妹”[1]、商店的橱窗和大城市的日落。倘若我要列出仍属于自己的东西，想必会难以尽数，因为上帝创造世界是为了所有人，既不会偏袒我，亦不会偏袒他人。说不定我出狱后，会带着前所未有的东西。我应不必再赘述，对我来说道德改革跟神学革新一样无谓庸俗。尽管说要当更好的人是不符科学的空话，但想成为更有深度的人，却是受苦之人的特权。我想，我确实已变得如此。你可以自行判断。

出狱后，倘若朋友设宴却没邀请我，我一点都不会介意。我能完全享受独处的快乐，有自由、鲜花、书籍和月亮相伴，夫复何求？况且，筵席已吸引不了我了。我过去主办过太多饮宴，早就没什么兴趣了。我敢说，幸好那段人生已然结束。但若我恢复自由之身后，朋友发生令人伤心的事，却拒绝让我分忧解劳，我一定会感到痛苦不堪。若朋友把自己关在家中难过，拒我于门外，我会再三求他让我进门，好分担我应分担的苦痛。若他觉得我不配与他同悲，这对我会是莫大的

1. 圣方济各将太阳、风、火称作兄弟，月亮、星星和水则称作姊妹。

侮辱，再也没有比这更令我无地自容的事了。但这是不可能的，我有权分担他人的忧伤；只要能看到世界的美好，同时又能分担其忧，进而领悟两者的奇妙，无异于直接接触神性，也最为接近上帝的秘密。

除了我的人生更具深度，我的艺术或许也会更加深刻，融合更多的情感，体现更直接的冲动。当代艺术真正追求的并非广度而是深度，我们不再关注艺术典型，而是着眼于例外。当然，我无法把种种煎熬，放入任何过去的形式。当模仿结束时，艺术才会出现，但必定会有新元素进入我的作品，也许是更丰富的文句、更多彩的节奏、更特殊的效果、更单纯的架构，或某项美学特质。

古希腊人说，当玛耳绪阿斯“四肢自皮囊中扯出”——套用但丁的骇人用语——便再也听不到他的歌曲。阿波罗胜利了，以七弦琴击溃芦笛。但也许希腊人料错了。我在许多当代艺术作品中，都听得到玛耳绪阿斯的歌曲：波德莱尔的诗中显得哀怨、拉马丁[1]的诗中显得甜美伤感、魏尔伦的诗中则显得神秘；它也在肖邦乐曲延迟的终止中、伯恩－琼斯所画女子的不满神情中；就连马修·阿诺德的诗作《卡利克斯之歌》，都提到了“悦耳悠扬七弦琴的胜利”与“著名的最终

1. 拉马丁（Alphonse Marie Louise Prat de Lamartine，1790—1869）：法国浪漫主义诗人、作家、政治家。

胜利”，除了清晰反映抒情之美外，亦透露不少玛耳绪阿斯的声音，充满着怀疑与痛苦的口吻。他先后就教的歌德与华兹华斯都爱莫能助，当他哀悼《瑟西斯》或歌唱《吉卜赛学者》时，不得不拾起芦笛来演绎他的曲调。但无论半人半羊的玛耳绪阿斯是否沉默，我都不能只字不提。我需要管道来充分表达自己，正如监狱高墙上方于风中摇曳的黑色树枝，亦需要叶子与花朵。如今，我的艺术和世界之间有一道鸿沟，但我和艺术之间却没有隔阂，至少我是如此希望着。

每个人都有各自的命运。我早已注定要身败名裂，长期囚禁，熬过悲苦、凄凉又耻辱的日子，但我不配拥有这个命运——至少目前如此。犹记得我以前常说，只要遇到真正的悲剧——披上紫色棺罩、戴着庄重的忧伤面具——自己就能承受得住。但现代性的可恨之处，在于将悲剧披上喜剧的外衣，导致宏伟的现实事物变得庸俗、丑怪又无格调。现代性就是如此，现实生活大概也相去不远。有人曾说，所有殉道者在旁观者看来皆小家子气，即便是十九世纪亦无例外。

我的这场人生悲剧中，一切皆丑陋、低贱、引人反感与缺乏格调。这身囚服让人显得怪异无比。我们是悲伤的配角、心碎的小丑，被特殊装扮，专门供人消遣。一八九五年十一月十三日，我从伦敦被押送到这座监狱。那天下午两点到两点半，我被迫站在克拉珀姆转运站的中央月台，身穿囚衣、戴着手铐，在众人面前丢脸。我是在完全不知情的状况下，临时被人从病房带了出来。当时，我应该是在场最丑恶的人了，围观的众人莫不嘲笑我的窘样。随着一班班火车到站，围观的人潮越来越多，没什么比这景象更有娱乐效果了。那时他们还不知道我是谁，后来得知我的身份，就笑得更加开怀。天空下着灰蒙蒙的十一月细雨，我站在那里整整半个小时，周围传来群众耻笑的声音。

之后的一整年，每当到了下午同一时刻，我都会哭上半个小时。这其实可能没你想象中那么可怜，因为对于囚犯而言，哭泣早已融入日常生活。倘若哪天没有哭泣，并不代表那天心情愉快，而是冷酷麻木了。

如今，我真的开始觉得，那些嘲笑我的人比我更加可悲。当然，他们看到我的样子时，我不再是被供着的偶像，而是戴着枷锁的囚犯。但唯有缺乏想象力的人，才会关注被供上神坛的偶像。神坛可能仅是梦幻泡影，枷锁才是残酷现实。他们也早该了解如何去诠释悲伤。我先前说过，悲伤背后永远藏有悲伤，说得更睿智点，就是悲伤背后永远藏有灵魂。嘲笑痛苦的灵魂十分残忍。世上的经济原理无比单纯：付出什么就获得什么。对于想象力不足以看穿事物表象、进而心生怜悯的人们，除了得到别人的轻蔑，还配得到什么呢？

我之所以写出移监的过程，只是希望你能够体会，我从刑罚中除了怨恨与绝望的滋长，实在难以得到其他东西。然而，我依然得尽量去做，现在我已经偶尔能认命或接受现实。一个花苞可能藏着整片春天；云雀在低地筑的矮巢，可能藏有预示着无数玫瑰色黎明的喜悦。因此，倘若我人生中仍留有美好的一面，应是包含在某个屈服、贬抑或羞辱的时刻。无论如何，我可以单纯依照自己的人生轨迹前进，接受至今发生的一切，让自己不辜负这些经历。

过去常有人说，我太注重个体主义。如今，我得更努力活出个人的精神，凡事也得更加反求诸己，减少对外界的索求。的确，我之所以会入狱服刑，并不是太讲究自我所造成，反而是太不在乎自我的缘故。我这辈子最为耻辱、无可原谅又作践自我的行为，就是向社会寻求帮助和庇护来与你父亲对抗。从个体主义观点来看，如此呼救本身就不可取，但我对此又能提出什么借口呢？当然，一旦我借助了社会的力量，社会反倒对我说："你不是向来都藐视社会的法律吗？现在怎么会向其寻求保护呢？果真如此，你就得完全实践这些法律，并且恪遵法律的精神。"结果我就入狱了。三次庭审过程中，我常为自己的处境感到讽刺和耻辱。我看到你父亲里里外外、东奔西跑的样子，以期引起公众的注意，仿佛没有人能注意或记得他那副马夫的步态和装束、那两条弓形腿、那双哆嗦不停的手、那耷拉着的下唇，以及那像野兽一样龇牙咧嘴的笑。即使他不在场，不在我眼前，我也常常能感觉到他的存在。法庭光秃秃的四壁加之本身的氛围，让我时常感觉这里仿佛悬挂着他那如猿似猴般脸孔的面具。想必没人像我这般丧尽颜面，遭到如此无耻的陷害。我曾在《格雷的画像》中写道："务必慎选自己的仇敌。"我怎么也没料到，自己居然被一个贱民拖累，而成了另一个贱民。

怂恿我、强迫我向社会寻求帮助，这是让我如此鄙视你，让我因迁就你而如此鄙视自己的原因之一。你不欣赏作为一个艺术家的我，情有可原。那是你的性子使然，你也是情不自禁。但你本可以欣赏作为一名个体主义者的我。因为，这不需要任何文化修养。然而你却并非如此，你把市侩带进了一个完全与之相悖，甚至以某些观点看，彻底被毁灭的人生。所谓人生的市侩之处，并非无法理解艺术。渔民、牧羊人、农夫等人虽然对艺术一窍不通，却是社会的中坚分子。市侩之徒只会拥护并协助社会上沉重、盲目和冷漠的力量，对于人和事物中的生命力视而不见。

许多人认为，我会设宴款待恶人甚至乐在其中，这实在令人不敢苟同。但从我身为艺术家的角度来看，跟这些人打交道十分愉悦，有助于活络思考并带来启发。这就好比与豹共享餐食，危险带来了大半快感。我以前觉得，自己的感受就像驯蛇人：他们将眼镜蛇从染色布袋或柳筐中诱出，任其乖乖地鼓起伞状颈部，身体在空中左摇右摆，宛如溪中摇曳的水草。对我而言，这些恶人就像最艳丽的毒蛇，毒性正是构成完美的一环。我当时并不知道，这些毒蛇有天竟会随着某人的笛声，收下某人的贿赂[1]，狠狠向我咬来。我并不以结识他们为耻，这些人确实很有意思；我真正引以为耻的是，自己被卷入低劣的市侩行径。我身为艺术家，理应与精灵爱丽儿来往，却被迫趟入丑怪凯列班的浑水[2]。我非但写不出如《莎乐美》《佛罗伦萨悲剧》与《圣妓》等富含音乐性的作品，还被迫撰写又臭又长的律师信，以及求助于我向来挞伐的人士。克利朋和阿特金斯[3]之所以令人大开眼界，是因为他们违逆了现实生活的常规，款待他俩可是一步难上加难的险棋，换作大仲马、切利尼[4]、哥雅[5]、爱伦坡或波德莱尔，想必也会乐于接受挑战。我真正痛恨的是，当时三天两头就要到汉弗里事务所找律师，我得坐在阴森到令人发指的房间，板着一张严肃的脸孔，对着一名秃子撒着弥天大谎，直到我不耐地发出啐声，连带打起呵欠。我当时处于市侩之国的中心，远

1. 暗指波西父子。

2. 爱丽儿（Ariel）、凯列班（Caliban）皆为莎士比亚剧作《暴风雨》（*The Tempest*）中的人物。

3. 克利朋（Clibborn）、阿特金斯（Atkins）均为勒索惯犯。

4. 切利尼（Benvenuto Cellini，1500—1571）：意大利雕塑家，毕生曲折离奇的经历均收录在自传当中。

5. 哥雅（Francisco José de Goya y Lucientes，1746—1828）：西班牙浪漫主义画派画家。

离一切美好、灿烂且大胆的事物。我妄自挺身而出，捍卫你行为的端正、生活的朴实与艺术的德行。此为踏上邪道的后果[1]。

而令我百思不解的是，你竟会仿效起令严的性格。你明明应将他引以为戒，到头来却视他为榜样，实在莫名其妙，唯一可能的解释是：当两人相互仇视，必定有着类似兄弟的羁绊。我揣想，基于某种同类相斥的特殊法则，你们痛恨着对方，并非因为彼此身上有许多相异之处，而是因为许多方面都太过相似。一八九三年六月，当你离开牛津时，既无学位又负债，债务本身并不算高，但有鉴于令严的收入情况，那仍是笔可观金额。令严写给你一封信，措辞低俗、辱骂连篇；而你回信的恶劣程度更犹有过之，当然也更加难以原谅，你却因此得意忘形。我清楚记得，你当时百般骄傲地跟我说，你能以令严的拿手好戏，回将他一军。话虽没错，但这戏实在太难看，竞争也太难堪！你跟令严住在表亲家时，还会找时间溜出来，只为了跑到附近的旅馆，写信嘲笑奚落他一番。你对我也做过相同的事。你经常找我到餐厅吃午餐，吃到一半却生起闷气或无理取闹，接着跑到怀特俱乐部，写封措辞恶毒的信给我。你和令严唯一的差别，就是你特地差人送信

1. 出自法国作家巴尔扎克（Honoré de Balzac，1799—1850）的《烟花女荣辱记》（*Splendeurs et misères des courtisanes*），原文为“Voilà où mènent les mauvais chemins”。

给我的几小时后，就会亲自来我房间报到，但不是为了道歉，而是问我有没有订好萨沃伊饭店的晚餐，倘若没有便质问我为何没有订位。有时，我甚至还没来得及读信你就到了。犹记得，你有次要我邀请你的两位朋友到皇家咖啡厅用餐，其中一位我甚至素未谋面，但我依然照办了，还依你的要求事先订好奢华的午宴，不但主厨是特地找来的，酒品也是专门准备的。但你不仅没有出席，还寄来了一封谩骂信件，而且故意在我们枯等半小时后送到。我才读了一行就知道怎么回事，随即把信放入口袋，向你朋友说明你忽然病了，信的后半主要是描述你的病症。其实，我一直到当晚在泰特街着装准备晚餐时，才真正读那封信。我陷在你的文字泥沼里，满怀忧伤，纳闷为何你写得出这种信件，像是犯癫痫般口吐白沫，全然不知所云。就在此时，我的仆人进来告诉我，你人正在大厅，急着想见我五分钟。我立刻叫仆人请你上来。我见到你时，你满脸惊慌苍白，拜托我帮你出出主意，因为你听说拉姆莱来了位律师，这阵子在卡多根广场打听你的消息。你担心是牛津的麻烦或其他危险找上门。我安抚你说，很可能只是某家店派人来讨账（后来也证实如此），之后就让你留下来吃饭，晚上也陪在你身旁。你对自己写的信只字不提，我也是什么都没说，仅当成是你闹脾气的症状。这事也就这么算了。你下午两点半写信来骂我，傍晚七点一刻就飞奔来向我求助，这种情况实在屡见不鲜。你这类恶习让令严望尘莫及。他那些令人作呕的信件被当庭宣读时，他自然会羞愧不已并佯装拭泪。倘若他的律师宣读了你的信件，在场众人的惊愕与嫌恶势必更加强烈。你不仅在用词格调上更加恶劣，你的攻讦方式更远胜于他，因为你还会动用电报与明信片突袭。我想，你理应把这类骚扰手段，留给阿尔弗雷德·伍德这种敲诈成性的人，毕竟他平素就是以此为生，不是吗？他的这份专业在你眼中成了消遣，而且还是很恶质的消遣。即便我被这些信害到这步田地，你却是依然故我，丝毫未改掉写信骂人的陋习，反而还看作自己的成就，甚至连我朋友也遭殃，包括我服刑期间很照顾我的人，罗伯特·谢拉德就是其一。你简直不知廉耻。谢拉德得知我不希望你在《法兰西信使》刊登关于我的文章，公不公开信件皆然，便向你明确表达我的立场，你理应心怀感激才对，毕竟这可以避免你在不知情之中，加深了我的痛苦。请务必牢记，你若想用高高在上又庸俗无比的语气，诉诸英国人“讲究公平的精神”，替“遭逢挫败的先生”发声，投书到英国报纸也就罢了，还算承袭英国报业对艺术家的传统态度。但到了法国，这种口吻势必会招致大众对我的讥笑，以及对你的鄙视。除非我事先知道文章的主旨、语气、行文方式等，否则我不可能允许你任意刊登。从艺术角度而言，立意良善不具有任何价值，所有劣质的艺术作品都是立意良善的结果。

除了谢拉德，我其他朋友也收到了你的谩骂信件，就只因为他们希望凡是刊登关于我的文章、写诗献给我、公布我的信件和礼物等事宜，都要征询我的意愿和顾虑我的感受。此外，你竟还去惹恼或企图惹恼其他人。

你有没有想过，在过去两年不堪的服刑生涯中，倘若我指望你当个称职的朋友，我的处境会有多么悲凉？你到底有没有想过？有些朋友对我关爱有加、无私奉献并且乐于付出，减轻了我沉重的负担，还一再地前来探望我，写来一封封措辞动人的问候信，帮我处理私人事宜，以及安排未来生活，并在我遭舆论挞伐、讥笑、嘲讽甚至是羞辱时，不离不弃地支持我，你对他们有过丝毫的感激吗？他们都是我的大恩人。我牢房里的所有书籍，都是小罗自掏腰包埋单的，届时等我出狱后，他还要帮我添购衣物。我收下他出于好心与关爱的馈赠，一点都不觉得丢脸，反而还引以为荣。没错，我想到的是小罗、谢拉德、穆尔·艾迪[1]、法兰克·哈里斯[2]、亚瑟·克里夫顿[3]等朋友，他们对我的付出、关爱与同情；我也想到在我服刑期间，对我表示善意的每一个人，包括向我道“早安”

1. 穆尔·艾迪（William More Adey，1858—1942）：英国艺术评论家、编辑。

2. 法兰克·哈里斯（Frank Harris，1855—1931）：爱尔兰裔美国作家、记者、编辑、出版人。

3. 亚瑟·克里夫顿（Arthur Clifton，1862—1932）：原为律师，后转做艺术品商人，与罗伯特·罗斯及穆尔·艾迪共事。

与“晚安”的狱卒（这并非他们的职责），还有押送我来往于破产法庭的警察，努力以朴拙的言语安抚慌乱无措的我，以及在旺兹沃思监狱放风时认出我的可怜小偷，用他那因坐牢长时间保持沉默而沙哑的声音，悄悄对我说：“我真替你难过，比起我们这种人，坐牢对你来说想必更难熬。”我想你从未想过这件事。然而，倘若你还残存任何想象力，就会明白无论他们其中哪一个人，你就算跪下替他擦去鞋上的污泥，都应该倍感荣幸。

你难道无法想象，遇上你们一家人，对我而言是多可怕的悲剧吗？对于任何社会地位高，又声誉卓著的人，这会是多凄惨的悲剧啊？你家中的大人们，除了你二哥伯西是好人外，几乎个个是摧毁我人生的推手。

我对令慈的怨恨已说了不少，为了你着想，强烈建议你让她读这封信。倘若她觉得信中对你的指控令她难受不已，就请她想想家母吧。就才智而言，家母堪比伊丽莎白·贝雷特·布朗宁夫人[1]；就历史来说，家母可媲美罗兰夫人[2]。但她却伤心欲绝而死，因为她向来以儿子的天赋和艺术为荣，认

1. 伊丽莎白·贝雷特·布朗宁夫人（Elizabeth Barrett Browning née Moulton-Barrett，1806—1861）：英国维多利亚时代最受人尊敬的诗人之一，丈夫为英国诗人、剧作家罗勃特·布朗宁（Robert Browning，1812—1889）。

2. 罗兰夫人（Madame Roland née Marie-Jeanne Phlippon，1754—1793）：法国大革命时期著名的政治家。

为儿子有资格继承家族的盛名，岂料我却遭判两年徒刑。你想必会问令慈何以是摧毁我人生的推手，那我就来告诉你。正如同你企图把自身有违道德的责任推给我，令慈亦把她自己对你的道德责任推给我。她非但没善尽母亲的责任，直接找你好好谈谈，反而总是私下写信给我，并且诚惶诚恐地恳求我切勿让你知道。你看到了没，我被夹在你与令慈之间左右为难，虚妄、荒谬和悲剧毫不亚于被夹在你与令严之间。一八九二年八月与十一月八日，我与令慈针对你的事进行长谈。那两次我都问她为何不找你谈就好，她却给了我相同的答案："我不敢啊。只要一跟他提起，他就会大发脾气。"第一次我还不甚了解你，所以不懂得她的意思。第二次我已知之甚详，完全听懂她的意思了。（两次晤谈之间，你黄疸发作，医生要你到伯恩茅斯休养一个星期，你因为讨厌寂寞还央求我去陪伴。）但为人母亲的首要之务，就是不能怕跟儿子恳谈。要是令慈在一八九二年七月，直接找你认真谈谈她所看到的问题，并让你向她据实以告，事情就会有所转圜，你母子俩最后也会更快乐。令慈暗中与我联系完全是错误的行为，她以前寄给我无数短笺，信封皆标明"私件"，求我不要经常邀你晚餐，亦不要给你零用钱，最后皆有恳切的附注："千万别让阿尔弗雷德知道我写信给你。"但她这么做又有何用？这些信件能带来什么好处？你曾等我邀你共进晚餐吗？从来没有。你把跟我吃饭一事，视为理所当然。只要我对此有意见，你就说："如果不跟你吃饭，我要去哪里吃呢？你总不会要我回家吃吧！"这还真是难以回答。倘若我断然拒绝与你吃晚餐，你就会扬言要做傻事，还真的说到做到。令慈动不动就写这些信来，还会有什么结果呢？不就把道德责任转嫁到我身上吗？此举既愚昧又种下祸根。至于令慈性格软弱、缺乏勇气等各种细节既害了你我，也害了她自己，我也不想再多说什么了。但当她得知令严跑到我家，不但闹得人仰马翻还当众羞辱我时，理应看到迫在眼前的危机，进而采取行动反应才对吧？岂料，她只想到派那个花言巧语、油嘴滑舌的乔治·温汉姆[1]来给我建言，什么建言呢？就是我应该慢慢"把你放下"，最好我有办法"慢慢"把你放下！我早就穷极一切手段断绝我俩的友谊，甚至出国躲了一阵子，还故意留下假的通信地址，只希望一刀斩断这恼人又要命的羁绊。你觉得我有办法"慢慢"将你放下吗？你觉得这样令严便心满意足了吗？你也清楚没那么简单。令严真正要的不是我俩停止来往，而是制造一场人尽皆知的丑闻，这才是他处心积虑的诡计。他的名字已多年没在报上出现，正好趁机吸引英国大众的关注，还是以慈父的全新形象露面。令严的兴致来

1. 乔治·温汉姆（George Wyndham，1863—1913）：英国保守派政治家，曾任英国前首相贝尔福（Arthur James Balfour，1st Earl of Balfour，1848—1930）的私人秘书（1887—1892）。

了。倘若我就此与你断绝关系，他势必会失望至极，即使自己二度离婚的诉讼细节再怎么难堪，顶多只会带来些许恶名，难以满足他的胃口，因为他的目标是成为当红人物，而佯装成纯洁的卫道人士，以当今英国大众风气来看，保证可以成为轰动一时的英雄。我曾在一出剧中说过，英国大众上半年若是凯列班，下半年就成了答尔丢夫[1]。令严可以说是两者的化身，代表清教徒最为积极与特有的模范。即使我真的“慢慢”将你放下，最后也不会有任何效用。你难道不觉得，令慈理应叫我过去见她，再当着你与你大哥的面，坚决地说这段友谊必须结束吗？当时要是如此，她就会发现我二话不说地附议，而且既然我与你大哥在场，她也无须害怕跟你说话。可惜，她并未这么思考。她害怕承担自己的责任，试图一概推卸给我。她倒是写过一封短信，请我别寄律师信给令严来要他停止毁谤。她说得有道理，我向律师咨询以为会受到保护，实在是很可笑的事。但这封信就算有任何道理，都因为她那句附注而化为乌有：“千万别让阿尔弗雷德知道我写信给你。”你则是对此高兴不已，因为这下子除了你，我也跟着寄了律师信。这都是你出的主意。我碍于慎重承诺过令慈，绝不能透露她写信给我一事，因此无法跟你说，她其实强烈

1. 答尔丢夫（Tartuffe）：法国喜剧作家莫里哀（Molière，1622—1673）剧作《伪君子》（*Tartuffe*）主角，外表庄重，实则贪婪。

反对寄送律师信。愚蠢如我，居然真的信守诺言。难道你不觉得，令慈不直接跟你摊牌是她的错吗？每次都神秘兮兮地找我谈话或写信给我，不也是她的错吗？没有人推卸得了自己的责任，到头来终究得自己一肩扛下。你的人生观和价值观（若你真有价值观可言）就是无论干了什么好事，皆交给别人帮你埋单。我不仅是指金钱方面——那只是你日常生活中价值观的实践——而是更广义的推诿塞责。你奉其为人生圭臬，至今屡试不爽。你逼我对令严提出告诉，因为你心知肚明，他再怎么样都不会对你或你的生活展开攻击，而我又会尽力捍卫你的尊严，并把一切责任揽到自己身上。你的如意算盘真准。令严与我固然动机迥异，却仍依照你的剧本演出。尽管如此，你却没有真的全身而退。一般人很容易相信“婴儿塞缪尔理论”（姑且如此简称）这套说法，尽管也许在伦敦许多人嗤之以鼻，在牛津亦有部分人当成笑柄，但这仅因为你在两地皆有认识的人，而且但凡走过必留下痕迹。除了两地特定圈子外，世人都以为你是善良的青年，差点遭到败德的艺术家引入歧途，所幸爱子心切的慈父及时搭救，你才免于落入魔掌，一切似乎合情合理。然而，你知道自己尚未全身而退。我可不是指从一个蠢陪审员问的蠢问题脱身，那个问题法官根本不屑采纳，在场也没有任何人当一回事。我说的是你得面对自己。总有一天，你不得不反省自己的所作所为，对于事情的来龙去脉，你势必会感到良心不安，私底下亦觉得无地自容。你的厚脸皮是强装给世人看的面具，但经常难免会独处，此时少了观众的注目，你总得拿下面具透透气，否则可能会缺氧而死。

同样地，令慈想必不时也会懊悔把重责大任推卸给他人，更何况那人原本负担就已不轻了。对你而言，她是母代父职。但她真的善尽了母亲或父亲的责任吗？我都得容忍你的坏脾气、粗鲁与无理取闹，她一定也是百般容忍。我上次与妻子会面时——已经是十四个月前的事了——告诉她从今以后，必须肩负父亲与母亲的责任，也交代了令慈与你的相处原则，内容类似这封信所述，但当然更加完整。我也告诉她，令慈寄到泰特街的无数封信件，为何上面都要写着“私件”。由于短笺实在来得太过频繁，使得我妻子常笑说，我们一定在合写社会小说之类的书。我恳求她，勿用令慈待你的方式来对待西里尔。我告诉她，应该要教导西里尔，倘若他害无辜之人流血也要告诉母亲，让母亲洗净他的双手，再教他如何以忏悔或赎罪来洗净灵魂。我告诉她，倘若她害怕替他人的人生负责，即使那人就是亲生骨肉，亦应该找个监护人从旁协助。幸好她也确实做到这点，选了表亲亚德里安·霍普当监护人。霍普出身世家，修养深厚且性格敦厚，你有次在泰特街见过他。

在他的协助下，西里尔和维维安[1]当能有美好的未来。令慈若不敢跟你谈正经事，就应找个她愿意听的亲戚代劳。但她本来就没什么好害怕的，理应找你把事情谈开，勇于面对状况。无论如何，看看目前的后果吧。这样她心满意足了吗?

我知道她把你的任性怪到我头上。这是我听来的，但消息来源并非认识你的那些人，而是不认识你也不想认识你的人。而且我听说过不止一次，例如她常说长辈会影响后辈，这是她最爱摆出的态度，因为这最容易唤起大众的偏见和无知。我无须说自己对你有何影响，因为你知道一点也没有，这件事你经常拿出来说嘴，也是唯一符合事实的自夸。老实说，你有什么是我可以影响的吗？你的头脑吗？发育不全。你的想象力吗？早已死去。你的心吗？还没出现。我这辈子遇过的人当中，唯独只有你，我完全无法施展任何影响力。当我上次因照顾你而被传染，导致发高烧而卧病在床，怎么也叫不动你帮我倒杯牛奶、张罗生病的必需品，你甚至懒得到两百码[2]外的书店帮我买本书回来。当我认真投入创作，笔下喜剧之精彩超越康格里夫[3]，蕴含之哲理胜过小仲马，其他优点亦无人能及，却缺乏任何影响力，让你别来打扰我的清静。

1. 维维安（Vyvyan Wilde，1886—1967）：王尔德的次子，于王尔德入狱后改姓 Holland。

2. 1 码 ≈ 0.91 米。

3. 康格里夫（William Congreve，1670—1729）：英国剧作家、诗人。

无论我在哪里写作，对你而言皆是抽烟喝酒、废话连篇的休息室。“长辈会影响后辈”说来很有道理，在我听来却是荒谬可笑。我想你听了也一定会笑——而且想必是窃笑，毕竟你最有资格笑了。我也常听说令慈提到用钱一事。她说自己再三拜托我切勿供你花费。此话说得有理，亦确实有此事，毕竟她写来的信源源不绝，还通通附注“千万别让阿尔弗雷德知道我写信给你”。但我并不爱总是替你埋单，从早上刮胡子修容到半夜搭乘马车的费用，实在令我不胜其烦。我以前就向你抱怨无数次了，你应该还记得吧？我常说自己最痛恨你把我当成“工具人”，因为艺术家与艺术的本质皆非实用。但只要我提起此事，你就会大发脾气。你向来都容易被真相激怒。的确，真相往往最为刺耳也最难以启齿，但你的观念或生活形态并没有因此转变。日复一日，我得支付你从早到晚的种种开销。唯有滥好人或蠢人才会这么做；不幸的是，我正好集两者于一身。当我提议令慈应该要供应你的日常花费时，你总是给我冠冕堂皇的答案，说令严给她的生活费——我记得是每年一千五百英镑——以她的身份地位其实不敷使用，因此你不愿再向她伸手要更多钱。你说得没错，令慈那点生活费确实配不上她的地位与品位，但你也不能以此为借口来挥霍我的财产，反而应该以此为警惕，更加讲究生活的俭约。说穿了，你从以前就是——现在应该仍是——典型的感情用事的人，凡事只论当下心情，不愿付出代价。你不愿向令慈要钱的考虑令人感佩，但伸手掏我的腰包就太伤感情了。我们把自身情感视为理所当然，实则不然，即使是最无私牺牲的崇高情感，都有一定的代价。说也奇怪，这正是该情感的崇高之处。普罗大众的知性与感性生活实在不值一顾，正如他们的观念借自思想的流通图书馆——亦即缺乏灵魂的时代思潮图书馆，一周后再把弄得脏兮兮的它们归还——情感也总是向别处赊账而得，拒绝付出相应的代价。我们必须摆脱这种人生观。一旦我们得付出情感的代价，就会明辨其质量的高低，进而更为成熟睿智。别忘了，感情用事之人内心多半是犬儒主义[1]，感伤不过是犬儒的休息日罢了。就知性角度而言，犬儒的态度固然值得玩味，但既已离开木桶并走进俱乐部[2]，充其量只是没有灵魂之人的完美哲学观。此态度仍旧有其社会价值，毕竟在艺术家眼中，任何表现形式自有其趣味，但本身却是极度匮乏，因为对真正的犬儒人士来说，凡事并没有所谓的顿悟可言。

我想若你回想自己对于令慈的收入与我的收入，态度的差异有多么大，就不会这么自以为是了。也许真有一天，你

1. 源于古希腊犬儒学派学者主张的哲学思潮，该派本意是指人不应被一切世俗的事物，包括宗教、礼节、惯常的衣食住行等习俗束缚，提倡对道德的无限追求，同时过着极简朴而非物质的生活。

2. 讽刺波西已偏离原本犬儒主义的精神。

就算没给令慈看这封信，至少也会向她坦承你的生活花费固然全由我埋单，却从未征询过我的意愿。你不过是以诡异的方式，证明自己对我的专情，却造成了我极大的困扰。你无论大钱小钱都跟我伸手，在你眼中是充满孩童率真的举动，而你坚持所有消遣娱乐都要我支应，以为这样找到了永葆青春的秘诀。我得坦承，当得知令慈对我的评价时，我真的非常难过。我相信，你只要仔细想想也会同意，她对于你们家毁了我的人生，倘若没有半丝懊悔或悲伤，倒不如保持沉默就好。当然，她无须读这封信中个人的心路历程，或是我希望展开讨论的要点，毕竟她不会感兴趣。但我要是你的话，就会给她看攸关你人生的那些段落。

老实说，我要是你的话，就不会在乎别人爱着自己的假面具。我们没理由将私生活公之于世，毕竟世人无法充分理解。但若希望获得某些人的关爱，那就另当别论了。

不久前，我有位十年交情的老友来探望我，说不相信别人对我的任何指控，还说他认为我清清白白，绝对是遭人恶意陷害。听到这番话，我不禁潸然泪下，哭着对他说，许多言之凿凿的罪名不符事实，是他人恶意栽赃到我头上，但我过去的生活仍充斥着堕落的享乐，除非他接受这个事实，并能全然同理我的处境，否则我无法继续当他的朋友，甚至不敢出现在他面前。他对此大吃一惊，但我们至今仍是朋友，我在他面前不必戴着假面具。如我所说，真相难以启齿，被迫说谎却更加痛苦。

犹记得最后那场审判，我站在被告席上，听着控方洛克伍德[1]对我的谴责，字字句句都令人发指——仿佛出自塔西佗[2]的著作、但丁的文字、萨佛纳罗拉[3]对罗马教宗的控诉——对于种种指控，我觉得无比恐惧，但忽然间我心生顿悟：倘若这些话出自我口，将会是多么高尚的情操。我当下立即明白，说谁好坏并不重要，重点在于谁说出口。我深信不疑的是，人性最高贵的时刻，莫过于双膝跪地、双手捶胸，坦承自己这辈子的罪愆。你何尝不是如此？要是你稍微向令慈透露自己的真实生活，可能会过得比较快乐。我在一八九三年十二月已跟她说了很多，不过当然有些得避而不谈，有些则笼统带过。可是，那回谈话似乎没能赋予她勇气，去改善你们母子俩的关系，反而让她更加刻意地回避事情的真相。要是你亲口告诉她，肯定会有不同的结果。这封信的内容也许难以下咽，但事实摆在眼前，你也无从否认。事情也确实如我所述，倘若你真的仔细读过一遍，等于是赤裸裸地面对自己。

走笔至此，我巨细靡遗地叙述了许多事，全是为了让你

1. 洛克伍德（Sir Frank Lockwood，1846—1897）：英国律师、自由党政治家。

2. 塔西佗（Tacitus，56—120）：古罗马执政官、历史学家。

3. 萨佛纳罗拉（Girolamo Savonarola，1452—1498）：意大利宗教改革家，抨击教宗与教会的腐败，但最后被视为异端并处以火刑。

明白，在我入狱前那注定没好下场的三年友谊期间，你对于我的意义；两年的监狱生涯中（再两次月圆就将期满），你又是如何对待我；以及我出狱后，希望怎么看待自己与他人。这封信我无法重写一遍或重新构思，你得照现在的样子读下去，其中多处下笔时不禁落泪、内心激动或悲愤，因而显得脏污或有所涂改，你也只得勉强凑合凑合。所有修正或勘误之处，都是为了让文句充分表达内心思绪，避免言过其实或词不达意而曲解本意。语言就像小提琴，需要适时加以调音，正如歌手的颤音或琴弦的振动，若是过多或过少，都会使音符失真。无论如何，信中字句皆立意明确，没有半分浮夸。任何删修取代之处，都是因为我想准确表达脑中印象，替当时情绪找到精准用词。内心最先冒出的情感，往往最后才形之于文。

我承认，这封信措辞十分严厉，对你不留任何情面。你也许会说，我连微不足道的悲伤与损失都跟你计较，实在对你太不公平。确实如此，我把你的秉性一丝不苟地加以剖析，但别忘了，是你将自己置于天平上的。

你也要明白，只要跟我坐牢的片刻相比，你那头的天平绝对会往上打到屋椽。虚荣让你选了天平其中一边，虚荣也让你紧抓同一边不放。我俩情谊最大的心理缺陷，就是比例严重失衡。你硬是闯入一个大到不适合你的生活，其轨道之大超越你的视野，亦非你的运行能力所及；其中思想、情感与行为意义深远且饶富兴味，交织着非一鸣惊人即一败涂地的结果。你那受兴致与情绪左右的渺小生命，仅在自己的圈内值得一提；你在牛津大学时便是如此，最糟糕的后果不过是遭院长约谈或校长训话，最刺激的经验顶多是莫德林学院划艇赛胜出，然后在方庭生起营火庆祝一番。你离开牛津后，理应继续在同个圈子内活动，如此便不会出乱子。你是典型的现代人。但只要牵连到我，一切就变了样。你挥霍无度实在是种罪过；青春年华本应拿来挥霍，但你逼我替你的铺张行径埋单，才是殊为可耻的事。你想找个朋友从早到晚陪你浪掷时光,这真是天真可爱的想法,甚至带有恬静悠闲的口吻。但你死缠着的朋友不该是文人或艺术家，因为你一再地出现打扰，只会瘫痪其艺术创作能力，进而摧毁一切美丽的作品。你要是真认为所谓完美的夜晚，必得在萨沃伊饭店喝香槟、吃晚餐，接着到歌舞剧场的包厢欣赏表演，最后前往威利斯小馆吃美味的夜宵作结，其实皆无伤大雅。在伦敦，许许多多的青年才俊抱有同样的看法，甚至称不上特立独行，也是怀特俱乐部会员的先决条件。但你无权要求我付钱让你享乐，只表示你并非真正欣赏我的才华。在此要再度提到，你与令严的争吵，无论他人怎么看待此事，都是你们父子俩之间的问题，理应在自家院子内解决。你错就错在偏要闹成史上悲喜剧，把全世界的人都当成观众，我则是这场卑劣竞赛的战利品。对于英国民众而言，你与令严彼此仇视实在了无新意，因为一般家庭早就见怪不怪，但父子不睦的戏码应局限于家中，传到外头就触犯了禁忌。家庭生活不是在大街上挥舞的红旗，亦非可在屋顶上嘶哑吹奏的号角。凡是将家务事带出既定范围，就如同人离开了适合自己的环境。而人一旦离开了适当的环境,只会改变周遭的事物,而不会改变自己的秉性，更学不会新环境的思维或情感，因为他们不具备这样的能力。

我在《意图集》一书中提过，情感力量与物理能量一样，影响范围和持续时间必定有所限制。小酒杯的容量早已固定，无法多装任何一滴，就算勃艮第所有紫色酒桶都装满了葡萄酒，或西班牙葡萄园摘下的葡萄堆到踩榨工的膝盖，也无法改变这个事实。最常见的思考偏误，就是以为大悲剧的始作俑者，亦会感染悲剧的情怀，这个思维也会导致严重的后果。全身火焰的殉道者可能仰望着上帝的脸，但对于堆放干柴或弄松木条的人而言,眼前景象无异于屠夫宰牛、烧炭工人砍树、除草工人割掉花朵；伟大的情感留给伟大的灵魂，伟大的盛事唯有同层次的人才能体验。

就我所知，观察最为入微、艺术价值最高的剧作，当属莎士比亚对罗森克兰兹与吉尔登斯顿的生动刻画。两人是哈姆雷特的大学同窗，经常重温过去的美好时光。剧中，他们遇到哈姆雷特时，哈姆雷特正陷入愁云惨雾，肩负他的性格所不能承受之重。之前，他父亲的鬼魂全副武装显灵，赋予他一项艰巨又卑劣的任务。他好于编织梦想，却被要求行动。他有诗人的天性，却被迫要厘清世俗纠缠的因果，以及他一无所知的现实人生，而非他知之甚详的理想人生。他全然不知所措，居然愚昧到装疯卖傻。背叛凯萨的布鲁图[1]，装疯是为了隐藏行刺的意图，但哈姆雷特却是为了掩饰内心的软弱。他佯装嬉笑怒骂，借机拖延时间，不断规避行动的契机，就像艺术家规避理论的束缚。他暗中构思着适当的行动，却也知道自己不过是满口“空话、空话与空话”。他无意成为所处时代的英雄，只想当个自身悲剧的观众。他谁都不相信，甚至包括自己，但这份怀疑帮不了他，因为并非源自怀疑态度，而是出于三心二意。

罗森克兰兹与吉尔登斯顿却对这一切毫无所悉。他们只会鞠躬哈腰、成天卖笑，一个人说话，另一个人就怪腔附和。随着情节发展到最后，借由一出剧中剧与傀儡的逢场作戏，哈姆雷特终于“抓到国王的良心”，把这位吓坏的恶徒赶下王座，罗森克兰兹与吉尔登斯顿却仍未察觉他此举的用意，只认为严重违反宫廷礼仪。若要论“以适当情感思索生命的奇

1. 布鲁图（Marcus Junius Brutus Caepio，85—42 B.C.）：晚期罗马共和国元老院议员之一，后来组织并参与谋杀凯撒（Gaius Julius Caesar，100—44 B.C.）。

景”，他们顶多达到这个地步，明明如此接近秘密，却浑然无所察觉，告诉他们真相亦属枉然。他们就像小酒杯，容量就那么一点。此剧进入尾声时，情节暗指他们误入原为他人设下的圈套，可能死得突然又凄惨。但尽管哈姆雷特的性情平添了惊奇与正义的喜剧元素，这类悲剧并非他们真正的下场，他们永远不死。剧中的赫瑞修，为了“将哈姆雷特理念告知意犹未尽的人”：

暂时让他无福可享，

留此苦难的世间残喘余生。

他终究是死了，只是并非于观众面前，身后也无任何兄弟。但罗森克兰兹与吉尔登斯顿就像安吉罗[1]与答尔丢夫一样永生不死，理应并列同等地位。这些人物均为当代生活反映的古老的理想友谊，而若有人想重写一部《论友谊》，必得将他们收录进去，并以西塞罗[2]的论理散文称颂一番。不论任何时代，皆不乏这类人物。真要责难他们，未免显得“不懂欣赏”，他们仅是跨出自己的圈子而已。灵魂的最高境界，并无

1. 安吉罗（Angelo）：莎士比亚剧作《一报还一报》（*Measure for Measure*）中的角色。

2. 西塞罗（Marcus Tullius Cicero，106—43 B.C.）：古罗马演说、雄辩家，亦任罗马最高行政长官，《论友谊》（*De Amicitia*）为其作品。

任何感染力可言，高尚的思想与情感本身即属孤独。奥菲莉亚无法理解的事，罗森克兰兹与吉尔登斯顿也无法理解。当然，我无意要将你与他们比较，因为你们截然不同。他们受到命运的操弄，你则是个人选择。你刻意不请自来地闯进我的人生，篡取了你无权亦无资格占据的位子。你凭着自身莫名的固执，每天固定出现在我面前，成功地吞并了我的生活，却想不到如何处置才好，最后摔得支离破碎。尽管你可能觉得奇怪，但这是再自然不过的结果。倘若给小孩的玩具太过精美，其小小的脑袋无法理解，或是玩具太过漂亮，其懵懂的眼睛无法欣赏；乖戾的小孩会摔坏玩具，懒散的小孩则会把玩具丢置一旁，去找其他同伴玩耍。你就是这样，主宰了我的人生，却不知该怎么办，你当然不会知道，因为它美妙无比，远远超乎你的理解。你原本应该将之弃置一旁，回头找自己的同伴寻欢。但不幸的是，你是任性的人，因而毁掉我的人生。整体看来，这也许是一切事情的最终秘密，因为秘密总是比表象更加微小。说不定仅仅少了某颗原子，就会导致世界天摇地动。你我对此都有责任，相遇本身已属危险，而相遇的时刻更注定了日后的灾难，因为你的人生正处于开始播种的阶段，我却已准备收割。

我还得向你说几件事。首先是我破产的事。前阵子，令我极度失望的是，听说你家人就算想偿还令严的诉讼费也太迟了，于法不合，我只得继续痛苦好一段时间。这对我而言十分难熬，因为根据法院判决，我必须呈交所有账户细目，就连出版一本书，都要获得管理人的许可。我无法与剧院经理签约，即便写出剧本也得将收益交给令严与其他债权人。我想就连你都得承认，放任令严逼我宣告破产，进而让他“失分”的计谋，并不如你原来想象的那样，成功地打了漂亮的一仗。

反正我如今也已破产，你理应关心我一贫如洗的痛苦与耻辱，而非自己刻薄又突兀的幽默感。实际上，你眼睁睁看我破产，就如同当初催促我打官司一样，皆如令严所愿，落入他的圈套。

倘若他仅是单打独斗，根本不会造成任何威胁。但正因为有你在，尽管你无意助纣为虐，他总是能够获得有力的奥援。

穆尔·艾迪在信中跟我说，去年夏天你不止一次表示，有意偿还“部分”我在你身上的花费。我在写给他的回信中说，真正不幸的是，我在你身上挥霍了我的艺术、人生、名声与历史定位。即使你家能动用世上所有宝贵事物，或世人认定的宝贵事物，如才华、美貌、财富、高位等，并且悉数摆在我的脚边，也无法补偿我失去的十分之一，或我流过的任何一滴泪水。然而，每个行为都有其代价，对破产之人亦是如此。

你似乎以为，破产以后就可以欠债不还，是“从债权人身上得分”的方便手段，但事实恰恰相反。

倘若继续套用你喜欢的说法，这个手段反而让债权人从债务人身上“得分”，可以依法没收债务人所有财产，逼他还清每一笔债务，否则就得身无分文，落得像是社会底层的乞丐，站在拱廊上或趴在大路上，伸手请路人施舍，而若在英国乞讨，更是不敢开口。法院不仅没收了我全部财产，包括藏书、《快乐王子》和《温夫人的扇子》等剧作版权、楼梯地毯、门上的鞋刮板等，还剥夺了我未来本应拥有的财产，例如婚姻财产契约中的份额也被变卖了。

幸好，我通过一些朋友买了回来，否则万一我妻子去世，两个孩子就得跟着过穷苦的生活。我猜，接下来会被拍卖的是家父留下的爱尔兰庄园持分。

虽然觉得愤恨不平，但我也只能认命接受。

另外就是令严那七百便士（或英镑），我也必须悉数偿还。即使我原来拥有与本将拥有的都被剥夺而去，必须以无偿债能力之人的身份出狱，我依然得设法还债。萨沃伊饭店多次记在账上的晚餐——海龟清汤、裹着西西里葡萄叶的美味蒿雀、琥珀色甚至带琥珀味的香槟（我记得是你最爱的一八八〇年份的达贡奈）——这些欠款全都得偿还。还有威利斯小馆的夜宵，总是替我们准备好的“巴黎之花”葡萄酒、斯特拉斯堡直送的好吃的肉饼，以及在钟形玻璃杯底部斟上的特级香槟干邑，好让真正懂得生活的人，更能享受馥郁的酒香。这些餐费也不能不还清，我可不能像恶质顾客一样留下呆账。另外就是我送你的精美袖扣——四颗银雾色心形月长石，每颗周围交错镶着红宝石和钻石——这是由我亲自设计后，请珠宝商亨利·路易斯制作的特别小礼物，庆祝我第二出剧作大获好评，虽然听说数月后你转手卖了，但无论如何我还是得支付那笔费用，不能害店家因此赔钱。你看看，即使我出狱了，仍有许多债等着我还。

破产之人如此，其他人何尝不是？任何事都得付出代价。即使像你这样——渴望绝对的自由，不受任何责任的牵绊，坚持要他人供应你日常所需，并拒绝付出关爱、敬意或感谢——总有一天也得认真反省所作所为，再怎么于事无补都要试图做出弥补。无法还债将会是一种惩罚，你不能两手一摊、推卸所有责任，只耸个肩、笑一笑，就去交个新朋友或新开一桌筵席。你不能把对我造成的伤害当成感伤的回忆，偶尔拿来在抽烟喝酒时回味，或当成欢乐生活中的陪衬背景，宛如廉价旅馆内的旧挂毯。这只能暂时赋予新酱汁或新开陈酿般的新鲜感，但筵席剩菜终会馊掉，瓶底残渣难免苦涩。无论是今天、明天或未来某天，你必定将有所了解，若到死都不觉悟，人生未免也太卑劣、贫瘠又无想象力了。我在写给穆尔的信中，提出了一项个人观点，你最好依此尽快处理此问题，他会将细节转达与你。若要理解其中道理，你就得培养想象力。别忘了，想象力能助你明白人和事物现实与理想的状态。倘若你无法自己参透，就去请教他人的看法。我已不得不正视自己的过去，换你该面对自己的过去了。坐下来静静思考。万恶莫大于肤浅，凡事省悟即得善果。你不妨找你二哥伯西谈谈，他是最适合的人选，让他读读这封信，了解我们友谊的前因后果。当一切都摆在他眼前，他就能做出最好的判断。要是我们早点告诉他真相，我能免去多少磨难与耻辱啊！你记不记得，你从阿尔及尔到伦敦的那晚，我提议把事情告诉他，你却坚决反对。所以他在晚餐后前来，我俩不得不搬演一出喜剧，说令严一定是脑袋坏了，才会有如此荒唐又莫名的幻觉。那简直是出绝妙的喜剧，尤有甚者，伯西竟然全当真了。不幸的是，这场戏的结局十分残酷，破产就是其中一项后果，倘若你觉得这带来了困扰，请别忘了，这对我而言更是无以复加的羞辱，我别无选择，只能默默承受。你也没有选择。

我要告诉你的第二件事，是关于我服刑期满后，我俩见面的条件、情况和地点。从去年初夏你写给小罗的信中，我知道你把我给你的信件与礼物分成两包——至少是剩下的那些——急着想亲自还给我。你当然有必要还给我，毕竟你不懂那一封封优美信件的用意，也不懂一件件精美礼物的心意，所以才会想把信件发表、把礼物变卖。况且，这些信件与礼物代表着早已结束的一段往事，以及你未能珍惜的一段友谊。你回想起来，势必会诧异当时竟能主宰我的生活；我回想起来也倍感讶异，更掺杂了其他截然不同的情绪。

当然，像我这样前卫的“时代之子”，单是从旁观看世界就已心满意足。想到出狱那天，花园开满了金链花与丁香花，就会兴奋得颤抖不止；我会看到在风的吹拂下，金色花田的摇曳之美，以及淡紫花羽的轻飘舞动，空气中弥漫着芬芳。林奈[1]初次看到英格兰高地一大片石南丛中，竟被不起眼的淡香金雀花染得金黄，不禁双膝一跪且喜极而泣。对我而言，花朵反映着内心的渴望，某玫瑰花瓣上有眼泪等着我。从小我就是如此，出于对万物灵魂的理解，花冠或贝壳中藏的任何色彩，无不唤起我内心的共鸣。正如戈蒂耶[2]所言，我向来都能呼应“有形世界的存在”。

尽管如此，我如今也意识到自然之美除了予人满足感之外，背后还蕴藏着某种灵性，任何形状色彩仅是表现方式，而我渴望与此灵性和平共处。人和事物的清晰表述早已让我腻烦，艺术的奥妙、生命的奥妙和自然的奥妙才是我想追寻的主题。我必须要在某处找到才行。

1. 林奈（Carl von Linné，1707—1778）：瑞典生物学家，确立当代生物学的分类。

2. 戈蒂耶（Pierre Jules Théophile Gautier，1811—1872）：法国诗人、小说家、戏剧家、文艺评论家。

我对于单纯又原始的壮观事物，总是抱有莫名的渴慕，大海和大地都像是慈母。我觉得，我们太常从旁观赏自然，却太少与自然好好相处。我从古希腊人的思维中，观察到了不起的智慧。他们绝不会喋喋不休地谈着日落，或争论草地上的影子到底是紫是红。他们认为大海就是给人游泳，沙滩就是让人奔跑；他们喜爱树下的凉荫，以及正午森林的寂静。葡萄园修剪工人戴着常春藤发冠，弯腰照顾幼枝才能遮挡日晒，艺术家与运动家（希腊人流传后世的两类典型）则以苦桂叶与野芹叶编成桂冠，否则两样植物对人并无用处。

我们自称活在重视实用的时代，却不明白事物的真正用途，忘记清水可以洗濯、火焰可以净化，以及大地是人类之母。结果造成我们的艺术只像月亮，成天追逐影子，但希腊艺术则像太阳，直接照耀万物。我确信自然之力能净化人心，故想回归自然的怀抱，以天地万物为家。

正如所有刑罚都是某种死刑，所有审判皆为审判人生，而我就经历过三次审判。第一次审判时，我一离开证人席就被逮捕；第二次审判时，我被带回了拘留所；第三次审判时，我则在监狱关了两年。我们所建构的社会已无我的容身之处，但大自然甜美的雨水不分好坏，一视同仁地落在世人头上，也有岩缝供我藏身，以及无人知晓的河谷容我静静哭泣。它会在夜空挂满繁星，让我在黑暗中行走不致跌倒，也会以风吹去我的脚印，让他人无法追踪害我；它会用大水洗净我身，用苦涩草药替我医治。

眼见出狱之日在即，倘若一切顺利，应是五月底重获自由。我希望可以立刻跟小罗和穆尔到国外滨海小村住一阵子。

欧里庇得斯[1]曾在一出关于伊菲吉妮娅[2]的剧作中表示，大海可以洗去世间的脏污与伤口。

在滨海小村住一个月后，当六月玫瑰华丽盛开，若情况允许，我会请小罗安排我俩在国外小镇会面，例如布鲁日，数年前我造访时，就深深着迷于它灰扑扑的建筑、青绿色的运河和凉爽静谧的街道。但你得改掉目前的名字，放弃那个你引以为傲的头衔[3]——它确实让你的名字听起来像朵花——倘若你想见我，就必须改掉此名，就好像我的名字曾声誉满载，到头来也会被我扬弃不用。我们所处的时代，面对应扛下的负担，居然如此狭隘、吝啬又能力不足；其可以替成功者盖起豪华宫殿，却不愿替悲伤者或受辱者筑起泥巴小屋。如今我只好隐姓埋名，不像中世纪至少会有修士的风帽，或麻风患者的面巾遮脸。

我希望在经历这一切是非之后，我俩的会面能恢复应有

1. 欧里庇得斯（Euripides，c.480—406 B.C.）：古希腊三大悲剧作家之一。

2. 伊菲吉妮娅（Iphigenia）：古希腊剧作家所喜爱的悲剧人物。

3. 即“百合花王子”。

的样子。过去，你我之间总有一道鸿沟，是艺术成就与文化素养所造成的。现今，你我之间有着更大的鸿沟，那是悲伤所造成的。但只要心怀谦卑，无不可能；凡是心中有爱，万事皆易。

至于你的回信，长短任你决定。外面信封收件人写“雷丁皇家监狱，典狱长收”，里面另一个未封口的信封，则用来放你给我的回信。若你的信纸很薄，单面书写即可，否则不好阅读。我这封信写得毫无拘束，因此你也不必有所顾忌。我希望你在信中解释，为何从前年八月至今，你没有寄来任何一封信，尤其是自去年五月之后，至今十一个月了，你明明知道也承认自己害我害得很惨，以及我对此事一清二楚，却依旧不写信来。

月复一月，我都盼望收到你的来信。即使我决定不等了，内心拒你于门外，你也该知道，没人能永远将爱拒之门外。福音书中，那位有失公义的法官，最终做出了正义的判定，因为正义天天敲他的门；那位内心并无友谊的友人，最终因为朋友“百般请求”而屈服。世上再坚固的监狱，爱都能破门而入。若你无法理解此事，就无法理解爱为何物。另外，你也要在信中说明投稿到《法兰西信使》的文章写了什么，我只知道部分内容，你最好能引用其中的段落，文章应该早就无法更改了。还有，我想知道你那本诗集的题献文字为何，若是散文就引散文，若是诗句就引诗句，我相信应该可圈可点。

信中也可说说你自己、生活、交友、工作和阅读的书，告诉我诗集上市后的外界反应。不论你想说什么，尽管直言不讳，不必害怕。但言不由衷的话就免了。如果你的回信有任何虚假或捏造，我马上就能判断出来，毕竟大半辈子奉献给文学并非白费，还把自己变成了：

谨守音律之奴，无异于

迈达斯守着金币。[1]

你也要记得，我并未真正了解你，也许我们得再了解彼此。最后我要对你说，不要害怕过去。倘若有人说过去无法挽回，不要相信他们。在上帝眼中，过去、现在与未来都是刹那，我们应以此视野看待人生。时间和空间、连续与延伸，全都只是思绪的偶然，想象力都能加以超越，进入自由的理想境界。就本质而言，我们可以决定事物呈现的样貌。根据不同的观看方式，布莱克[2]说："他人见着曙光越过山丘，我却看到上帝之子高声欢呼。"当我任由自己被你怂恿而对令严兴讼，我便失去了自己与世人眼中的未来；我甚至敢说，早在那之前我就失去未来了。我眼前只剩自己的过去，必须让自己、让世人、

1. 出自济慈的诗作。迈达斯（Midas）为古希腊国王，酒神赐予他点石成金之术。

2. 布莱克（William Blake，1757—1827）：英国诗人、画家，浪漫主义文学代表人物之一。

让上帝以不同眼光看待过去。真要做到这点，我就不能忽略过去、轻视过去、赞扬过去或否定过去，只能全然接纳，视其为人生与性格不可或缺的一部分，低头承受至今的一切苦难。这封信的口吻情绪多变，透露讥讽怨恨，充斥着抱负与挫败，充分反映我离灵魂本性有多遥远。但别忘了我是在哪间可怕的学校，才学会了这些教训。我固然不完美又有缺陷，但你仍可以从我身上获益匪浅。当初你来找我，是为了学习生活之乐与艺术之乐，但也许上帝之所以选中我，是要我教导你更珍贵的道理：悲伤的意义与美丽。

你的挚友

奥斯卡 · 王尔德

附 录

人的灵魂

社会主义体制的最大优点，无疑是卸除了为他人而活的伪装的义务。现今社会中，我们被这项“义务”压得喘不过气，鲜少有人可以幸免。

诚然，本世纪不时仍有伟人出现，举凡科学家达尔文、诗人济慈、评论家勒南、小说家福楼拜，都能离群索居，自外于众人的喧嚣，并如柏拉图所言，站在“高墙的保护之下”，最后臻于自我实现。这不仅是个人空前的收获，也为世人带来长远的卓越贡献。然而，这些人终究是凤毛麟角。一般人多半服膺着戕害心智又过度渲染的利他主义，就此白白糟蹋掉人生——或根本是被迫如此糟蹋。他们发觉世上充斥严重的贫穷、丑恶和饥荒，难免会深受震撼。人的情感总是跑在理智前面；我先前在论述批评功用的文章中也说，悲悯苦难比理性思考容易太多了。有鉴于此，一般人面对社会上的弊病，都非常认真且感情用事地力求导正，此举固然值得敬佩，但实则把善心用错地方，无法根除病灶，只会延误病情；确切说来，他们的行为也是弊病的一环。

举例而言，一般人解决贫穷问题的方法，就是设法让穷人不要饿死，或像某个先进的学派主张要讨穷人开心。

但这根本解决不了问题，反而会恶化既有的困境。真正的目标应是重建社会，杜绝任何一丝贫穷的可能。但利他的美德却阻碍了目标的实现。这就像善待奴隶的奴隶主最不可取，这让受苦的人无法察觉该制度的丑恶，也让有意蓄奴的人难以理解其可怕。是故，就英格兰的现状而言，伤害社会最深的人，正是致力于慈善事业的人。如今，我们终于看到真正通晓问题、深知生活现实的人，即住在贫穷伦敦东区的饱学之士，纷纷出来恳请大众克制行善、慈悲等利他的冲动，理由是这会贬低自尊、伤风败俗。照他们所言，慈善倒成了万恶的渊薮。

在此也要点明，私有财产制度造成的乱象，绝不可再用私有财产来消弭，否则既不道德也有失公允。

在社会主义制度下，凡此种种当然会有所改变。不会再有人住在臭气冲天的陋室、身穿破烂不堪的衣服，也不必在艰困又恶劣的环境中养儿育女，害得孩子从小体弱多病、难以温饱。社会的安定不需再看老天的脸色；如今每逢霜期，就动辄有十万人失业，走投无路之下只好流落街头，挨家挨户地向人乞讨，或蜂拥至破败的收容所外，只为得到一块面包和一晚脏兮兮的住宿。社会上每个人都能共享富足与幸福，即使霜期来临，也不会有人挨饿受冻。

另一方面，社会主义本身之所以有价值，正因其终究导向个体主义。

社会主义也好、共产主义也罢，无论叫什么名字，不变的主张是将私有财产转为公有、以合作代替无序的竞争，从而让社会回复至健全的状态，并确保每个人的物质生活无虞。更进一步说，社会主义确立了生活安定的基础和稳当的环境。然而，若要让生活发展到完善的境界，仍必须具备其他的要件，例如个体主义……现在，由于私有财产的存在，因此许多人能培养极其有限的个体主义，或无须仰赖工作谋生，或得以投入自己热衷的活动；这些人可能是诗人、哲人、科学家或具有文化素养之人等——简言之，即是已自我实现、堪称真正的人，全人类多多少少也能从中获得启发。对照之下，许多人毫无私有财产，难以图得温饱，被迫为人做牛做马、从事非己所愿的苦工，而贫穷有如暴政，蛮横无理又百般凌辱，逼人乖乖就范；这些人都是穷人，举止少了优雅、言谈毫无魅力、缺乏文明文化，生活更无乐趣可言。由于他们共同的辛劳，人类的物质生活才不虞匮乏。但除了物质生活的贡献，穷人本身被视为无足轻重，仅是力量渺小的原子，不但难以受到重视，还处处遭到打压，社会也不大为其平反，因此穷人只能忍气吞声。

诚然，私有财产条件下萌生的个体主义，并非一切都完美无瑕，缺陷甚至已成为常态；另外，穷人尽管少了文化或魅力，仍然有许多美德。这两项主张都有其道理。持有私人财产往往造成道德沦丧，这也是社会主义要废除私有财产的主要原因。实际上，财产导致诸多不便。数年前，部分人士在乡间四处宣扬财产伴随的义务，说得如此频繁沉闷，最终连教会也开始跟进，如今早已融入大小讲道之中。此言的确不假。私有财产不仅伴随义务，而且项目纷杂，对于拥有大量财产者尤其恼人，其涉及无穷无尽的索求、劳心伤神。倘若财产纯粹只用来享乐，我们就可以甘愿承受；但财产伴随的沉重义务实在难以消受。为了富人着想，我们必须废除财产制度。穷人的美德毋庸置疑，却也让人倍感遗憾。常言道，穷人对于救济都感激不已，有些确实如此，但最有骨气的穷人绝不领情，反而毫不感激、心怀不满、反抗权威又桀骜不驯。这其实不无道理。就他们而言，慈善救济既荒谬又低劣，仅是些许的补偿手段，或出于同情的施舍，施舍者往往有欠尊重，企图妄加干涉穷人的私生活。穷人为何要感激富人餐桌落下的面包屑？他们逐渐意识到，自己理应同桌共食才对；

心怀不满也属自然，如果有人真能满足于如此不堪的环境与卑微的生活，简直无异于畜生；而凡是研读过历史的人都知道，不服从才是人类最初的美德，反抗权威带动了社会进步。穷人有时会因节俭备受赞扬，但要穷人过得俭约简直是种荒唐的侮辱，这就好像建议饿肚子的人吃少点。在乡间小镇卖命的劳工，若还要奉行简朴的生活，势必有违道德标准。人生在世，不应甘于三餐不继的窘境，而该拒绝过贫苦的生活，去领救济金；许多人甚至认为，领救济金也是偷窃的行为。至于沿街乞讨，尽管比强取来得安全，却有失个人尊严。真要说起来，穷人不感恩、不节俭、不满现状又离经叛道，说不定才叫真性情，很有自己的原则，而且再怎么样都属正当的控诉。相较之下，对于品德良好的穷人，我们固然可以深感同情，但不大可能心怀敬佩。他们私下与敌人谈妥条件，出卖自己与生俱来的权利，只为换取寒酸的粥糜。这些人想必极其愚蠢。我能理解为何有人支持保障私有财产、容许累积财富的法律，因为尽管有前述的限制，他们依然实践美感和知性兼具的生活；但我觉得难以置信的是，有的人生活明明受其拖累和糟蹋，竟可以默许相关法律继续存在。

然而，其中缘由并不难发现。道理很简单，穷苦剥夺自尊、麻痹人性，导致当事者都没意识到自身悲惨的处境，必须由旁人告知才知道，却又经常不愿相信实情。许多雇主对于煽风点火之人的批评还真精准：这些人多管闲事、爱蹚浑水，在原本知足的大众心中，埋下了不满的种子。这正是他们必须存在的原因。如果少了煽动者，社会不再完整，无法发展出文明。奴隶制在美国能被废除，并非奴隶自己起身抵抗的结果，他们甚至没明确表达对自由的渴望；奴隶制的消失完全得归功于波士顿等地煽动分子采取的非法行动，他们自己并非奴隶或奴隶主，可以说与问题本身毫不相干。而率先点亮废奴火炬、积极发起运动的当属废奴主义人士。不过说也奇怪，他们从奴隶那里所获的协助少得可怜，甚至没引起多数奴隶的共鸣；而到废奴一役告终之时，奴隶们发觉自己真正自由了，自由到饿死都不会有人干涉，纷纷开始哀叹惋惜现状。在许多思想家眼中，整场法国大革命最大的悲剧，并非玛丽·安托瓦内特因其王后身份而被送上断头台，而是旺代地区终年挨饿的农民，竟心甘情愿替万恶的封建制度赴死 1。

在现行制度下，大多数人的生活享有部分自由，也能适度表达意见和追求幸福；要是换成兵工厂般的工业制度，即经济至上的专制体系，人民拥有的些许自由将不复存在。社会上竟有人被迫为奴，实属一大憾事，但要通过奴役整个社

1. 指旺代地区（Vendée）农民发起的战争，反抗国民议会的征兵令。

会来解决问题，又未免太天真了。人人都应当享有选择工作的自由，不得有外力强制介入，否则害人害己，也无益于工作本身。我在此所称的工作，指的是任何社会活动。

私以为任何社会人士，都不会提议稽查员要每天清晨逐户巡视、确实监督人民起身从事八小时的粗活。人类文明早已脱离此阶段，改将劳役留给众人所谓的罪犯。但我也必须坦承，许多社会观点尽管不主张逼人就范，似乎都带有权威的味道。当然，高压和强制手段绝不可行。所有组织与结社必须出于自愿，唯有如此人民才会安居乐业。

但也许有人会问：如今个体主义的发展，多少仰赖着私有财产制度，倘若真的废除私有财产，怎么可能裨益个体主义呢？答案很简单。就当前情况而言，某些拥有私有财产的人士，诸如拜伦、雪莱、雨果、布朗宁、波德莱尔等人，确实能够达到自我实现，唯有程度多寡的差别。他们不曾受雇做过一天苦工，也不曾尝过贫穷的滋味，在社会上拥有极大优势。问题在于，万一这项优势不再，是否有利于个体主义？姑且假设这项优势被剥夺了，个体主义会产生什么变化？又将从中获得什么益处？

所谓的益处就是：一旦取消私人财产制度，个体主义将远比现在更加自由、更加完善和更加牢固。我所指的并非前述诗人于创意层面实践的个体主义，而是潜藏于全人类中、真正伟大的个体主义。社会对私有财产的认可，使得个人被自身财富所迷惑，确实已损及个体主义，也混淆其真正的含义。私有财产让个体主义偏离正轨，获利成为唯一目标，不再重视成长。人们误以为追求财富是人生目标，殊不知活出自我才是关键。人类真正完美的状态，并非取决于拥有什么，而是在于本质为何。私有财产摧毁了真正的个体主义，却以冒牌的个体主义取而代之。私有财产害得某些人活活饿死，无法成为独立的个体；私有财产也让不少人误入歧途、包袱累累，同样当不成独立的个体。确实，人格早已被财产吞噬殆尽，尤有甚者，英国法律对于侵犯私有财产的惩罚，远比侵犯人格权来得严重，财产仍旧是检验公民身份的依据。赚钱所需的勤奋态度也容易使人忽略。当今社会中，财产带来很大的面子、社会地位、荣誉、敬重、头衔等美好的表象，而天生具有雄心壮志的人类，也顺理成章地视累积财产为目标，即使收入早就超乎己愿，或享之不尽、用之不竭，甚至不知道进账多少，依然不厌其烦地追求更多财富。为了取得财产，人人工作过劳，赔上性命也在所不惜，而有鉴于伴随财产而来的种种优势，这样的结果也不足为奇。令人遗憾的是，社会竟建立在此基础上，人民被逼得墨守成规，无法自由发挥内在那美好、迷人又讨喜的潜能，到头来就错过了幸福快乐的人生。就当前情况来看，人民也极度缺乏安全感。家财万贯的商人可能时时刻刻受到外在力量的摆布，半点不由人。倘若风吹得稍强或天气遽变，或者发生鸡毛蒜皮的事，他的船只可能沉没，或可能错估情势，最后发现自己穷困潦倒、社会地位一落千丈。然而，唯有自己能伤害自己，任何事物都剥夺不了人的价值；人真正的财富藏于内心，身外之物理应无关紧要。

只要废除了私有财产制度，我们就会有美好又健全的个体主义，不会再有人浪费时间去攒积财物和相关象征，反而能够好好生活，这是世间最难能可贵的事；许多人只是活着，其余一概不知。

撇开艺术的想象层面不谈，我们是否见过有人充分展现自我？就行为而言，从来没有。学者蒙森[1]认为，凯撒是真正的完人。但凯撒最大的不幸就是缺乏自信！凡是有行使权力的人，就会有抗拒权力的人。凯撒固然是位完人，却踏上危险之途。根据勒南所言，马可·奥勒留[2]才是完人，这位古罗马帝国的皇帝确实完美，但他得应付外界的无数要求，实在是难以忍受！他肩负罗马帝国的重担，因而举步维艰，他深知如此庞大的责任和权柄，承受起来往往力不从心。我所谓的完人，是在天时地利的条件下施展潜能，不会遭人中伤、

1. 蒙森（Theodor Mommsen，1817—1903）：历史学家，其《罗马史》（*History of Rome*）为经典之作。
2. 马可·奥勒留（Marcus Aurelius，121—180）：古罗马帝国帝王，位列“五贤王”之一。

成天烦恼或受尽磨难，也不必陷入险境的人。大部分人都是被逼得反叛体制，徒耗大量精力与他人冲突。举例而言，拜伦就因疲于对抗英国人的愚蠢、伪善和庸俗，而大大浪费了自身的才情。这类论战有时非但突显不了个人优势，反而经常会把缺点加以放大。拜伦未能带给世人更多贡献，殊为可惜。相比之下，雪莱较能摆脱此困境。他与拜伦一样都早早离开了英国，但没有拜伦来得出名；如果英国人知道雪莱是才华洋溢的诗人，早就把他给生吞活剥，竭尽所能地扰乱他的生活。所幸他不是有头有脸的大人物，因此多少能够逃离众人的焦点。然而即便是雪莱，有时流露出的叛逆性格仍太过强烈。完美人格的特质不是处处反抗，而是常保内心平和。

倘若能见到人的真实秉性，想必会是无比美妙的事，犹如看到花木自然地成长，和谐静好，不必再去争论、驳斥或证明些什么，一切了然于心，却也不忙不迭地追求知识，届时已具有大智慧，价值并非外物所能决定。这样的人既一无所有，又拥有一切，即使有人加以夺取，也拿不走其丰富的内涵；他也不会再干涉他人、要人效法自己，反而会深爱人与人之间的差异。不过，尽管不会多加干涉他人，他仍会乐于助人，如同任何美的事物只要保有本质，对我们也就有所助益。真实的自我如此美好，就像孩童纯真的本性。

在自我成长的道路上，可依个人所愿寻求基督教的协助；

但如果无此意愿，也无碍其发展。真实的秉性是不担忧过去的事，也不在意事情有无发生，只服膺内在的规则和指挥，但也乐于借助其他力量强化自我成长，基督就是其中之一。

古世界的入口门楣上铭刻着“认识自我”[1]，新世界的门楣则应写下“实现自我”。基督给予世人的启示仅是“实现自我”，此亦为基督的秘密。

耶稣谈及穷人时，其实是在说真正的秉性，正如其提到富人时，指的都是秉性未开之人。与现今社会一样，耶稣身处的时代也允许私有财产的累积，而他所四处宣道的内容，并非鼓励世人应以少量粗食果腹、身着破旧的衣物和睡在脏污的陋室，也非反对舒适又愉快的生活条件。这项观点在过去的时空有所偏误，放在今天的英国更是大错特错。因随着居民向北迁徙，物质生活所需越发重要，而相较于古代，现今社会又早已变得复杂太多，贫富差距远远拉开。耶稣的本意是要向世人说：“你有着美好的秉性，发挥自我、做你自己，勿以为完美取决于外在事物的累积或收获，它其实存乎于你的内心，要是真能明白这点，就不会只想着致富。世间一切财物都可能会遭到窃取，但真正的财富却无此问题。你的灵魂就是宝库，拥有无比珍贵的宝藏，任谁也偷不走。是

1. 古希腊德尔菲神殿门楣上的铭文。

故，你要依此原则好好打造人生，才不会让外在事物伤及自己；还要努力摆脱私人财产的桎梏，财产只会让人魂牵梦萦、永远汲汲营营，并且一再地铸下错误。自始至终，私人财产都阻碍着个体主义的发展。”在此要特别指出，耶稣从未说过穷人必定良善、富人必定恶劣，如此说法绝非事实。社会上，唯一比富人更常想到钱的正是穷人，毕竟贫穷的悲哀就是没别的好想。耶稣真正说的是，世人要达到完美的境界，并非取决于身外之物，甚至也不是行为举止，而是端看本性如何。耶稣对追随他的门徒说：“你应该扬弃自身财产，财产只会阻碍你实现自我，拖累你的脚步、成为你的包袱。真实的秉性无须仰赖财产，存乎于内在而非外在，你终究会找到自我的定位、明白内心的渴望。”他对友人也说过同样的话，告诉他们要好好做自己，不要总是操心其他东西。毕竟，身外之物有何重要？人类本身就已完满。人生在世，跌跌撞撞在所难免，而社会又排斥个体主义。但这并不打紧，仍可处变不惊。倘若他的大衣遭人拿走，便顺便把外套也送人，展现轻如浮云的物欲；假使有人谩骂也不回嘴，侮辱又有何妨？旁人纵有再多议论，也无法改变一个人，他的本质是什么就是什么，舆论不带半点价值。假使有人暴力相向，也不以眼还眼，否则就是与对方一同沉沦。毕竟即便被关在牢中，人依然算是享有自由：灵魂可以不受拘束、秉性也能不受其扰，仍可以平静自若。最重要的是，都不干涉他人，也不以任何方式妄下评断。所谓的秉性可以说极为神秘，人的价值不见得能以行为来论断；奉公守法的人或许低贱无用，违法犯纪的人可能道德高尚；恶人不见得会行恶，罪人也可能因自身罪行而实现自我。

《圣经》中有名女子因通奸而遭捕[1]。她的爱情史我们不得而知，但这份爱情想必伟大非凡；耶稣表示要赦免她的罪，并非因她诚心忏悔，而是因她爱得浓烈绝美。后来，耶稣在临终前没多久，出席了一场筵席，女子进来把昂贵的香膏淋到他的发上[2]，一旁友人连忙阻止，直说此举实在太过浪费，香膏的钱当用来济贫行善。但耶稣并不苟同，他指出人的物质需求庞大、永无止境，但精神需求却犹有过之；他还说，只要于某个神圣的时刻，人的秉性借由自我选择的方式呈现，便可能臻于完美的境界。时至今日，世人仍尊崇这名女子为圣人[3]。

不可讳言的是，个体主义有些观点容易引人联想。举例而言，随着私有财产的废除，现在的婚姻形式得以走入历史，这实属必然。个体主义接纳此项观点，并有更为精练的思

1. 出自《约翰福音》第八章。

2. 出自《马太福音》第二十六章。

3. 此处应是指抹大拉的玛利亚。

考，把废除法律约束一事，诠释为有助于充分发展本性的自由，让男女的情爱升华得更加美丽、崇高。耶稣对此了然于心，尽管当时社会中家庭的角色显著，他仍拒绝受家庭生活的束缚。耶稣得知家人欲见他时说："我的母亲是谁？我的兄弟又是谁？"当某位信徒想回家替父亲办后事时，他的回答竟是："且让死亡带走死者吧。"他绝不允许半点外力限制个人的秉性。

因此，追随基督脚步生活的人，皆是完完全全忠于自我的人。他们可能是伟大的诗人、科学家、大学生、旷野上的牧羊人，甚或是剧作家莎士比亚、研究神学的哲人斯宾诺莎、花园里嬉戏的孩童、撒网入海的渔民等，是谁并不重要，拥有完美的内在灵魂才是重点。道德或人生是不能模仿的。今日的耶路撒冷，有名患失心疯的男子在街头缓步拖行，肩上扛着木十字架，象征因模仿而受害的生命。达米盎神父[1]与麻风患者共同生活时，便已体现基督的精神，通过服务奉献，展现美好的本性。不过同样体现基督精神的还有作曲家瓦格纳，他在音乐中挥洒自我；还有雪莱，他在诗歌中活出灵魂。这并没有单一模式可循。世上有多少个活出自我的灵魂，就有多少个抱有缺憾的灵魂。一般人即使投入慈善，仍可能保

1. 达米盎神父（Father Damien，1840—1889）：天主教神父，1874 年自行前往麻风病患遭流放之地夏威夷群岛卡路帕帕半岛（Kalaupapa Peninsula）照顾患者，后于 1889 年感染麻风病身亡。

有心灵自由，但只要盲目从众，就无法拥有自由了。

据此，个体主义是我们实施理想主义的目标，结果必定是社会放弃治理，正如公元前数百年就有智者主张还人自由，根本没有所谓治理众人之事。任何形式的强制都宣告失败。独裁对任何人都有失公允，连独裁者自己也不例外，因其本来也许有更伟大的成就；寡头政治对多数人不公，暴民政治则对少数人不公；世人曾对民主抱有殷切期望，但如今发现，民主政治仅是民有、民治与民享的要挟手段。不得不说，这份体悟来得正是时候，任何权威都会贬抑人的价值，无论是统治或受统治的阶级。当行使权威的手法粗暴又残忍，就会催生反抗精神与个体主义力克权威，这倒是好事一件；但恩威并行、赏罚分明时，却容易让人堕落。在此情况下，大众较难意识到自身承受的压力，对于自在舒适不多强求，便浑浑噩噩地过活，宛如被摸头的小动物，浑然不觉自己毫无主见、努力满足他人期待、身上穿的几乎都是二手衣物，从来没有真正活出自己。有位杰出的思想家曾说："自由之人必不顺服。"权威借由收买来获得人民服从，喂养出过度膨胀的野蛮行径。

倘若权威不再存在，惩罚也会随之消失，这将带来莫大的益处，甚至可以说是无价的结果。我们阅读史料时，只要不是给一般学子看的删节版本，而是每个时代的原版巨作，势必会对其中的内容惊愕不已，唯不是因坏人犯下的滔天罪行，而是良民施加的刑罚手段。而相较于偶发的犯罪，惯性的刑罚极容易让社会变得更加残酷。由此推之，刑罚频率越高，犯罪概率也越高，当代多数立法机关显然也认知此事，因而尽量减少刑罚；凡是达成这项目标的地方，都已享有丰硕的成果。只要刑罚变少，犯罪率随之降低。当完全没有刑罚存在，就不再有罪犯出现，或即使有人犯罪，都会被视为严重的失智，将由医师细心治疗照护。现在所谓的罪犯不是真正的罪犯；犯罪的源头是饥饿，并非天生的罪愆。这也说明了为何从心理学角度而言，我们的罪犯都引发不了学者的研究兴趣，他们不是弑君夺权的麦克白，也非恶贯满盈的伏脱冷[1]，而是平平凡凡的老百姓，一旦难以图得温饱，就只好铤而走险。当私有财产被废除后，便没有犯罪的必要或需求了，犯罪将在社会上消失。诚然，并非所有犯罪都与侵犯财产有关，但英国法律偏偏重视人民财产胜过身份，因此这类罪行往往被判以最残忍的酷刑（前提是姑且不论杀人罪，并把死刑视为比劳役可怕的惩罚，但我相信许多罪犯并不同意）。尽管犯罪不尽然冲着财产而来，却可能肇因于扭曲的财产所有制度导致痛苦、愤怒和郁闷。是故，当这一制度废除后，这类犯罪便不复存在。当社会上每个人自给自足，不受他人干预，自然

1. 伏脱冷（Vautrin）：巴尔扎克剧作《人间喜剧》（*La Comédie Humaine*）笔下人物，被描写为社会罪恶的化身。

也就没兴趣干预他人。当代生活中，嫉妒心是项特殊的犯罪根源，这与财产的观念息息相关，而在社会主义和个体主义底下，这样的心态会渐渐消失。值得注意的是，实践共产主义的部落中，嫉妒一事可以说闻所未闻。

既然国家不应统治人民，国家的功用又是什么？国家应是自发性的组织，负责统筹劳力，生产与分配生活必需品。国家要打造有用的事物，人民要创造美好的事物。提到了劳力，我就不得不说，当下许多文章和言论在吹捧所谓的劳动尊严，简直是胡说八道。劳力工作不见得就有尊严，反而多半都会剥夺自尊。强迫人民去从事枯燥的工作，只会戕害其心理和德行，更何况许多劳力活动毫无乐趣可言，就像在冷风中一连八个小时扫着泥泞的马路，不啻是件苦差事。在我看来，扫地连顾及道德或身心尊严都不大可能，更甭提会带有任何乐趣。人生在世，不是为了除污清垢，这类工作都应交由机器代劳。

我深信未来会是如此。目前看来，人类在某种程度上向来是机器的奴隶。可悲的是，一旦能取代人力的机器问世，人类便被迫要丢掉饭碗。然而，这绝对是财产制度和竞争文化导致的后果。某人拥有能取代五百名人力的机器，就意味着有五百人会被迫失业，无法工作赚钱，三餐不继只好当起贼来。一个人获得机器后据为己有，财产暴增至原本应得的五百倍，而更重要的是，很可能也远超出个人所愿。如果机器成为公有财产，所有人都将从中受益，并对社会做出卓越贡献。凡是不需专业知识、乏味又单调的劳动，或使人反感、条件不佳的工作，都必须由机器来取代。机器得负责采矿、清洁、添煤、扫街道、雨天送信，以及任何无聊又苦闷的工作。如今机器与人类相互竞争，但在理想的情况下，机器应当要服务人类，这绝对是未来机器发展的方向。乡绅休眠的同时，树木兀自生长；同样地，人类享受娱乐活动、从事文艺休闲活动——这才是人生目标，而非出卖劳力——或创作美好事物、阅读经典名著，甚至在心怀敬佩和欣喜、思索世界的同时，机器将处理讨厌却必要的工作。事实是文明需要奴隶的存在，古希腊人所言甚是，若无奴隶从事肮脏无趣的工作，便难以有文化和省思的出现。然而以人为奴绝对是个错误，既缺乏保障也有违道德。未来的世界得仰仗机器奴隶，而当科学家不再需要前往贫困的东区，发放劣质的可可粉和破旧的毛毯给饥饿的人们，也就有余裕去发明新奇的玩意儿自娱娱人。届时，每座城市甚或家家户户都将储存大量能源，可以依不同需求转化为热能、光能或动能。这是乌托邦吗？未来世界的蓝图若没纳入乌托邦，根本就不值一哂，因它是人类向来努力追求的国度。当人类抵达该地向外远眺，望见更好的国度，方能再度启航。进步就是实现乌托邦的过程。

如前所述，借由统筹运用机器，便可供应社会一切有用资源，个人则专注创造美的事物。这不仅有其必要，也是两者兼得的不二法门。倘若一个人的创作是为他人所用，处处考虑其需求和愿望，很难依个人兴趣工作，因而无法发挥潜能。另一方面，每当某个社会、权力阶层或任何政府企图规定艺术人士的作品，艺术不是全然消失，就是落入窠臼，甚至沦落为低劣的匠气之作。每件文艺作品都是独特性格催生的独特成果，美就美在创作者忠于己心，无关乎外界的期望。的确，一旦艺术家留意起外界的期望，设法满足需求，便不再是艺术家，而成了或乏味或媚俗的匠人、或诚实或诈欺的商贾，不再被视为艺术家。艺术是表现个体主义最强烈的形式，我甚至敢说是个体主义最真实的表现形式。在某些情况下，犯罪也许促成了个体主义，但犯罪必得考虑到和干扰到他人，属于行动的范畴。但艺术家独自创作，无涉旁人也没任何干扰，便可以打造美丽的作品；而若非为满足自己而创作，就不是真正的艺术家。

此外需特别提及的是，正是由于艺术强烈表现个体主义，因此大众才企图以权威钳制，这种权威既荒谬又无耻、既卑劣又腐败。但这不是他们的错。无论哪个时代，大众往往欠缺良好的教育，只会不断要求艺术通俗化、迎合自身庸俗的品位、满足可笑的虚荣心、重述先前说过的道理、呈现理应看腻的事物、提供茶余饭后的消遣，以及在厌倦自身愚笨时，分散他们的注意力。艺术绝对不可通俗化，反而是大众应该提升艺术品位，两者之间有很大的差别。如果科学家的实验结果和结论不准违反社会既有的观点、推翻常见的偏见，也不得伤害那些不懂科学的大众的情感；如果哲学家仅有权进行高层次的推理和思考，所得理论却不得异于未经思考的大众，势必会笑掉专家学者的大牙。然而不过数年前，哲学和科学仍遭民粹控制——确切来说仍是种权威，可能源自社会普遍的无知，或者对教会、政府权力的惧怕与贪恋。诚然，社会、教会或政府对个人思考的干预已大幅减少，但对个人创作艺术的介入仍时有所闻，甚至极为挑衅、无礼又粗暴。

在英国，唯有大众不感兴趣的艺术形式，才能无拘无束地发展。诗歌即为一例。英国之所以常见优秀的诗作，系因英国人不爱读诗，是故不会加以干涉。社会大众老爱拿诗人开刀，攻击其特立独行，但骂完了便不再多加理会。但凡是小说和戏剧等大众有兴趣的艺术形式，便容易出现民粹力量的介入，结果常令人啼笑皆非。世上唯独英国有奇差无比的虚构故事、沉闷又无聊透顶的小说，以及庸俗过头的戏剧。这种结果实属必然。社会大众的标准强人所难，任何艺术家都无法达成。想当通俗小说家，既太简单又太困难。之所以太简单，是因为大众对于情节、风格、心理、生活与文学元素的安排，即使是能力低下、学养不足的人，都可以轻易掌握；之所以太困难，是因为该小说家为了满足要求，必须违背自身性情，不能为了写作的乐趣而写作，反而要取悦教育程度低下的人，因此不得不压抑个体主义、忘却自身文化、抹去原本格调，并放下珍贵的内在特质。戏剧的情况略为好些，大众喜欢一目了然的作品，却不爱沉闷乏味的剧目。而最受欢迎的诙谐剧与笑闹剧，则是特色鲜明的艺术形式。诙谐与笑闹可能催生了讨喜的作品，英国剧作家在这类型的戏剧创作上自由度很大。而当接触了更高层次的戏剧，民粹的控制就展露无遗。大众最排斥标新立异的事物，凡是欲尝试将艺术题材延伸，往往引起社会的极大反感；然而，艺术要保持活力和进步，大多得靠既有题材的不断延伸。大众的排斥是出于恐惧，标新立异代表了个体主义，是艺术家依个人意志选定主题，并且自行创作发挥。大众的看法其实没错，艺术就是个体主义，而个体主义是颠覆、瓦解秩序的力量，其中蕴藏了极大的价值，因其要颠覆的是艺术类型的单调、风俗的束缚、习惯的专断，以及将人贬抑为机器。大众接纳当代既有的艺术，并非出于真心欣赏，而是因无法加以改变。于是，他们把经典囫囵吞下，从不细细品味，仅视为回避不了的义务，而由于无法加以诋毁，只好装模作样地谈论。说也奇怪，或其实也不奇怪，就个人观点而言，如此对经典照单全收其实导致很大的伤害，英国人一味推崇《圣经》和莎士比亚就是一例。有鉴于教会势力庞大，我在此无须对《圣经》多加着墨。

但就莎士比亚而言，大众显然没有真正看到其剧作的优缺点。倘若他们真的注意到了，就不会反对戏剧持续发展。实情是社会大众把国家的经典之作，当作钳制艺术进步的手段，把经典操弄成权威象征，吓阻艺术家自由展现美的全新形式。他们总爱问作家为何不跟同行写类似的内容，或问画家为何不跟同行画一样的主题，浑然不知倘若真的如此，便失去了艺术家的资格。任何别开生面的美都会让社会反感，一出现便引发大众的怒火和不解，于是有两种愚蠢的指控：其一是批评该作品不知所云，其二是抨击该作品伤风败俗。我的解读是：大众称作品不知所云时，其实代表艺术家的创作耳目一新；大众称作品伤风败俗时，则意味着艺术家的创作贴近现实。前者涉及格调，后者涉及题材。但大众使用这类字眼时可能极不准确，犹如暴民拾起手边的铺路砖胡乱丢掷。举例而言，本世纪真正的诗人或散文家，全都曾遭英国民众冠上伤风败俗的头衔，这简直可代替法国法兰西学术院[1]的官方认证，英国就不必费心成立类似的机构了。诚然，社

1. 法兰西学术院（Académie française）：法国学术机构，是法兰西学会（Institut de France）下属的五个学术院中，历史最悠久、名气最大的学术权威机构，肩负规范法国语言、保护各种艺术之职责。该学术院院士集结法国学术界的最高权威，包括为法语的辉煌做出杰出贡献的诗人、小说家、剧作家、哲学家、医生、科学家、人类学家、艺术评论家等，但也涵盖非学术界出身之名人。当选院士为极高荣誉。

会大众的用词实在随便。诗人华兹华斯会被批为道德沦丧，算是意料之内的事，毕竟华兹华斯称得上是大诗人；但连小说家查尔斯·金斯莱[1]也被批评，就实在令人大感意外，因金斯莱的散文并非上乘。即使如此，现成的词不用白不用，大众也就尽量拿来说嘴。真正的艺术家由于完全忠于自己，秉持内心的信念，因此当然不会受到困扰。但不难想象的是，倘若某艺术家在英国推出的作品，通过公共媒体的传播，立即获得社会的认可，获评为清楚易懂又合乎道德风俗，他必会认真怀疑创作过程是否忠于本心，进而自问该作品是否真有价值，究竟是彻底的二流之作，还是毫无美学可言。

然而，也许是我冤枉社会大众了，他们的语汇并没那么贫乏，除了“不道德”“晦涩”“奇异”“有害”之外，其实还有“病态”一词。虽然其使用频率不高，意义又太直接而令人不敢乱用，但经常仍会出现于各大报中。该词用在艺术作品上当然荒谬至极。所谓病态，不就是无法言说的情感或思绪吗？社会大众不乏病态，因其永远无法学会表达；艺术家则绝不病态，因其能自在地表达己见，置身创作题材之外，借由此媒介打造无与伦比的美学。仅因艺术家以病态为题材就称其为人病态，无异于只因莎士比亚写了《李尔王》就指

1. 查尔斯·金斯莱（Charles Kingsley，1819—1875）：英国文学家、学者、神学家，擅长儿童文学创作。

控其癫狂，实在荒唐可笑。

大体而言，英国艺术家虽遭到挞伐，反而有所收获，不但强化其个体性，也更接近内在秉性。外界的攻讦固然丑陋、无礼且卑鄙，但艺术家本就不期望粗鄙之人温文儒雅，也不期待平庸之人拥有格调。综观当代社会，粗俗和愚昧是两项铁铮铮的事实，艺术家自然感到遗憾，但对现况无可奈何。于是就像其他题材般，也成了他们研究的对象。平心而论，当代报人在撰文批评艺术家后，往往会私底下向其致歉。

值得一提的是，过去几年来，大众常用来谩骂艺术的有限语汇又多了两个，分别是“有害”和“奇异”。“奇异”仅表达了当生命短暂的蘑菇看到兰花如此不朽、迷人又优雅，所萌生的愤懑不平；这是一种致敬，尽管无足轻重。不过，“有害”就需要好好探讨了，这个词十分值得玩味，使用的人也不知道它真正的含义。

这个词意思为何呢？什么样的艺术作品是“有益”或“有害”的呢？所有用来形容艺术作品的词汇，凡是出于理性的判断，所指涉的都是风格、主题或两者皆有。就风格而言，有益的艺术作品是指风格展现所用素材之美，无论素材是文字、铜器、色彩或象牙皆然，并运用素材之美创造美学效果；而就主题来说，有益的艺术作品是指题材的选取反映艺术家的性情，而且这种性情能够自然而然地流露。总之，有益的艺术作品既完美又有个性。诚然，作品的形式和内容密不可分，永远都是一体两面。但此处为了分析之故，我们把两者分开来看，暂且不论美学概念的完整性。相较之下，有害的艺术作品的风格一目了然又毫无新意，主题多半经刻意挑选，并非因艺术家乐在其中，而是因其认为公众会愿意掏钱。事实上,大众所谓有益的通俗小说,往往是有害心智的三流创作;而大众称为有害的小说，则多半是有益心智的大师之作。

我应该用不着特地声明，自己并非在抱怨社会大众或公共媒体滥用前述词汇。毕竟他们并不理解何谓艺术，当然无法适当使用这些字眼。我只是点出了滥用的现象，至于滥用的源头和背后的意义，解释起来非常简单：源头即是权威至上的野蛮概念，遭权威腐蚀的社会自然无法理解或欣赏个体主义；简而言之，一切都指向丑恶又无知的公共舆论，欲钳制行为时也许立意良善，然欲掌控思想或艺术时便是心怀恶意了。

真要说起来，支持群众诉诸蛮力的理由，远远多于支持公共舆论；前者也许有益，后者必定愚昧。常言道，蛮力不足以说理。然而，这完全取决于想证明什么。过去几世纪以来，许多重大问题全靠蛮力才能解决，比如英国个人政体和法国封建制度的存续。革命的暴力本质只能让群众一时声名大噪。后来民众发觉笔伐胜于蛮力，杀伤力不亚于掷砖，才是不幸的开端。他们立即找来报业人士，给予优渥报酬，加以培养成替其卖命的仆人。这对双方而言，都是莫大的遗憾。抗争背后可能蕴含崇高英勇的理念，但报纸社论往往藏着偏见、愚昧、空话或胡诌，而四者只要联合起来，便成为一股骇人的力量、建构出新的权威。

古人有肢刑架可用，今人则诉诸媒体。虽然手段已有进步，却依然恶劣、不公又有失道德。有人——印象中是柏克[1]——称新闻媒体为第四阶级[2]。当时确实如此，现在却成了唯一阶级，吞蚀掉其他三个阶级。贵族噤声不语，教会无话可说，平民则直言无法置评。一切都被新闻媒体所主宰。美国总统任期四年，而新闻媒体历久不衰。所幸，美国新闻媒体张牙舞爪地走向极端，因而招致反抗的声浪。由于每个人的性情不同，有些人觉得有趣，有些人觉得反感，但媒体不再是股巨大的力量，或像过去一样被认真看待。而英国媒体仍然是影响甚巨的因素，拥有不容小觑的力量，除了少数著名案例外，尚未达到极端的残酷。不可思议的是，媒体竟打算粗暴地窥视人们的私生活；事实上，大众对八卦的好奇永无止境，却不知道重要大事。新闻媒体很清楚这点，秉持商

1. 柏克（Edmund Burke，1729—1797）：英国著名政治及社会学者，常被视为是英美保守主义的奠基者。

2. 当时指封建社会三种阶级（贵族院、教会和平民院）之外的第四种阶级，现在多被理解为独立于行政、立法、司法之外的“第四权”。

人般的习惯，满足大众的需求。过去几百年中，往往是大众要求媒体挖出名人隐私，此举已属恶质；当今社会，记者自己还自行窥探了起来，行径更是离谱。令人倍感诧异的是，最大的祸首还不是为社交界八卦报纸撰文、以博君一笑的记者，而是那些正经八百、思虑缜密又认真的记者，他们现在煞有介事地在大众眼前，揭露杰出政治家、带动政治力量的意见领袖的私生活，要大众讨论此事、动用舆论权威、发表个人意见，进而采取实际行动，对其各方面言行、对其政党、对其国家，都开始指手画脚；说穿了，这些记者就是要大众变得可笑、粗鲁又嗜血。无论男女都没义务将私生活公之于世，私生活也与公共领域毫不相关。

法国处理私人领域的方式较为妥当。离婚法院审理的细节不得公布，避免成为大众茶余饭后的话题；大众只会知道有离婚一事，经夫妻单方或双方诉请获准。法国对于记者多有限制，但对艺术家则几近赋予绝对自由；美国则是赋予记者绝对自由，完全限缩艺术家的自由。易言之，英国的公共舆论企图钳制、阻碍和曲解创造符合美学作品的大师，并强迫记者传播丑陋无比又引人反感的内容，造成我们虽有世上最认真的记者，却同时有着最不入流的报业。说是强迫并不为过。也许真有记者乐于撰写这些恶劣的报道，或为生活拮据，必须靠着揭发丑闻维持稳定的收入。但我肯定有些学养深厚的记者，打从心里痛恨挖掘这类报道，也明白这是不对的事，只因在不健全的工作条件下，被迫要供应社会所需，并与同行竞争，尽可能满足大众的猎奇胃口。这对于具备学养的人是种侮辱，我相信他们多半都心有戚戚焉。

不过，我们暂且先搁置此事的龌龊面，回来探讨大众控制艺术的问题。我的意思是，公共舆论主导了艺术家使用的形式、方法和工作素材。前文已指出，在英国能逃脱舆论掌控的只有大众不感兴趣的艺术。但大众偏对戏剧特别有兴趣。在此必须提到，过去十到十五年来戏剧界的进步，全得归功于部分剧作家拒绝迎合大众的低俗品味，也不愿将艺术视为供需法则的一环。以欧文[1]先生为例，他的个性鲜明独特、自我风格强烈，不只模仿能力卓越，更兼具创意与知性；如果他只一味地提供大众所需，就只能创作出平凡无奇的戏剧，却获得常人梦想的成功和财富。但欧文的目标并非如此，而是以特定的艺术条件和形式，达成艺术家的自我实现。起初他只吸引少数人，如今却教育了多数人，提升了大众的艺术品位和气质。社会大众对他的艺术成就称许有加，但我经常在想，他们是否了解这项成就完全因其不屈就世俗标准，而

1. 欧文（Henry Irving，1838—1905）：19 世纪英国戏剧界代表人物，编导多出剧作。

是去实践自己设定的标准。如果按照世俗的标准，兰心大剧院就会像伦敦某些热门剧院那样，成为二流的看戏场所。但无论是否真的理解，大众的品位和气质确实多少已有提升，也代表大众不是没有这些潜质。接下来的问题便是：大众为何未能变得更加文明？他们毕竟有此能力，究竟其中症结为何？

必须再次强调，其中症结就是大众欲以权威的态度，看待艺术家和艺术作品。大众去兰心和海马基特这类剧院时，似乎都已调整好观戏的心情。这两家剧院都有剧作家成功在观众身上——伦敦每家剧院都有各自的观众群——培养出能受真正艺术吸引的气质。那是什么气质呢？别无其他，仅是接纳新事物的心胸罢了。

如果亲近艺术作品的同时，妄想对作品或作者施加控制，便无法从中获得任何美学感受。艺术品应主宰观者，而非观者主宰艺术品。观者应有接纳的胸怀，犹如大师演奏的小提琴。越能压抑心中无知的看法、愚昧的偏见、荒谬的艺术观点，便越能了解、欣赏该件艺术品。这项建议不仅适用于爱看戏的英国大众，也适用于所谓的知识分子。知识分子对艺术的看法是基于过去的艺术，但新艺术作品之所以美丽，在于拓展艺术的境界。唯有打破既有标准，方能见到作品之美；唯有能接纳全新观点的胸怀，辅以创意的媒介和条件，方能欣赏艺术作品。这不限于欣赏雕塑与绘画，欣赏戏剧一类的艺术亦同。绘画和雕塑与时间无涉，无须考虑承接的问题，可以瞬间领悟其完整。文学就是另一回事了，必得历经时间才能展现其完整。因此就戏剧而言，第一幕所发生的某个情节，观众可能得等到第三幕或第四幕，才会明白其艺术价值。他们难不成会蠢到大发雷霆、妨碍戏剧演出，惹恼剧作家吗？当然不会。理性的观众会静静地坐着，享受心中漾起的惊讶、好奇和悬疑等各种情绪，因其看戏并非为了发脾气，而是要汲取艺术气质；看戏也不是为了对作品妄下评价，而是借此思索作品的意义，倘若作品特别杰出，便可在思索中忘却啃噬心灵的自负，包括愚昧无知产生的自傲、道听途说导致的自大。我认为，社会大众对戏剧的认知尚有不足。如果《麦克白》是在当代伦敦观众前首演，许多人必会强烈反对第一幕安排三个女巫，以及她们怪异荒谬的预言。但当该剧结束后，观众就会明白《麦克白》中女巫笑声的恐怖，并不亚于《李尔王》中的狂笑，甚至胜过悲剧《奥赛罗》里的反派伊阿古。所有艺术形式的受众中，戏剧的观众最需要有接纳的胸怀。一旦他们企图指手画脚，便是向艺术宣战、跟自己作对。艺术本身并不受损，反而是观众自己受罪。

小说的情形亦然。社会舆论的权威和读者对其的认同，都是小说的致命伤。萨克雷[1]笔下的《亨利·埃斯蒙德》之所以是杰作，是因为他是为了自己开心而写。而其他小说，比如《班迪尼斯》《菲利浦的冒险》，甚至《名利场》，都太过于在意读者，直接诉诸其同情心或直接加以嘲弄，因而糟蹋了自己的作品。真正的文学大师绝不理会读者，读者形同毫不存在；他无须用添加罂粟花的蛋糕来催眠这头巨兽，也不必拿甜腻的蜂蜜蛋糕加以喂养，这类工作留给通俗小说家即可。当今英国有位无与伦比的小说家，名叫乔治·梅瑞狄斯[2]。法国固然有更优秀的艺术家，却不见任何一位的人生观如此恢宏、丰富又契合想象；俄国则有些说书人，对于小说所传达的苦痛，有着更深刻的理解；但论及小说的哲学，非梅瑞狄斯莫属。他不只赋予笔下人物生命，更让人物在思绪中流转。读者可从无数视角来观看。这些人物能引发联想，内外皆有灵魂，富含意义与象征。而梅瑞狄斯创造这些活灵活现的角色时，完完全全乐在其中，从未问过或在乎大众的阅读胃口，也绝不让读者影响他的写作，反而持续强化个人风格，创作自成一格的作品。起初作品无人闻问并不打紧，后来开始吸引少数读者，他也不改其志，如今累积许多忠实读者，他仍

1. 萨克雷（William Makepeace Thackeray，1811—1863）：英国小说家，最著名的作品为《名利场》（*Vanity Fair*），另著有《班迪尼斯》（*Pendennis*）、《亨利·埃斯蒙德》（*The History of Henry Esmond*）、《菲利浦的冒险》（*The Adventures of Philip*）等。

2. 乔治·梅瑞狄斯（George Meredith，1828—1909）：英国小说家，作品叙事迂回、文字艰涩。

秉持初衷，堪称首屈一指的小说家。

装饰艺术的发展也很类似。大众曾可悲地因循国际工业品大展一脉相承的传统，这种粗俗的艺术传统惨不忍睹，当时常见的住宅根本只适合盲人居住。后来开始出现漂亮的装饰，染匠晕染出缤纷的色彩，艺术家设计了优美的图案，确立了美学素材的使用、价值和地位。大众一度义愤填膺、怒不可遏且口出恶言。但这些艺术家不予理会也不受影响，不愿接受公共舆论的施压。如今随便走进一家当代住宅，几乎都可看到良好的装潢品味、舒适的生活环境，以及对于美的鉴赏。事实上，现在的住宅多半颇为别致。一般人的文明素养提升许多。但平心而论，家居装潢和家具得以革新的伟大成就，并非因社会大众培养出了高级的品味，而是仰赖工匠真正乐于创作美的事物，了解大众先前要的装潢既丑陋又庸俗，因此完全不愿满足相关需求。时至今日，若需要装潢住宅，除非前往旧公寓的二手家具拍卖会，否则很难再重现多年前的风格。无可否认的是，如今的家居环境多少都有迷人之处。幸好就这类艺术专业而言，公共舆论的权威完全发挥不了作用。

由此可见，对艺术所施加的权威伤害很大。人们有时会问，何种政体最适合艺术家的生存。这个问题的答案无他，就是不要有任何禁锢。艺术家只要受到权力钳制，作品就会荒谬可笑。有人主张，强权底下的艺术家，创造的作品格外优异。如此说法不尽正确。艺术家觐见君王，并非是以臣子的身份，而是作为四海为家的行者、魅力独具的浪人，理应备受款待和礼遇，方能舒心创作。皇帝或国君可能会俯身为画师拾起画笔，但贪民俯身却只是为了丢掷烂泥，目前甚至连俯身都不需要，完全无所顾忌地想丢就丢。但其实没必要区分暴君和贪民，任何权威都有害无益。

专制者分为三种。第一种宰制身体，是为君王；第二种宰制心灵，是为教宗；第三种同时宰制身心，是为群众。君王可能颇具学养，史上例子不胜枚举，但伴君如伴虎。这让人想起出席维洛纳盛宴的但丁，以及被关在费拉拉疯人院的塔索[1]。艺术家最好勿与君王朝夕相处。同样地，历任教宗也不乏学养深厚之人，即使是恶名昭彰的教宗亦然。恶劣的教宗爱好美的事物，程度几乎不亚于——或该说等同于——厌恶思辨的善良教宗。于是，教廷之恶裨益众人，教廷之善反而亏欠于人。然而，尽管梵蒂冈如今只剩冠冕堂皇的宣教，早已失去了雷厉风行的魄力，艺术家最好还是敬而远之。当初正是教宗向枢机主教团表示，普通法律不适用于切利尼，后来也是教宗逼迫切利尼入狱。他被关到怒火无处发泄，甚

1. 塔索（Torquato Tasso，1544—1595）：意大利著名诗人，生前饱受精神疾病折磨，曾被关在意大利费拉拉（Ferrara）的疯人院中。

至开始出现幻觉，瞧见金色阳光照入，竟逐渐迷恋其灿烂而企图逃脱，遂爬出监牢并于塔楼之间攀爬，不慎于清晨浓雾中摔落地面导致伤残，所幸被葡萄园园丁发现，先用众多叶片覆盖其身，再以推车运到一位热爱艺术的好心人家中照料。可见，教宗也不可尽信。至于群众又有什么“权威”呢？前文已列举许多例证了。群众的权威盲目、可悲。艺术家往往难以与群众共处。专制者必会行贿。群众就懂得反抗。而是谁怂恿群众滥用“权威”呢？他们理应好好生活，聆听彼此并付出关爱。群众是遭人陷害误入歧途：手握君王的令牌，却不知如何运用；头戴教宗的三重冠，却肩负不起重任。群众犹如心碎的小丑、缺乏灵魂的神父。所有崇尚艺术之人，可怜这些群众吧。纵然他们对美无感，就让他们自怜自艾。是谁把群众教得如此“专横”呢？

在此也可提出史上许多例证。文艺复兴时期的伟大之处，在于无意疲于解决社会问题，而是允许个人自由自在地发展，因此造就了许多风格独具的文艺大家，以及性格鲜明的人才；相比之下，法王路易十四世建立现代国家的体制，却葬送了文艺人士的个体性，创作因千篇一律而显得丑恶、因服膺统治而变得卑劣；路易十四世也摧毁了法国各地原有的创作自由，无法再赋予传统新的美感、融合新旧风格。但过去种种已逝，今日轻如鸿毛，唯未来仍可追；毕竟人已回不到过去，也不应拘泥于现在，艺术家看重的是未来。

绝对会有人认为，这样的构想好高骛远，也违反人性。确实如此，但正因不切实际又违反人性，所以才值得我们努力尝试，这也是当初提议的初衷。话说回来，什么样的构想才算务实呢？务实的构想不过是指现成的方案，或现有条件下可推动的计划。但我们要反对的正是现状，因此任何屈于现状的计划，必定错误又无知。现状终将遭到推翻，人性也会随之改变。可以肯定的是，人性必然无常，这是其唯一可以预见的特质。自古以来任何失败的制度，都维系于人性的稳定性，而忽略了人性的成长与蜕变。路易十四世铸下的大错，就是误以为人性不会改变，因而导致了法国大革命。这样的结果值得敬佩；其实，凡是政府犯错而催生的一切结果，都很令人敬佩。

值得注意的是，老爱把责任挂在嘴边的人，是无法体现个体主义的，因其只会努力达成他人的期待；成天喊着自我牺牲的人亦如是，因其仅是从伤残中苟活下来的。实际上，任何迁就外在要求的人，都活不出真正的个体主义。个体主义是自然流露的特质，也是一切发展的方向、所有生物成长的差异；个体主义是生命内在完善的状态，也是任何生命亟欲追求的目标。个体主义丝毫不予强迫，也不容许外界施加的强迫；个体主义不逼人为善，因人独处时自然为善。个体价值是由内而外地发展。而质疑个体主义是否务实，就好像质疑进化论是否务实；进化是生命的法则，朝向个体主义发展则实属必然。凡是没有出现此种发展趋势，就代表成长遭人抑制、出现病变或迈向死亡。

个体主义既无私也不造作。如今已有人指出，权威过度专制所伴随的后果之一，就是言语遭到极度扭曲，偏离本来单纯的意思，反而用来表达相反的含义。艺术如此，人生亦然。今日，若有人依个人喜好打扮，往往会被称为矫揉造作，殊不知其实他处于再自然不过的状态。以此而言，矫揉造作应是依街坊邻居的看法来打扮，而这又多半反映大众的品位，因此十之八九愚昧至极。同样地，若有人随心所愿地过活、充分展现个人性情，只因人生首要目标是自我成长，也多半会被批作自私。但这才是每个人应该效法的生活方式。随心所愿地生活并不自私，规定别人如何生活才是自私。无私是对别人的生活毫不置喙，而非擅自加以干涉；自私即为树立起一致的标准，无私则视多元为好事，乐于接纳、肯定并享受其中。懂得为己着想并非自私，不为己着想即不懂得思考。要求邻人按照同样的思考模式、抱持同样的意见，简直自私极了。他为何要听话？若他能独立思考，很可能会有不同看法；若他无法独立思考，任何要求都未免过分。红玫瑰只想当红玫瑰并不是自私，但若要园内其他花都当红玫瑰，就显得无比自私了。只要奉行个体主义，人们便会顺从本性生活、毫无私心，也会知道言语的真义，并于自由又美好的生活中实践。人们也不会像现在这么自负，因自负者老爱对别人颐指气使，此举有违个体主义者的意愿，也无法带来任何满足感。当人奉行个体主义，也会知道何谓同理心，并自然地在生活中实践。目前看来，人们几乎没培养出同理心，顶多能同理他人的痛苦，但这并非最高层次的同理心。所有的同理固然都是好事，但唯有同理痛苦最为廉价，因其多半带了点自负，很容易就产生质变。对痛苦的同理伴随对自身安全的恐惧，生怕自己染上麻风或忽然眼盲，落得无人照料的下场。此外，这样的同理也有其局限。同理心应适用于人生百态，除了各种疾患和苦痛，更应包含喜乐、美好、活力、健康和自由。想当然地，同理的范围越广，也就越发困难，需要放下更多自我。任何人都能同理友人的磨难，但唯有高尚的人格——其实也就是个体主义者的本性——才能同理友人的成就。现代人的竞争压力庞大，争相追求社会地位，这般同理心本就罕见，而凡事讲求一致和守序，更大大地扼杀了同理心，这在各地屡见不鲜，其中又以英国最为猖狂。

诚然，对于痛苦的同理心是人类的天生本能，因此永远不会消失。拥有个体性的高等动物也有相同的本能。需要谨记在心的是，同理他人的幸福能促进世上的快乐，同理他人的痛苦却无法减少痛苦，只能让人较可忍受世上的邪恶。同理肺结核也无法治愈肺结核，这是科学家的职责。当社会主义解决了贫穷的问题，科学解决了疾病的问题，就不会有那么多伤感之人，人类就会拥有博大、健全且自发的同理心，光想到他人过得幸福，就能感受到相同的幸福。

因未来的个体主义将通过幸福发展，基督无意重建社会，导致他所宣扬的个体主义只能借由苦难或孤独实现。而基督留给后世的理想，则是完全摒弃社会，或坚决与之抵抗的完人形象。但人类天生是群居的动物，即便是提贝地区[1]，最后也成了修士聚集之地。当修士固然能实践自身秉性，但通常有贫苦的个人形象。另一方面，世人深深着迷于借由痛苦实现自我。目光狭隘的演说家和思想家在台上经常论及世人迷恋享乐，并哀叹世风日下。但综观历史，喜悦和美丽鲜被奉为圭臬，而对痛苦的崇拜往往是主流。世人怀慕着中古世纪，比如圣人和殉教者、对自虐的着迷、对自残的狂热，或以刀刃砍劈，或以棍棒抽打——中世纪精神是真正的基督精神，中古基督才是真正的基督。当文艺复兴时代来临，世人转而颂扬人生的美好与生活的喜乐，却对基督产生困惑。艺术也呈现相同的理念。文艺复兴画家笔下的基督有时是小男孩，

1. 提贝地区（Thebaid）：古埃及一区，地处沙漠，曾是基督教隐士修道之地。

在宫殿或花园中与别的男孩嬉戏，或躺在母亲的臂弯，笑着凝视母亲或一朵花儿、啁啾的鸟儿；有时是高贵肃穆的人物，姿态庄严地行于世间；有时则是不可思议的形象，超脱自我而起死回生。即使是耶稣钉死于十字架的场景，画家也能将遭恶人折磨的他，画得美丽非凡。但此时期的画家不太着迷描绘基督，反而乐于画出自己景仰的男男女女，展现美好人世的可爱面。他们画了许许多多宗教画，甚至可以说画得太多了，千篇一律的类型和主题令人生厌也不利于艺术。这得怪大众强行介入艺术事宜，必须予以谴责。这类题材都缺乏画家的灵魂。拉斐尔在画下教宗的肖像时，俨然就是伟大的艺术家；但当他画圣母和圣婴时，却完全不是这么回事。基督对文艺复兴并无启发，这也难怪，该时期的理念大不相同，若要探索真正的基督精神，便得着眼于中古世纪的艺作。基督往往遍体鳞伤，令人不忍卒睹，因姣好的外表象征了喜乐；他的衣着破烂不堪，因锦衣华服也是种喜乐。他可能是灵魂高洁的乞丐，或具有神性的麻风患者，无须财富或健康，他是借由痛苦实现自我的神。

人类的演化源远流长，不公不义比比皆是。亲身经历痛苦来实现自我，可以说是必要的手段。时至今日，基督的旨意在世上某些地区亦属必要。例如在中世纪风格的小说中，故事的主轴就是角色历经磨难实现自我。但对非艺术家的普罗大众而言，唯一面对的只有真实的人生，痛苦是追求完美的不二法门。虚无主义者深知权威之恶而加以反对，并接纳一切形式的痛苦，借此实践内心的自我，这才是真正的基督徒。对其而言，基督的理念是切切实实的真理。

然而，耶稣基督并不反抗权威。他不但顺服罗马帝国的王权，甚至还加以颂扬；他忍受犹太教会的权威，不愿以暴抗暴。如前所述，他无意重建当时的社会。但现代社会有许多的计划：欲消弭贫穷，以及贫穷带来的艰困；欲消除痛苦，以及伴随痛苦的折磨；欲诉诸社会主义和科学，作为解决问题的良方。这些计划的最终目标，就是要能通过幸福来表达个体价值，比过去涵盖得更宽广、更完满，也更为美好。痛苦并非实现自我的最终形态，仅仅是一时的个人抵抗。当一切冤屈、疾患和不公全都消除，痛苦也就会失去原本的地位；纵然痛苦成就了许多人，但终将步入历史，影响也日渐缩小。

世人也不会缅怀痛苦，因其追求的既非痛苦亦非享乐，而是单纯的人生，亦即活得认真、充实和美满。任何人只要达到这个境界，不去干涉他人也不遭受钳制、任何活动都乐在其中，就会更加理智、健康、文明且贴近秉性。生活喜乐与否是上天对人的检验，也是它表示认可的象征。当人类活得快乐，就能跟自我与环境和睦共处。新的个体主义在社会主义的协助下，将会达到完全和谐的状态。这将是希腊人梦寐以求的理想；这也是文艺复兴时期的理想，却因任奴隶挨饿而功亏一篑，只能在艺术上实现。个体主义终将发展成熟，人人都能臻于自我实现。新的个体主义就是新的希腊精神。

说谎的式微

观察笔记

对话录

人物：西里尔、维维安

场景：诺丁汉郡某乡间别墅书房

西里尔（自露台的落地窗走进屋内）：亲爱的维维安，别整天窝在书房嘛。午后的天气这么美好，空气清爽，树林里薄雾缭绕，好像梅子树上开了紫花。我们何不去草地上躺躺呢？顺便抽几支烟，享受一下自然的风光。

维维安：享受自然风光？真庆幸自己早就丧失这种能力了。有些人说，艺术让我们更爱自然、向我们揭露它的秘密；而在仔细研究过柯罗[1]和康斯太勃尔[2]的作品后，我们对于自然会有前所未见的观察。但就我本身的经验来说，我们越钻

1. 柯罗（Jean-Baptiste Camille Corot，1796—1875）：法国风景画家。

2. 康斯太勃尔（John Constable，1776—1837）：英国风景画家。

研艺术，就越不关心自然。艺术真正揭露的秘密是自然缺乏整体设计、简陋得令人费解、单调得不可思议，不过是半成品的状态。当然啦，自然也有它的巧思，但就像亚里士多德所说，它没办法付诸实现。每当我看着眼前的风景，都很难不去注意到其中的瑕疵。然而，所幸自然并不完美，否则艺术就不会诞生在世界上。艺术是人类坚决的抵抗，力图告诉自然它的程度不过如此。所谓自然的千变万化不过是种迷思，在自然中绝对怎么都找不到，仅存在于观者天马行空的想象中，或是教养导致的盲目之中。

西里尔：这样的话，你就不必欣赏风景，可以单纯躺在草地上、聊聊天就好。

维维安：但自然令人很不舒服呀。草地又硬又湿、凹凸不平，到处都是讨厌的小黑虫。唉，就算是莫里斯家具商三流工匠制作出的座椅，都比在大自然任何地方席地而坐来得舒适。而自然界生成的事物，绝对比不上牛津大街上琳琅满目的家具，别忘了你最爱的诗人[1]曾坏心地说："牛津之名当取自此街。"不过我也没什么好抱怨的。要是身处大自然无比舒适，人类根本就不会发明建筑，而我宁愿有房子遮风蔽雨，也不要风餐露宿。住在房子里令人感到协调匀称，一切都臣

1. 这里应指英国诗人华兹华斯，原句为"In the street that from Oxford has borrowed its name"。

服于我们，供我们任意使用或消遣。而自我主义本身就是室内生活的产物，也是维持人性尊严不可或缺的一环。一旦走到户外，人的概念就变得抽象而不再是人，个体性也就荡然无存。而自然又是如此冷淡无情。每当我在公园里散步，都觉得自己在大自然的眼中，跟山坡上吃草的牛群或水沟里绽放的牛蒡花没什么两样。铁铮铮的事实就是：大自然讨厌人类动脑思考。思考是世界上最有害健康的东西，跟任何疾病一样都可能害死人。幸好，英国人普遍都还没有思考的习惯。我们发达的四肢完全要归功于国民头脑的简单。真希望这个保障大众幸福的机制能多撑几年，但目前已有迹象显示，我们恐怕接受太多教育了。就算并非如此，确实已经有许多没学习能力的人教起书来——这就是对教育狂热所导致的后果。不过话说回来，你快去享受沉闷又不舒适的自然吧，我才能好好安静地校稿。

西里尔：你居然在写文章！这不是跟你刚才那番话矛盾吗？

维维安：哪些人才讲究绝对不矛盾呢？蠢蛋和拘泥教条的人士，无聊到非得以行动贯彻原则，并且在生活中实践归谬法[1]。我才不是这种人。我效法的是作家爱默生，在书房门

1. 归谬法（Reductio ad absurdum）：一种论证方式，先假设某命题成立，然后推理出矛盾、不符已知事实，或荒谬难以接受的结果，从而下结论说某命题不成立。

楣上写着“随兴”一词。况且，我的文章有着难能可贵的警世作用。如果能够引起关注，说不定会掀起新一波的文艺复兴呢！

西里尔：文章的标题是什么？

维维安：我打算把标题取作《说谎的式微：异见一则》。

西里尔：说谎啊！我马上想到的是政客，对他们来说是家常便饭。

维维安：我敢打包票，政客才没这个本事。他们顶多擅长扭曲事实，并且委屈自己去证明、讨论或争辩。这跟真正说谎高手的脾性差得远了：这些人说话坦白又毫无顾忌，摆明不负责任，天生蔑视任何证据！说穿了，什么才算漂亮的谎言？答案很简单，就是谎言和证据合而为一。如果因为缺乏足够的想象力，无法提出相关证据来支持谎言，倒不如说真话来得干脆。政客们是办不到的。不过法学界的某些特点也许还可以鼓励。律师们继承了诡辩家的衣钵，佯装出来的热情和虚情假意的辞令都值得玩味。他们能把坏事说成好事，仿佛刚从莱昂提尼修辞学校[1]毕业，还经常帮当事人从难搞的陪审团那里，成功争取到无罪判定，不过其实在多数情况下，当事人确实都是无辜的。但律师常常受到老百姓的委托，也

1. 莱昂提尼修辞学校（Leontine schools）：古希腊时代位于西西里莱昂提尼（Leontini）领地的修辞语法学校，着重诗歌格律和华丽辞藻的训练。

毫不羞愧地援引过去的判例。无论他们再怎么努力，真相终究会水落石出。就连报纸的品质也每况愈下。现代人仍旧非常依赖报纸，好不容易读完每篇报道文章，却发现都是难以消化的内容。我对于记者或律师，恐怕都没好话可说。况且，我要论述的是艺术上的说谎，要不要我把写的读给你听听？说不定你会有很大的收获哦。

西里尔：当然好，麻烦先给我一支烟吧！谢谢。对了，你打算发表在哪本杂志上呢？

维维安：《回顾评论》。我记得跟你说过，它靠着我们这群精英起死回生了。

西里尔：你在说哪一群精英啊？

维维安：喔，当然就是"颓靡的享乐人士"[1]啦。这是我参加的一个社团，出席例会时都要在扣眼上别着枯玫瑰，而且信奉罗马皇帝图密善。你恐怕没有资格加入，因为你太耽溺于小确幸了。

西里尔：我猜否决的理由想必十分神圣吧？

维维安：可能吧。况且你也有点太老了。我们只收特定年龄的人。

西里尔：这样啊，我想你们应该对彼此都很厌烦吧！

1. 原文为"The Tired Hedonists"。

维维安：没错，这也是社团成立的宗旨之一。好了，如果你答应不会动不动就插嘴，我就把文章读给你听。

西里尔：绝对洗耳恭听。

维维安（以清亮的嗓音朗读）："《说谎的式微：异见一则》。当代文学作品泰半出奇地平凡，其中一项毋庸置疑的主因即是：说谎无论作为一门艺术、科学或社交娱乐，皆已宣告式微了。古代史学家将精彩的故事以史实呈现，现今小说家仅能把无趣的事实用小说包装。官方的蓝皮书[1]正迅速成为小说家取材的圭臬。小说家拥有枯燥乏味的庶民文献，兀自以显微镜窥视那可悲的天地一隅[2]；小说家若非窝在法国国家图书馆，就是大英博物馆，恬不知耻地研读创作的主题；其甚至缺乏接纳他人意见的勇气，宁愿坚持直接从生活中搜集所有素材。于是，家族内大小亲戚或每周造访的洗衣妇皆是角色原型，然而各种实用资料却成了自身包袱，即便静心冥思时也难以挣脱，摆荡于百科全书和个人经验之间，最终失败收场。

"当代误把蓝皮书奉为圭臬，对一般文学伤害之大难以

---

1. 蓝皮书（Blue-Book）：政府出版的各式官方报告，往往以蓝皮装帧，故得此名。

2. 此处似暗指法国小说家左拉（Émile François Zola，1840—1902）的文字，他擅长以科学实证方法观察社会百态，是自然主义文学的代表人物，著有《萌芽》（*Germinal*）、《小酒店》（*L'Assommoir*）、《娜娜》（*Nana*）和《家常琐事》（*Pot-Bouille*）等。天地一隅原文为"coin de la creation"。

估计。世人谈及‘天生的诗人’和‘天生的骗子’时，往往思虑不周，两者论述皆有谬误。说谎和作诗都是艺术——柏拉图主张，艺术之间并非毫无关联——必须有最严谨的研究、最无私的奉献。诚然，艺术所需技巧各异，举凡绘画和雕塑等有形艺术，自有其微妙的形式和色彩、匠艺的奥秘与独到的美学方法。我们可依优美的音律分辨诗人，亦可依悠扬的话语识别骗子，两者均无法单凭一时的灵感得知。无论何处，皆是熟练而后生巧。但当今写诗的风气太过盛行，应视情况加以劝阻；说谎的风气反倒是坏名在外。许多青年生来就有言过其实的天赋，倘若能在适宜的环境获得栽培，抑或身旁有一流榜样可供效法，就能发展成极为优秀的长才。但依往例判断，他们最后往往一事无成，不是疏忽落入讲究精确的窠臼……”

西里尔：亲爱的……

维维安：请不要在我念到一半时插话。“他们不是疏忽落入讲究精确的窠臼，就是打入了长者与知识分子的社交圈，而两者皆足以扼杀原本的想象力，使其不久就学会说实话的病态能力、开始检验旁人发言的真实性、毫不犹豫地反驳年轻的后辈，最后写出的小说太过贴近现实，反而令人质疑其真实性。这并非单一个案，类似例子不胜枚举。若无法制衡或至少修正我们对事实的荒唐崇拜，艺术将变得了无生气，美也将从本地消失殆尽。

“即使是罗伯特·路易斯·史蒂文森[1]这位深受喜爱的散文大师，下笔天马行空、用词精美，仍旧沾染了此一当代恶习——除了以恶习称之，别无他名。作家若努力让故事太过贴近现实，反而会剥夺其真实感。《黑箭》极度欠缺艺术内涵，没有半点超现实元素值得夸耀，而《化身博士》的变身读起来又险象环生，好似出自医学杂志《刺胳针》的实验。至于瑞德·哈格德[2]先生，曾具备说谎大师的资质，如今却因惧怕天赋遭人怀疑，即使写了不可思议的故事，也觉得有必要编造个人回忆放在注脚中，懦弱地表示自己有凭有据。其他小说家也好不到哪去：亨利·詹姆斯[3]先生写起小说仿佛是在做苦工，将自己简洁的文风、巧妙的措辞、尖刻的讥讽，全都浪费在那些狭隘的意图，以及晦涩的‘观点’上；霍尔·凯恩[4]先生着眼于富丽宏伟的格局，但写作风格却是声嘶力竭，

1. 罗伯特·路易斯·史蒂文森（Robert Louis Stevenson，1850—1894）：英国小说家，爱好幻想和冒险故事，著有《化身博士》（*Strange Case of Dr. Jekyll and Mr. Hyde*）、《黑箭》（*The Black Arrow*）、《金银岛》（*Treasure Island*）等书。

2. 瑞德·哈格德（Sir Henry Rider Haggard，1856—1925）：英国小说家，著有《所罗门王的宝藏》（*King Solomon's Mines*）等。

3. 亨利·詹姆斯（Henry James，1843—1916）：美国小说家，晚年入英国国籍，为写实文学的代表人物。

4. 霍尔·凯恩（Sir Thomas Henry Hall Caine，1853—1931）：英国小说家，主要作品以罗曼史为主，亦不乏政治社会议题的探讨，著有《主教之子》（*The Deemster*）等。

过度喧嚣使得旁人听不到欲表达的重点；詹姆斯·佩恩[1]先生善于隐藏无价值的事物，宛如目光短浅的侦探，只对眼前的线索穷追不舍，随着剧情一页页展开，作者予人的悬念让人难以忍受；威廉·布莱克[2]先生笔下的马车并未奔向太阳，仅把傍晚苍穹吓得泼洒出斑斓色彩，而农民眼见马儿逼近，皆口带方言寻求慰藉；玛格丽特·奥莉芬特[3]夫人在作品中畅聊诸如助理牧师、草地网球、打理家务等乏味琐事；弗朗西斯·玛瑞·科罗弗德[4]先生则毕生奉献予充满地方色彩的著作，比如法国喜剧中把'意大利美丽的天空'挂在嘴边的女士，还沾染了一项恶习：满口陈腔滥调，老爱叨念善人行善、恶人作恶，有时俨然是道德说教。《罗伯特·艾斯米尔》[5]无疑是部杰作——英国人似乎偏爱这种'genre ennuyeux'（沉闷类型）文学。我们有位心思细腻的年轻友人曾说，此书令他忆起某回前往非国教派人家中喝晚茶时的谈话内容。我们对此深信不疑，此书唯有在英国才能出版，这里可是失落思想的归宿。

1. 詹姆斯·佩恩（James Payn，1830—1898）：英国小说家，亦长期从事编辑工作。

2. 威廉·布莱克（William Black，1841—1898）：苏格兰小说家，著有《赫斯之女》（*A Daughter of Heth*）等。

3. 玛格丽特·奥莉芬特（Margaret Oliphant，1828—1897）：苏格兰小说家，作品涵盖家庭生活、超自然主题等。

4. 弗朗西斯·玛瑞·科罗弗德（Francis Marion Crawford，1854—1909）：美国小说家，生于意大利，日后许多作品均以其为背景，著有《艾萨克斯先生》（*Mr. Isaacs*）等。

5. 《罗伯特·艾斯米尔》（*Robert Elsmere*）：英国小说家汉弗莱·沃德夫人（Mrs. Humphry Ward，1851—1920）的畅销作品。主角是位牧师，在接触德国理性主义后，怀疑起英国国教的教义。

至于其他那些日益增加的小说家，太阳永远自东方升起[1]，唯一可说的就是：他们眼中的人生处处存在缺陷，作品亦如实反映此点。

“法国尽管并无《罗伯特·艾斯米尔》这般沉闷的作品，情况亦好不到哪去。莫泊桑[2]先生，善以一针见血的嘲讽和活泼辛辣的文风，赤裸裸地揭开生命的遮羞布，展现恶心的疮疤和溃烂的伤口。他既写骇人听闻的悲剧，其中角色都荒唐至极，也写带有苦涩的喜剧，令人无法开怀大笑；左拉先生恪遵自己在文学宣言中订下的崇高原则‘天才之人必不风趣’，执意展现自己即使缺乏天赋，至少也得写得枯燥乏味，而且还真的成功了！然而他并非毫无写作能量，不时亦写出《萌芽》这类著作，予人近似史诗的壮阔感。但他的作品彻头彻尾地犯了严重的错误，不过并非道德上的错误，而是艺术上的错误。就伦常观点而言，他的作品称得上恰如其分，全无丝毫胡诌之处，翔实交代事件经过，想必卫道人士亦无从挑剔吧？我们完全无法苟同当代对左拉先生的道德责难，其不过是伪君子遭揭穿后的恼羞成怒。但从艺术观点来看，左拉先生所写的《酒店》《娜娜》和《家常琐事》有何优点吗？完全没

1. 原文应是指小说家取材千篇一律，常描写伦敦东区底层人民的困苦。

2. 莫泊桑（Henry-René-Albert-Guy de Maupassant，1850—1893）：法国小说家，擅长短篇小说。

有。罗斯金[1]先生曾形容乔治·艾略特笔下的小说角色，就像公共马车上扫出的垃圾般不堪；但左拉先生创造的人物更无价值，不但恶习了无新意，美德更是索然无味，记录他们的生活毫无趣味可言，读者岂会在乎这些琐事？文学得另辟蹊径、施展魅力，并且运用美感和想象力。社会底层言行的纪实只令人反感，我们丝毫不想受其所扰。都德[2]先生倒还好些，文风机智幽默又引人发噱。但他近来出版的回忆录却是自毁文学成就，如今我们知道他笔下众多人物竟直接取材自现实，根本没人会在乎那位“为艺术奋斗”的德洛贝[3]，或成天赞颂夜莺的沃玛如[4]，或《杰克》里那位满口脏话的诗人。在我们看来，这些人物顿时失去了活力和硕果仅存的特色。真实的人物从不存于现实，小说家若堕落到在生活中寻找人物原型，至少也应佯装成创作，而非四处炫耀复制品。小说人物合理的前提无关乎其他人，而是作者完全忠于己心，否则该小说便称不上是艺术品。至于心理小说大师保罗·布尔热[5]先生，则是误以为可用无数的章节一再地分析当代的男男女女。其

1. 罗斯金（John Ruskin，1819—1900）：英国作家、艺术评论家。

2. 都德（Alphonse Daudet，1840—1897）：法国小说家，善于描写法国南方乡村生活。

3. 德洛贝（Delobelle）：《福罗蒙小弟与李斯列大哥》（*Fromont jeune et Risler aîné*，1874）中的落魄演员。

4. 沃玛如（Valmajour）：《努玛·卢梅斯坦》（*Numa Roumestan*，1881）中打铃鼓出身的政治人物，头脑简单，常说自己的音乐灵感来自听夜莺歌唱。

5. 保罗·布尔热（Paul Charles Joseph Bourget，1852—1935）：法国小说家、评论家，擅长心理学研究，著有《门徒》（*Le Disciple*）等。

实，上流社会之所以有意思——布尔热先生除了来伦敦之外，鲜少离开巴黎的圣日耳曼法布一带——是因为每人所戴的假面具，而非面具后的真面目。尽管说出来有些难堪，但世人的本质皆有所相通。胖骑士法斯塔夫[1]带有丹麦王子哈姆雷特的影子，哈姆雷特身上也看得到法斯塔夫的特质；法斯塔夫不时显露抑郁的性格，哈姆雷特亦偶有低俗的幽默。世人的差异在于非本质的特征：服装、仪态、语调、宗教观、外貌、习性等。越去分析每个人物，越难找到分析的理由，迟早会挖掘出可怕的普世人性。诚然，凡是工作曾与贫穷为伍的人，对此十分了然于胸，四海皆兄弟并非诗人的梦想，而是最让人羞耻又丧气的现实；若作家仍坚持欲分析上层阶级的人士，干脆直接描写卖火柴的小女孩或蔬果摊贩，结果亦无差别。”不过，亲爱的西里尔，我还是不要继续耽误你才好。我承认当代小说有许多优点，只是从整体文类来看，我认为实在不值得一读。

西里尔：这番话的确说得很重啊，但我也不得不说，你这么严厉批评，实在不太公道。我偏爱《主教之子》《赫斯之女》《门徒》和《艾萨克斯先生》。《罗伯特·艾斯米尔》也是我爱不释手的小说，但这不代表我认为它是严肃的作品，虽

1. 胖骑士法斯塔夫（Sir John Falstaff）：莎士比亚《亨利四世》（*Henry IV*）剧中人物，是位爱说大话的胖骑士。

然它述说着虔诚基督徒内心的疑惑，却显得既可笑又迂腐，就像阿诺德的《文学与教条》，只不过其中毫无文学可言。它也如同佩利[1]的《基督教实证观点》和科伦索[2]诠释《圣经》的方法一样，都跟不上时代潮流。更甭提书中那位不幸的主人翁，郑重地预言黎明将至，却不知黎明早已来临，完全没有领悟其中真义，最终仍然重操老东家[3]的旧业，只是换了不同名字罢了。但话说回来，书中有几处绝妙的嘲讽描述，许多引经据典也读来快活，而其中格林[4]的哲学思想有如糖衣，恰好中和了小说本身的苦涩。但出乎我意料的是，你竟然完全没提到你最爱的巴尔扎克和梅瑞狄斯这两位小说家，难道他们不是写实派的吗？

维维安：啊！说到梅瑞狄斯，谁能定义得了他呢？他的文风就像被闪电照亮后的满目疮痍。身为作家，他驾驭了一切技巧，却掌握不了语言；身为小说家，他可以无所不能，唯独说不好故事；身为艺术家，他则欠缺了表达能力。莎士

1. 佩利（William Paley，1743—1805）：英国学者、牧师，毕生致力于为基督教与有神论辩护，著有《基督教实证观点》（*View of the Evidences of Christianity*）。

2. 科伦索（John William Colenso，1814—1883）：19 世纪英国派往南非传教的主教，对于《圣经》文本多有考证与诠释。

3. 在此指英国国教。该小说中，艾斯米尔经过长时间怀疑自身信仰后，辞去了牧师一职，到伦敦东区济贫，但不久却又创立了新的修士会协助推动慈善工作。王尔德认为此举是重回基督教怀抱。

4. 格林（Tomas Hill Green，1836—1882）：英国政治哲学家，亦是唯心运动的主要成员，对于当时的英国哲学有深远影响。《罗伯特·艾斯米尔》其中一位教授就是以格林为原型。

比亚笔下某个人物——印象中是试金石——提到被自身才智害得跌了跤，我觉得这也许可作为批评梅瑞狄斯的基础。但无论如何，他都称不上写实派。真要说起来，他算是现实主义的孩子，却不再与父亲来往。他刻意将自己塑造成浪漫主义者，拒绝向堕落的化身屈服，即使他崇高的心灵不反抗现实主义的喧嚣，从风格也足以看出他对现实敬而远之：他在花园周边搭起篱笆，上头满是艳丽的带刺红玫瑰。巴尔扎克则是将艺术性情和科学精神巧妙融合，他将科学精神传承给弟子，但艺术气质是教不来的。左拉先生笔下的《小酒店》和巴尔扎克所著《幻灭》的差别，在于前者反映缺乏想象的现实主义，后者则展现天马行空的现实。波德莱尔说过："巴尔扎克创造的所有角色，皆与他一样天生拥有对生命的热忱，这份热忱亦是他活力的泉源。他的小说均有如梦境般的丰富色彩，每个人物皆是上膛的武器，富含自我意志，再卑微的奴仆都有其才情。"常读巴尔扎克，会让现实好友相较下沦为虚幻的影子，点头之交则成了幻影中的幻影。他的人物充满了炙热的生命力，令我们目不转睛，存在不容置疑。我这辈子遇到最大的悲剧就是吕西安[1]死了，这份哀伤应该永远难以复原，在我心情好时紧紧纠缠，每当欢笑就想起此事。但巴

1. 吕西安（Lucien de Rubempré）：巴尔扎克《人间喜剧》里的人物。

尔扎克与霍尔班[1]一样，都不信奉现实主义，他赋予人物全新生命，而非复制现实人生。然而，我也承认他过度重视创作形式的现代性，因此真要讲起文学巨著，他的作品都无法媲美《萨朗波》[2]《亨利·艾斯蒙》《修道院与家庭》[3]和《法宫秘史》[4]这些小说。

西里尔：这么说来，你反对创作形式的现代性喽？

维维安：没错。现代性的成效极差，却得付出巨大的代价。创作形式要达到纯粹的现代性，总是会显得有些俗气，这是难以避免的事。普罗大众误以为，既然自己对生活环境有兴趣，文艺界理应有相同的兴趣，进而设定为创作的题材。但就是因为大众有兴趣，所以不适合作为艺术的素材。曾有人说，真正美好的事物与我们并无关系。凡是对我们来说有益、必要或足以影响我们的苦乐，或强烈唤起我们的同情心，或构成生活环境的要素，就不在艺术范围之内。我们不应过问艺术的题材，或至少不能有所喜好、成见或任何偏狭的情感。赫卡芭[5]的悲伤之所以是令人赞赏的悲剧主题，就是因为与我

1. 霍尔班（Hans Holbein der Jüngere，1497—1543）：德国画家，擅长人物肖像画。

2. 《萨朗波》（*Salammbô*）：法国作家福楼拜的历史小说。

3. 《修道院与家庭》（*The Cloister and the Hearth*）：英国作家查尔斯·里德（Charles Reade，1814—1884）的小说。

4. 《法宫秘史》（*Le Vicomte de Bragelonne*）：法国作家大仲马的小说。

5. 赫卡芭（Hecuba）：特洛伊王后。特洛伊城陷落后，她失去了丈夫和众多儿子，最后还沦为妓女。

们毫无任何瓜葛。文学史上最可悲的莫过于查尔斯·里德的作家生涯。他先写出《修道院与家庭》这部优美的作品，评价高于《罗慕拉》，这就好比《罗慕拉》亦凌驾于《丹尼尔的半生缘》[1]之上；然而，他却蠢到把后半辈子浪费于追求现代性，并尝试呼吁大众关注监狱现况，以及私立疯人院的管理问题。平心而论，查尔斯·狄更斯努力想唤起人们对济贫法受害者的同情时，就已够令人摇头惋惜。但里德既是艺术家也是学者，理应具备真正的美感，如今却像一般小手册作家或专写耸动新闻的记者，目睹当代生活中的弊端便忙着疾呼怒吼，这幅景象天使看了都会掬一把泪。相信我，亲爱的西里尔，创作形式与题材的现代性根本大错特错。我们误将当代的制式表征，看成缪思女神的华美衣裳，成天混在肮脏的街道与万恶城市的丑陋郊区，却忘了应前往山脚下与太阳神阿波罗为伍。我们确实是堕落的种族，已出卖我们生来的权利，只换得一堆乱七八糟的事实。

西里尔：你说的有几分道理。可以确定的是，我们阅读纯粹现代小说所获得的乐趣，再读一遍时鲜少会有艺术上的满足。这也许是分辨文学作品最有效的粗略检验。如果一本书无法令人手不释卷，那也就没有阅读的必要了。但对于回

1. 这两部作品皆为乔治·艾略特的小说，《罗慕拉》（*Romola*）是佛罗伦萨宗教改革的历史故事，《丹尼尔的半生缘》（*Daniel Deronda*）则是以犹太复国为主题的小说。

归生活和自然，你有什么看法呢？总是有人把这当成仙丹般在推荐。

维维安：我把我对这件事的看法念给你听。这一段本来在文章的后半部分，但我还是直接念比较快：

“当代时常有人呼吁民众‘回归生活与自然，以替我们再造艺术，活络其干枯的血脉，让其踏着轻快的步履、获得强而有力的手腕’，但可惜啊！我们立意固然良善，却弄错了努力的方向。自然永远跟不上时代；现实生活则是破坏艺术的催化剂、摧毁艺术殿堂的敌人。”

西里尔：自然永远跟不上时代？此话怎讲？

维维安：这个含义可就十分隐晦了。我的意思是，如果所谓的自然是指天生的单纯本能，与其相对的则是文化的自觉，那么任何受自然影响的作品，都注定陈旧、保守又与时代脱节。少许自然陪衬，或许能拉近全世界的距离；多些自然点缀，却足以摧毁任何艺术品。另一方面，如果我们把自然视为自外于人类的全部现象，人们就只会发现自己赋予自然的意义，自然本身并无任何含义。诗人华兹华斯固然前往湖区，但称不上是湖畔诗人。他从石头中得到长篇大论的灵感，其实根本是投射了自己的内心话。他在该地四处道德说教，但一直要等他诉诸诗歌本身，而非回归自然，才有了真正优秀的作品。诗歌的启迪让他写出精彩的《劳达米亚》、十四行诗和伟大的颂歌；自然的影响则让他创作了《马莎·雷伊》和《彼得·贝尔》，还有向威尔金森先生的铲子说话[1]。

西里尔：我认为这项观点可能有问题。我宁愿相信"春天林里的一阵悸动"[2]，但话说回来，这种悸动的艺术价值体现诗人的性情，因此所谓的回归自然，不过就是指培养伟大的人格。想必你也会同意吧。不过，还是请你继续念下去。

维维安（开始朗读）："艺术始于抽象的装点，以单纯想象和带来欢愉的创作，探讨现实以外的事物，这是第一阶段。接着，生活便迷恋起这类新奇作品，希望融入奇幻的世界。艺术将生活当作它的原始素材，赋予其全新生命，再以别出心裁的形式呈现，全然不顾现实为何，自在地构筑、想象与做梦，并在自身与现实之间，保持着牢不可破的藩篱，亦即优美的格调、装饰或完美的技法，这是第二阶段。第三阶段则是现实生活占了上风，将艺术驱逐于荒郊野外。这就是真真切切的堕落，亦是我们当今痛苦的来源。

"以英国戏剧为例。戏剧艺术最早是由修士创作，抽象又华美，并以神话为题。之后，艺术纳入现实生活的元素，运用其某些外在形式，创造出全新一批角色，难过时超越常人

1. 指华兹华斯诗作《致一位友人的铲子》（*To the Spade of a Friend*）。

2. "春天林里的一阵悸动"（"impulse from a vernal wood"）：出自华兹华斯的诗作《转折》（*The Tables Turned*）。

的哀伤，欢乐时更胜情人的幸福；具备泰坦的刚烈，亦有诸神的沉静；既有骇人无比的罪恶，亦有不可思议的德行。艺术赐予这些角色不同于现实的语言，充满缭绕的乐音和甜美的韵律，时而因庄严的音调而隆重、时而因奇想的押韵而巧妙，缀以妙句佳言，添以高雅修辞。它为这些孩子披上奇装异服、戴上各式面具，只要一声令下，古人就会自大理石的墓中苏醒。全新面貌的凯撒趾高气扬地走在重生的罗马街头；另一位克丽奥佩托拉则扬着紫帆，划桨手在悠扬笛声中驱船前往安条克。古老的神话、传说和梦想有了形体与血肉，历史全然重写，几乎所有戏剧家皆认同的是，艺术的目的并非获得简单的真理，而是繁复的美丽。就此而言，他们完全没错。艺术本身便是夸大的形式，而艺术的精神即是拣选，亦即刻意强调与强化。

"但现实生活不久便粉碎如此完美的形式。即使在莎士比亚的作品中，我们亦可窥见衰亡的开始，诸如后期剧作中无韵诗结构渐渐改变、散文占了多数比重、过于偏重人物描写等。莎翁剧作中许多段落的语言不雅、粗鄙、浮夸、荒诞甚至猥琐，完全可归因于生活亟欲发声，并拒绝优美文风的干涉，然而唯独借由此风格，生活才能找到表达的管道。无论以任何角度观之，莎士比亚皆非完美无瑕的艺术大师，总爱直接从现实生活取材、借用未经修饰的生活用语，忘却一旦艺术放弃作为想象的媒介，也就放弃了一切可能。歌德曾说：‘于限制之中创作，大师方展现自我[1]。’这层限制即是风格，是任何艺术的前提。然而，我们无须继续抱怨莎士比亚的现实主义，《暴风雨》堪称最佳的翻案作品。我们只想点出，伊丽莎白和詹姆士时期文艺大师的杰作，本身都埋有崩坏的种子，某些优点固然汲取自生活素材，但最大的缺陷是将生活视为创作途径。以模仿当作创意的媒介，扬弃想象力的形式，结果便是出现了当代英国通俗剧。这类戏剧中，每位角色台上台下的说话方式如出一辙，胸中无志亦无气[2]，直接取材于生活，复制庸俗的细节；他们呈现社会上人们的步伐、仪态、服装和口音；他们如果搭乘三等车厢，绝不会引人注意。然而，这类戏剧未免太乏味了！这些角色存在的唯一目的，就是模仿现实世界，往往连此目标都难以达成。现实主义的创作方式可以说彻底失败。

“戏剧和小说的真理，亦适用于装饰艺术。欧洲装饰艺术史完整记录了东方主义与西方模仿精神之间的消长。东方主义明确地拒绝模仿，热爱美学的传统，且排斥任何自然物的确切描摹。凡是东方主义盛行之地，诸如拜占庭、西西里与西班牙都是通过实际交流，欧洲其他各地则受十字军的影

1. 原文为“In der Beschränkung zeigt sich erst der Meister”。

2. 原文为“have neither aspirations nor aspirates”，字面意思为“既无志向又无气音”，此处因为 aspiration 和 aspirate 发音接近，作者故意玩文字游戏。

响，我们如今才得以拥有创意独具的优美作品，生活中的事物均蜕变为美学的传统，而现实中缺乏的事物则随兴之所至无中生有。但凡是现实和自然混杂之地，艺术作品总变得俗气、平凡又无趣。当代花毯固然可悬空挂起、织有繁复图案、挥洒广袤天空，充满一丝不苟的写实色彩，却毫无任何美感可言。德国的彩绘玻璃极度令人反感。英国正开始编织具有美感潜力的地毯，只因我们重新采纳东方的技法和精神。二十年前英国的毯子，尽是正经八百、沉闷枯燥的写实风格，对自然有着空洞的崇拜，以及对日常事物的丑陋复制，甚至成了庸俗之辈的笑柄。某位学养深厚的伊斯兰教徒曾说：‘你们基督徒对第四诫[1]的解读错误，却又太过执着，才会从未想到第二诫[2]可应用于艺术。’此言丝毫不假，实情即是：学习艺术不能诉诸生活，必得回归艺术本身。”

现在容我再读一段文字，我想能充分解决当前的疑问。

“事情并非始终如此。诗人就不必说了，因为除了华兹华斯之外，他们向来皆忠于自身崇高的使命，是公认最不写实的一群。但依然有众多佳作仅将事实视为附庸，或因其索然无味而完全摒弃，列举如下：‘谎言之父’希罗多德[3]的作品（尽

1. 遵守安息日。

2. 禁止拜偶像。

3. 希罗多德（Herodotus，c. 484—c. 425 B.C.）：古希腊历史学家，其《历史》一书是西方文学首部完整保存的散文。

管当代许多学识浅薄之人小气又肤浅，企图考证他写的历史）；已出版的西塞罗演说；苏埃托尼乌斯[1]的传记；塔西佗巅峰时期的著作；普林尼[2]的《自然史》；汉诺[3]的《航海记》；所有早期的编年史；艾班·巴特勒[4]的《圣徒传》；傅华萨[5]和托马斯·梅劳里爵士[6]的作品；马可波罗的游记；奥拉乌斯·马格努斯[7]和亚特洛望第[8]的著作，当然还有康拉德·利克斯森里斯[9]不可思议的《奇迹纪事》；本韦努托·切利尼的自传；卡萨诺瓦[10]的回忆录；迪福[11]的《瘟疫史》；包斯威尔[12]的《约翰逊传》；

1. 苏埃托尼乌斯（Gaius Suetonius Tranquillus，c. 69—c. 130）：古罗马传记作家、历史学家。

2. 普林尼（Gaius Plinius Secundus，23—79）：古罗马历史学家，其《自然史》（*Naturalis Historia*）是公认的最古老的百科全书。

3. 汉诺（Hanno）：确切生卒年不详，公元前5世纪的迦太基航海家，据说曾经率领六十艘船，穿越直布罗陀海峡，并在今摩洛哥沿岸建立殖民地。

4. 艾班·巴特勒（Alban Butler，1710—1773）：英国天主教神父、圣徒传作家，著有《圣徒传》（*The Lives of Saints*）等。

5. 傅华萨（Jean Froissart，c. 1337—c. 1405）：法国历史学家，其《编年史》（*Chroniques*）为研究英法百年战争的重要史料。

6. 托马斯·梅劳里爵士（Sir Thomas Malory，c. 1415—1471）：英国作家，著有《亚瑟王之死》（*Le Morte d'Arthur*）。

7. 奥拉乌斯·马格努斯（Olaus Magnus，1490—1557）：瑞典神学家、知名人文地理学者。

8. 亚特洛望第（Ulisse Aldrovandi，1522—1605）：意大利博物学家。

9. 康拉德·利克斯森里斯（Conrad Lycosthenes，1518—1561）：法国人类学家，著有《奇迹纪事》（*Prodigiorum Ac Ostentorum Chronicon*）。

10. 卡萨诺瓦（Giacomo Casanova，1725—1798）：意大利外交官、作家，一生多彩多姿，回忆录亦详细记录其丰富的情史，后世以其名作为“情圣”的代称。

11. 迪福（Daniel Defoe，1660—1731）：英国小说家，根据听来的水手经历和个人想象写出名著《鲁滨孙漂流记》（*Robinson Crusoe*），另著有《瘟疫史》（*History of the Plague*）等。

12. 包斯威尔（James Boswell，1740—1795）：英国传记作家，著有《约翰逊传》（*The Life of Samuel Johnson*）等。

拿破仑的公文书信；当然还有卡莱尔的著作，他笔下的《法国革命史》是史上数一数二精彩的历史小说。如今，一切都改变了。事实不但在历史上占据一席之地，更逐渐篡夺想象力的领域，甚至已侵占传奇的国度，引发了寒蝉效应，正让人类往庸俗的方向沉沦。美国财大气粗的重商主义，物化一切的精神，漠视事物的精神层面，又缺乏想象力和崇高理想，均可归因于美国挑选的国家英雄——据其本人的自白——连个谎都说不出来。真要说起来，乔治·华盛顿和樱桃树的故事所造成的伤害，超越文学史上任何一则道德故事。”

西里尔：我的天哪！

维维安：我敢保证确实如此，而且整件事最好笑的，就是樱桃树的故事根本是个神话。不过，可别以为我对于美国或英国的艺术前景不抱期望啊。仔细听好：

“毋庸置疑的是，本世纪结束前绝对会有所改变。有些人既无说大话的才智，亦没说故事的天分，高谈阔论却乏味至极；而聪颖之人说起往事总是得靠记忆力，处处得考虑真实与否而束手束脚，而其他在场的市侩又随时应声附和，社会大众迟早会厌倦这些人，转而找他们遗忘已久的领袖——既有素养又风趣的说谎家。某位从没外出打过猎的原始人，总能在日落时对四处游走的穴居人夸口，描述自己如何将大地懒兽从幽暗的碧石洞穴中拖出，或单枪匹马地宰杀了长毛象，并带回了亮眼的象牙。此人的身份我们无从得知，而当代人类学家尽管自豪手中握有先进科学，却也没人有胆识说出真相。无论此人的名字或种族为何，绝对是社会交流的先驱。说谎家的唯一目的即是讨人欢喜、带来娱乐，堪称文明社会的基石；若少了说谎家，无论在多么金碧辉煌的别墅举行晚宴，气氛都会沉闷无趣，宛如皇家学会的专题演讲、作家协会的辩论或伯南德[1]先生的滑稽喜剧。

“说谎家不只会受到社会的拥戴，艺术甫挣脱现实主义的桎梏，同样会急于向说谎家致意、亲吻那虚假的美丽双唇，它深知唯独说谎家握有艺术一切表征的最大秘密：真理全然取决于格调。而生活——可怜、无趣又听天由命的人生——也会厌倦一再服务赫伯特·斯宾塞[2]先生、治学严谨的历史学者、统计资料编纂家等，改而温顺地跟随着说谎家，并用单纯又外行的方法，设法复制说谎家口中的不凡事迹。

“诚然，依旧会有评论家——诸如《周六评论》的某位专栏作家——严词责难起虚构故事的作者，称其自然史知识不足，以自身贫乏的想象力，妄想衡量创意独具的作品。凡有正人君子如同曼德维尔爵士[3]，虽从没出过家门，最远仅至园

1. 伯南德（Francis Cowley Burnand，1836—1917）：英国剧作家。

2. 赫伯特·斯宾塞（Herbert Spencer，1820—1903）：英国哲学、社会学家。

3. 曼德维尔爵士（Sir John Mandeville，1300—1371）：英国作家，据说笔下游记皆非亲自见闻。

子瞧瞧紫杉，却能写出精彩的游记，或像了不起的罗利[1]，明明对于历史一窍不通，却能完成一本世界史，众评论家便惊愕地举起沾了墨渍的双手加以指责。他们为了推卸责任，就会拿个知名作家当作挡箭牌。这位作家创造了魔法师波布罗，以及爱丽儿与凯列班两个仆役供其差遣[2]；他听见海神之子崔顿在魔幻之岛珊瑚礁附近吹响海螺，以及精灵在雅典附近的林中歌唱；他带领着一群国王幻影，行经雾蒙蒙的苏格兰荒地，并让赫卡忒与三个女巫躲在洞穴中[3]。评论家向来皆是诉诸莎士比亚，引用那老掉牙的段落，认为艺术就像举起镜子反映自然[4]，却忘了这句格言是哈姆雷特刻意说出以说服旁人相信他对艺术事宜的疯癫。"

西里尔：咳咳！请再给我一支烟。

维维安：亲爱的，无论你想说什么，这不过是出戏的台词，无法代表莎士比亚对艺术的真正观点，就像伊阿古的言语反映不了莎翁真实的道德观，但容我把这段给读完：

"艺术本身即可求得完美，丝毫无须向外探寻，亦不由任何类似的外在标准评断。它是薄纱，而非明镜；它拥有任何森林皆缺乏的花朵与飞鸟；它能创造世界，亦可毁灭世界，

1. 罗利（Walter Raleigh，1552—1618）：英国探险家、作家。

2. 此处指莎士比亚作品《暴风雨》。

3. 此处指莎士比亚作品《麦克白》。

4. 出自《哈姆雷特》，描述演戏和自然的关系。

更可凭着红线拉来天空的月亮。它的'形象比人类更为真实'[1]，它是最为完善的典范，其余万物不过是半成品。就它的角度观之，自然缺乏法则又不整齐。它能任意施展奇迹，可招来深渊猛兽、要扁杏树冬季绽放、让大雪覆盖整片成熟的玉米田。它只要一声令下，银色冰霜即可席卷炙热的六月，翼狮即自吕底亚山谷中爬出。它行经之处，众树精皆从树丛中窥探，棕色人羊投以奇异微笑。它受到鹰面神祇信奉，亦有人马随侧奔驰。"

西里尔：我喜欢这一段，听起来历历在目。这就是结尾了吗？

维维安：不是。文章还剩一段，但纯粹是实务取向，建议些方法让我们找回说谎这门失落的艺术。

西里尔：这样的话，在你念给我听之前，我有个问题想请教一下。你刚才说到"可怜、无趣又听天由命的人生"，只会努力复制艺术的奇迹，这是什么意思呢？我可以理解你反对把艺术当作镜子，这样天才就沦为破裂的镜面。但你该不会当真认为生活模仿艺术，而生活是面镜子，艺术才是现实吧？

维维安：说得没错。虽然这样显得矛盾——矛盾向来是

1. 原文为"forms more real than living man"，出自雪莱诗作《诗人之梦》（*The Poet's Dream*）。

危险的事——但生活模仿艺术的案例，确实远多于艺术模仿生活。我们都曾在当代英国见过两位创意十足的画家[1]，开创出格外迷人的美学，大幅影响了日常生活，所以每当前往私人展览或艺廊时，一边会看到罗塞蒂那幅《白日梦》的神秘眼眸，颀长的象牙色喉咙，奇特的方形下颌，以及他偏爱的蓬松如影般的头发；另一边则是《金色阶梯》刻画的甜美少女、《情歌》中宛如绽开花朵的双唇与略带倦怠的美丽、安朵美达公主激动而苍白的脸庞、《默林之梦》中薇薇安的曼妙等。实情向来如此。伟大的艺术家创造出某种风格，便遭日常生活抄袭、复制成流行的样貌，就像欲展宏图的出版商。霍尔班与范戴克[2]带来的贡献，是绝对在英国本地找不到的，他们带来了各自的艺术风格，而生活凭着高超的模仿力，努力提供创作原型予艺术大师。希腊人因有敏锐的艺术直觉，对此了然于心，才在新娘房内摆着荷米斯或阿波罗的雕像，希望她无论是欣喜若狂或痛苦万分，只要观看面前的艺术杰作，便能怀上同样美丽的孩子。希腊人深知，生活不仅从艺术中获得崇高精神、思想与情感的深度、灵魂的骚动或平静，更能以艺术的线条与色彩为基础塑造自己，再现菲狄亚斯作品的

1. 指但丁·罗塞蒂（Dante Gabriel Rossetti，1828—1882）与爱德华·伯恩－琼斯，均为前拉斐尔派，常以神话或传说的象征来表达中心思想。

2. 范戴克（Anthony van Dyck，1599—1641）：比利时画家，肖像风格影响英国甚深。

庄严与普拉克希特斯[1]雕像的柔美，因此他们拒斥现实主义，纯粹基于社会理由而厌恶，发觉现实主义令人丑陋。如此看法绝对正确。我们设法改善人类的生活条件，提供干净的空气、自由的阳光、卫生的水源，还有简陋光秃的房屋，提升底层人民的居住质量。但这些东西仅仅带来健康，无法产生美感，因此才需要艺术。伟大艺术家的真正徒弟，并非待在工作室依样画葫芦，而是尽量贴近其艺术品，无论希腊时代的造型艺术，或当代的绘画艺术皆然；简而言之，生活是艺术最优秀的学生，也是唯一的学生。

具象的艺术如此，文学的情形亦如是。最明目张胆又拙劣的模仿方式，莫过于一些愚蠢的少年，在拜读杰克·雪柏德和迪克·特平[2]的犯罪故事后，竟抢劫卖苹果的可怜妇人，夜半闯入糖果店行窃，还会头戴黑色面罩、手持未上膛的手枪埋伏于郊区巷弄内，突然袭击自城中返家的老先生，吓得对方大惊失色。这个耐人寻味的现象，往往发生于前述书籍重新出版时，主要可归因于文学对想象力的影响。但这实属谬误。想象力的本质就是创造，并永远追求新的表现形式。盗贼少年反映了只凭生活模仿本能的必然结果。现实之人执

1. 菲狄亚斯（Pheidias，c. 480—430 B.C.）与普拉克希特斯（Praxiteles，c. 400—330 B.C.）皆为古希腊著名雕刻家。

2. 杰克·雪柏德（Jack Sheppard，1702—1724）与迪克·特平（Richard Dick Turpin，1705—1739）均为 18 世纪知名强盗，后被处以绞刑。

着于重现虚构事物，这份执着变本加厉地于生活各层面不断出现。叔本华固然分析了当代思想的悲观特性，但是哈姆雷特发明了此悲观主义。世人的悲伤源于一位傀儡的抑郁。虚无主义者纯粹是文学的产物，这类人不具有任何信仰，对一切都缺乏热情，最后上了火刑柱，死于自己不相信的事物，可谓与众不同的殉道者。虚无主义的发明者是屠格涅夫，由陀思妥耶夫斯基发展完备。罗伯斯庇尔[1]受到卢梭著作的启迪，正如同人民宫的灵感源于小说[2]。文学总是走在生活前面，非但不必模仿生活，还依其目的塑造生活。我们所知的十九世纪，堪称巴尔扎克的世纪。在《人间喜剧》的舞台上，我们的吕西安、哈斯提涅和玛赛初次登台亮相。我们不过是以各种注脚和多余的补充，企图呈现伟大小说家的随兴念头、奇想和创意。我曾问过一位亲近萨克雷的女士，萨克雷笔下的贝姬·夏普[3]有无任何原型。她说贝姬完全是杜撰的人物，但这个角色的灵感，部分来自住在肯辛顿广场附近的某名女家教，她成天陪伴着一位自私的老富婆。我又问那名女家教后来的状况。她回答，说也奇怪，《名利场》问世几年后，那家教竟跟富婆

1. 罗伯斯庇尔（Maximilian François Marie Isidore de Robespierre，1758—1794）：法国大革命时期政治人物，雅各宾党的主要领导人。

2. 指 19 世纪英国小说家华特·贝桑特（Walter Besant，1836—1901）的 *All Sorts and Conditions of Men*。

3. 贝姬·夏普（Becky Sharp）：英国小说家萨克雷代表作《名利场》里的主要角色，又被称作罗登·克劳莱夫人（Mrs. Rawdon Crawley）。

的侄子私奔了，一时之间轰动社会各界，颇像小说中罗登·克劳莱夫人的作风，完全就是她会采取的方式。最后她的计划失败了，逃往欧洲大陆后销声匿迹，偶尔被人看到在蒙特卡罗和其他赌博场所出现。《纽克姆一家》第四版上市后不过几个月，萨克雷笔下角色的原型纽克姆上校离世，弥留之际竟还说了句“adsum”[1]。史蒂文森发表那本关于变身的诡异心理小说[2]后不久，我的朋友海德先生，某日在伦敦北区急着要赶到火车站，所以抄了一条他以为是快捷的巷子，到头来却迷了路，才惊觉附近街道既阴暗又危险。心神不宁之下，他开始越走越快，此时忽然有个小孩从一旁拱门冲出，正好撞到他的双腿间，一屁股跌在人行道上，而他被这么一绊也失去重心，便一脚踩到小孩身上。想当然地，那个孩子心里害怕又有些受伤，就这么放声大叫了起来，不出几秒钟，居民像蚂蚁般从附近屋宅涌了出来，很快站满了整条街，满脸凶狠的模样，把他团团围住，质问他叫什么名字。他正要脱口而出之时，霎时想起史蒂文森的小说开头描述的插曲，瞬间感到惊愕不已，自己竟正在经历那个描述精彩又可怕的场景，而且还跟小说里的海德先生一样踩伤小孩，只不过海德是故

1. 《纽克姆一家》(*The Newcomes*)是萨克雷所著小说，纽克姆上校临死前，最后一句话即是“adsum”，意思近中文里点名时回答的“有”。

2. 即《化身博士》，主角拥有“杰奇医生”和“海德先生”两种人格。

意为之，他则是无心之过。想到这里，他拼了命地狂奔，众人却也紧追不舍，他瞧见某间诊所大门碰巧开着，便立刻躲了进去，而正好有位护理人员当班，他把事情经过一五一十地说明了。后来，他用一小笔钱把那群见义勇为的民众给打发走了，而一确定安全无虞，他就离开了。走出诊所时，他瞥见铜制的招牌写着“杰奇”，事情理应如此。

这种雷同当然纯属巧合，接下来要说的例子，却是刻意的模仿。一八七九年，我刚离开牛津不久，出席某位外交大臣在自家办的宴会时，遇到一位相貌不凡的女子。我们成了好朋友，经常聚在一块儿。然而，令我最好奇的并非她的美貌，而是她的个性模糊难定，好像完全缺乏自我人格，而是在许多性格之间转换。有时她会全心全意投身于艺术，特意把客厅改装成画室，一星期会有两三天去逛艺廊或美术馆。过一阵子，她却开始着迷于观看赛马，穿上赛马的衣服，开口闭口都是赌马。接着，她热衷的事物从宗教换成催眠术，从催眠术换成政治，又从政治换成热血的慈善工作。事实上，她俨然就像海神普洛提斯[1]，无论再怎么千变万化，最后依然难逃失败，被奥德修斯给逮住。某天，一本法国杂志开始连载一部小说，那时我习惯阅读连载的故事，还记得读到文中对

1. 海神普洛提斯（Proteus）：希腊神话中的海神，相传可变身成不同的外形，只要任何人抓到他就会获得预言。史诗《奥德赛》（*Odyssey*）中，斯巴达国王墨涅劳斯（Menelaus）成功抓住了普洛提斯。此处王尔德误植为主角奥德修斯（Odysseus）。

女主角的描述，不禁大吃一惊，简直就跟那位朋友一模一样。我特地把杂志拿给她看，她马上认出自己的形象，好像对其中的相似之处兴致盎然。对了，我得先声明，那篇连载故事是翻译自某位已故俄国作家的著作，因此作者的角色原型不可能是我朋友。嗯，简单来说，几个月后，我在威尼斯一家旅馆，发现阅览室内有那本杂志，便随手拿起来看看那名女主角之后的遭遇。故事的发展令人唏嘘，她最后竟跟一名完全配不上她的男子私奔了，不只社会地位低下，个性和学识也不怎么样。当晚，我写信给那位朋友，信中提到我对约翰·贝里尼[1]的看法、让人赞不绝口的弗洛瑞安冰激凌、贡多拉的艺术价值，但在信末加了附笔，大意是说故事里那位像她的女子实在太傻了。我不知道为什么自己加上那段，但犹记得当时担心她可能做同样的傻事。不过我的信还没寄到时，她居然就已跟一名男子私奔，而且不出半年就被甩了。一八八四年，我在巴黎见到了她，当时她与母亲同住。我问她的行为是否跟那则故事有关。她说自己感到一股难以克制的冲动，偏要步那名女主角的后尘，故事连载到最后几章，她内心既期待又充满恐惧。每当有新章节刊出，她似乎被迫复制相同的人生，也真的重现了故事情节。这便是先前说的模仿本能最清楚的

1. 约翰·贝里尼（John Bellini，1430—1516）：威尼斯画家，画作糅合世俗与宗教的主题。

例子，却也是极为悲惨的例子。

然而，我无意继续多谈个案。个人经历是最糟糕又受限的恶性循环。我唯一要强调的就是一大原则：生活模仿艺术，远多于艺术模仿生活。如果你认真思考，绝对会明白此言不假。生活举起镜子反映艺术，不是画家或雕刻家想象中的怪异原型，就是设法实现虚构世界里的幻梦。从科学角度来说，生活的根基——套句亚里士多德的话，即生命的活力——说穿了就是表达的欲望，而艺术提供多元的形式，能协助达成这项目的。生活紧抓这些形式并加以运用，即使有害也在所不惜。年轻人仿效罗拉[1]举枪自尽，也学习少年维特那般自我了断。仔细想想，我们借由模仿基督和模仿凯撒，实在获益良多。

西里尔：这个理论确实值得玩味，但如果要论述得更完整，你必须说明自然跟生活一样，也是在模仿艺术。你准备证明这点吗？

维维安：亲爱的，证明什么都可以，我随时奉陪。

西里尔：所以，大自然是追随风景画家的脚步，才如此千变万化喽？

维维安：当然。如果没有印象画派，哪里看得到悄悄弥漫街道、模糊街灯、将房屋染成骇人阴影的棕雾呢？如果不

1. 罗拉（Rolla）：19世纪法国作家缪塞（Alfred de Musset，1810—1857）的一首诗作的主角，荒淫度日后举枪自尽。

是印象画派及其大师[1]，谁还能画出美好烂漫的银雾，先是笼罩泰晤士河，再将弯弯的拱桥和轻晃的驳船缀以淡雅的薄纱呢？过去十年来，伦敦文艺思潮之所以产生意想不到的变化，完全得归因于特定的艺术流派。你尽管笑吧。只要从科学或形而上学的观点来看，你就会发现我说得没错。自然是什么呢？自然并非生育我们的伟大母亲，反而是我们亲手创造的产物，它在我们的脑中获得新生。万物的存在取决于我们是否看见，而看见了什么和看见的方法，则取决于艺术的影响。观看并非看见，唯有看到事物之美，方能真正看见，届时事物才算存在。现在人们之所以会看到雾，并非因雾真实存在，而是在诗人画家的教导下，得以领略此景的神秘之美。我也敢说，好几世纪以来，伦敦可能确实飘着浓雾，但却没人真的看过，因此我们对其一无所悉，直到艺术发明了雾它才存在。但必须承认的是，时下雾气的主题已显得泛滥，沦落为某派系惯用的主题，描摹得过度夸大写实，简直叫愚人染上支气管炎；学养之人得雾，粗俗之人在雾中着凉。因此，我们不妨发发慈悲，请艺术将睿智的眼光移往别处，它确实也已转移了焦点。现今，我们在法国所见的熠熠阳光，苍白中透着奇异的淡紫，伴随晃动不安的蓝紫阴影，正是艺术的新宠；

1. 指19世纪英国画家惠斯勒，早期作品以肖像画为主，后期主要创作风景画，擅长描绘泰晤士河的黄昏与河岸的雾气。

而整体来说，自然总能出色地将其完整重现。过去它赐予世人柯罗与杜比尼[1]，如今则带来莫奈和毕沙罗[2]。诚然，尽管相当罕见，偶尔仍可观察到自然拥有十足的现代感，但实在可遇不可求。实际上，自然一直落后于时代。艺术先创造无与伦比、独一无二的美景，然后转而关注其他事物；但自然忘了模仿恐成最真切的侮辱，一再地重复同样景色，直到后来人们感到烦腻。举例来说，现今真正拥有内涵的人，早就不会谈论夕阳之美了。夕阳的主题已显得过时，属于透纳[3]仍是艺术大师的时代。一方面，人们对于夕阳的倾慕，明显反映出守旧的性格。另一方面，他们却依然故我。昨天傍晚，阿伦黛夫人坚持要我至窗边，欣赏她口中壮丽的晚霞。当然我也只能照办，毕竟她虽市侩却又美貌非凡，实在让人难以拒绝。天空的晚霞看起来如何呢？不过是二流的透纳画作，正值创作还不成熟的时期，所有严重瑕疵皆被夸大凸显。当然，我也不讳言地坦承，现实生活经常犯下相同的疏失，才会出现冒牌的勒内和伏脱冷，正如同自然某天疑似伪造库普[4]笔下的美

1. 杜比尼（Charles-Francois Daubigny，1817—1878）：法国画家，印象派的重要先驱。

2. 毕沙罗（Camille Pissarro，1830—1903）：法国画家，印象派代表人物。

3. 透纳（Joseph Mallord William Turner，1775—1851）：英国浪漫主义风景画家，启发"印象派之父"莫奈（Oscar-Claude Monet，1840—1926）。

4. 库普（Aelbert Cuyp，1620—1691）：荷兰艺术黄金时代的风景画家。

景，隔天则带来拙劣滥制的鲁索[1]画作。不过相较于现实生活，自然中的模仿却更令人恼怒，看起来既愚昧、肤浅，又毫无必要。冒牌的伏脱冷也许颇为讨喜，但伪造的库普则教人无法忍受。然而，我不想过度苛责自然，只愿黑斯廷斯附近的英吉利海峡，看起来别那么像亨利·摩尔[2]的作品，渲染着灰黄的光影；但话说回来，当艺术更加千变万化，自然也就变化多端。自然确实仿造艺术，我想如今即使它的死敌亦不会否认，唯有如此才能与文明社会接轨。不知道我提出的理论你还满意吗？

西里尔：我是不太满意，不过这样才好。但即使承认生活和自然都有奇特的模仿本能，你应该也得承认，艺术反映了时代的性格与精神，以及道德和社会氛围，是在种种影响之下才出现的创作。

维维安：当然不是！艺术只反映了艺术本身，这是我所谓新美学的原则。这项原则是一切艺术原型的基础，更胜于佩特先生所主张的形式和实质之间的重要关系。当然，个人与国家存在的秘密，就是天生有着无可厚非的虚荣心，总是以为自己是艺术灵感的源头，企图在静谧庄重的想象艺术中，

1. 鲁索（Étienne Pierre Theodore Rousseau，1812—1867）：法国风景画家，属于巴比松画派（École de Barbizon）。

2. 亨利·摩尔（Henry Moore，1831—1895）：英国风景画家，晚期作品多以海洋为主题。

找到自身浑浊的情感，却忘了歌颂生命的并非阿波罗，而是玛耳绪阿斯。艺术离现实相当遥远，不专注于洞穴之影，进而展露自身的完美；众人却好奇地望着娇艳的多瓣玫瑰绽放，妄想自己的历史可以交付于此、自己的精神有了不同的表达方式。实则不然，最高层次的艺术拒绝人类精神的寄托，裨益于全新的媒介或素材，而非任何对艺术的热忱或任何人类意识的觉醒。艺术只会兀自发展下去，它不是象征了任何时代，反而时代才是它的表征。

即使主张艺术代表当前的时空和人物，也不得不承认一门艺术模仿的味道越浓，就越无法重现时代精神。当代写实派的艺术家总爱以粗劣的斑岩与斑玉为材，刻出罗马皇帝邪恶的脸孔，我们以为从他们残酷的嘴唇、厚实又性感的下颌中，能解读出帝国衰败的缘由。但此举无非缘木求鱼。单凭提比留[1]的恶行摧毁不了如此高等的文明，光靠安东尼家族[2]的善举也无法力挽狂澜。罗马帝国衰亡有其他原因，而且比想象中来得单调无趣。对某些人来说，西斯汀大教堂的众先知，也许可以解释文艺复兴中，精神何以获得解放而重得新生；但荷兰爱喝得烂醉的粗人和大嗓门的农民，又传递出什么样的荷兰精神？艺术作品越抽象，越往理想前进，也越能揭露时

1. 提比留（Tiberius，42 B.C.—37 A.D.）：古罗马皇帝，暴虐好战且不容异己。

2. 古罗马时代的望族。

代的性格。如果我们想借由艺术了解一个国家，不妨看看该国的建筑或音乐。

西里尔：我同意你的观点。时代精神的最佳表现方式，也许就是抽象的理想艺术，因精神本身就是抽象又理想的概念。不过，如果是看得到的层面，也就是所谓时代的样貌，我们当然就得诉诸模仿的艺术。

维维安：我不这么觉得。毕竟模仿艺术真正留给世人的，仅有特定艺术家、特定艺术流派的不同风格。你一定不会把中古时代的彩绘玻璃、石雕木刻、金属作品、花色挂毯或彩绘手抄本的人物，视为当时人们的实际样貌。老百姓想必长相普通，没有任何丑恶、奇特或不凡之处。艺术的中古时期，只不过是种确切的风格，此风格的艺术家于十九世纪诞生一点也不奇怪。伟大的艺术家绝不看事物表面的模样，否则就失去了艺术家的资格。举一个时下的例子。我知道你爱好日本的东西。那么，你当真以为艺术所呈现的日本人存在吗？如果是的话，那你根本不了解日本艺术。所谓的日本人，是某些艺术家刻意创作出来的产物。你只要把北斋或北溪[1]的绘画，或其他一流画师的作品，摆在真实的日本人旁边，就会发现两者一点都不相似。现实中的日本人无异于一般英国人；

1. 即葛饰北斋（1760—1849）、鱼屋北溪（1780—1850），均为日本江户时代著名的浮世绘画师。

换句话说，两者都极度平凡，毫无任何有趣或出众之处。甚至可以说，整个日本纯粹是建构出来的概念，并没有所谓的日本或日本人。我们有位风格独具的画家，最近造访了这个菊花之国，竟傻到想看看日本人。他真正所见到的——应该说有机会画出的——仅有一些灯笼和团扇，找不着印象中的日本人，而他在多斯威尔艺廊的精彩画展也道尽了一切。他先前并不知道所谓的日本人，正如我刚才所说，不过就是某种风格的样貌、精美的艺术想象。因此，如果你很想见识日本风貌，就不会像观光客一样，大老远跑到东京，反而会待在英国本土，尽情欣赏特定日本艺术家的作品，等到充分吸收这些作品风格的精神，掌握其想象力丰富的视野，就会在某个午后坐在海德公园，或漫步于皮卡迪里大道，如果届时还看不到全然的日本风貌，那么在别的地方也绝对看不到。或者再以过去的古希腊人当作例子。你以为希腊艺术真实呈现了希腊人的模样吗？还是相信雅典妇女就是帕提农神庙横柱上的庄严肖像，或像三角墙上的优雅女神浮雕吗？从艺术的角度观之确实如此。但只要翻阅亚里斯多芬等权威的作品，你就会发现雅典妇女衣带束得紧，脚踩高跟鞋，头发染黄，涂脂抹粉，像极了当今那些追求时髦或自甘堕落的蠢女子。事实就是我们完全通过艺术这项媒介来看过去的时代，而幸好艺术从未把真相告诉我们。

西里尔：但英国画家笔下的现代肖像画呢？总该像画中的人物了吧？

维维安：的确很像。那些肖像画实在太过逼真，一百年后绝不会有人买账。至于世人所相信的肖像画，画的对象都不是重点，画家特色占绝大部分。霍尔班所画的男男女女，都带给观者绝对的真实感。但这单纯是因为霍尔班让生活接受他的条件、依循他设下的限制、复制他的原型，并呈现出他想要的样子。艺术风格才是让人相信的唯一关键。当代大部分的肖像画家，都注定会湮没在时代的洪流之中。他们从不画自己眼中所见，只愿意画大众所见，大众却什么也没瞧见。

西里尔：嗯，接下来我想听听你文章的结尾。

维维安：乐意之至。至于是否真的受用，我可不敢保证。我们活在史上最乏味平淡的世纪，就连睡眠都摆我们一道，关闭了象牙之门，开启了牛角之门[1]。根据迈尔斯[2]先生的双册巨著与灵学学会通信的记录，英国伟大中产阶级的梦境实在是俗不可耐，就连半个像样的噩梦都没有，全都平凡、肮脏又沉闷。再来要谈到教会，我认为对国家文化最有帮助的事，莫过于要有一群人负责信仰超自然、每天施展奇迹，并且维

1. 出自荷马史诗《奥德赛》。象牙之门（Gate of Ivory）仅由虚构事物出入，牛角之门（Gate of Horn）则供真实事物出入。

2. 迈尔斯（Frederic W. H. Myers，1843—1901）：英国学者，创立心灵研究学会（Society for Psychical Research, SPR）。后文所指的双册专书为《活人的幻影》（*Phantasms of the Living*）。

持创造神话的能力，这对于想象力至关重要。但在英国国教中，一个人成就的指标并非信仰的能力，而是质疑的能力。世上唯有我们英国教会是由怀疑论者站在圣坛讲道、视圣托马斯为理想宗徒。许多值得尊崇的神职人员，毕生奉献于令人敬佩的慈善工作，一生淡泊名利，死时无人知晓；但那些不学无术却混到剑桥或牛津大学毕业的人，却胆敢站上台讲道，公开质疑诺亚方舟、巴兰驴子、乔纳与鲸等《圣经》故事，竟也吸引半个伦敦的民众前往，哑然张口地坐着聆听，并且盛赞他的才智。英国教会的常识持续增长，实在令人深感遗憾，无异于向低下的现实主义卑躬屈膝。这也显得十分愚蠢，完全忽略了心理作用；人类宁愿相信不可能的事，也绝不会相信违反情理的事。但先不多说，我现在得读这篇文章的结尾：

“我们责无旁贷的任务，就是复兴说谎这门古老艺术。诚然，许多方式都能教育大众，举凡家庭、文人午膳、午后茶会等场合，皆可由非专业人士代劳。不过，这仅是说谎无伤大雅的一面，例如克里特岛晚宴上的矫饰之言。说谎还有许多其他形式，譬如为了获取个人利益——亦即俗称的道德目的——在古代便极为普遍，尽管这在近代遭到鄙视。套句威廉·莫里斯先生的描述，雅典娜听到奥德修斯‘心机狡诈的话术’，不禁莞尔；说谎成性的荣光，照亮了欧里庇得斯悲剧英雄那苍白的眉宇，亦让贺拉斯[1]颂诗中的新娘在贵族女子中更显出众。后来，这项与生俱来的本能，升格成为一门自觉的科学，不但制定了繁复的规则供人们依循，更衍生出一支重要的文学流派。的确，每当想到桑伽兹[2]针对该议题写出一部精彩的哲学专书，便让人不禁惋惜，竟从未有人出版这位怀疑论者作品的简明本，诸如《说谎时机与方式》，倘若装帧精美、价格不贵，势必会十分畅销，并对正经八百、思考深入的人们有实质的帮助。为了培育下一代而说谎正是家庭教育的基础，我们许多人依然秉持此法，其优点在柏拉图《理想国》前几册已有详尽阐述，是故无须在此赘言。伟大的母亲皆有天赋异禀的说谎能力，此能力仍能继续发展，可惜却一再被教育当局忽视。为了薪水而说谎在报界可谓稀松平常，政治社论主笔一职亦有其优势，但据说工作本身不免沉闷，卖弄文字到头来依然默默无名。唯一无可异议的形式是为了说谎而说谎，其最高境界则已于前文点明，亦即艺术上的说谎。凡是迷恋真理而非柏拉图之人，无法登上学术的殿堂；同理可证，爱好真相而非美之人，永远都不会了解艺术的神圣。英国知识分子不苟言笑、拘泥成规，宛如福楼拜故事里坐落沙漠的人面狮身，象征奇想的幻兽在其身旁飞舞，以笛

1. 贺拉斯（Horace，65—8 B.C.）：古罗马诗人。

2. 桑伽兹（Francisco Sanchez，1550—1623）：葡萄牙哲学家、医生。

音般的虚幻之声呼唤着它；它也许当下仍听不到，但假以时日，我们看腻了当代小说平凡的角色，它便会用心聆听，借其羽翼翱翔。

“当那天来临，无论拂晓或日落，我们将充满喜悦！众多事实将有辱声誉，真相将戴上手铐脚镣，而传奇将重回大地，带来无限惊奇。世界的面貌会在我们眼前改变，海上将出现利维坦与比希摩[1]等巨兽，悠游于高尾帆船周围，一如过去某些好读不枯燥的地理书籍所附的趣味地图；巨龙将在荒地上四处逡巡，凤凰将自火焰之巢飞跃高空。我们将能制服蛇蜥怪、看到蟾蜍头的宝石；鹰马将在我们的马厩之中，大口吃着金色燕麦；我们头上将有青鸟振翅，咏唱的事物美好超凡、仅存于想象世界、应然而非实然。但在这之前，我们得推展失传的说谎艺术。”

西里尔：这样看来，恢复艺术是刻不容缓的事。但为了避免有所疏忽，希望你能简单说明一下新艺术美学的原则。

维维安：那就大略整理一下吧。第一项原则：艺术只代表了自己，跟思想一样具有独立的生命，并且纯粹依自己的方式发展。尽管是现实主义当道的时代，艺术也不必然取材于现实；同样地，即使是宗教信仰至上的时代，艺术也不必

1. 利维坦（Leviathan）与比希摩（Behemoth）为希伯来《圣经·乔布记》提到的巨兽，前者外形似鲸鱼及鳄鱼，后者则像河马。

然就有宗教意味。因此，艺术绝不是时代的创作，反而常常与时代背道而驰，唯一保存的历史，就是自身发展的轨迹。艺术偶尔会回首过往足迹，掀起某些复古风潮，譬如晚期希腊艺术的仿古运动，以及当今盛行的前拉斐尔派运动；有时又完全超前时代，某世纪诞生的作品，偏偏得等到下一世纪才有人理解、欣赏和喜爱。无论如何，艺术都无法重现时代。所有历史学家都会犯的重大错误就是，观察某时代的艺术后，就以为可以研究时代本身。

第二项原则：劣质艺术都源于重返生活与自然，并将两者提升至理想的形式。生活和自然有时可当作艺术的素材，但真正成为一股助力之前，必须先转化成艺术的传统。一旦艺术扬弃想象的媒介，就等于放弃了一切。现实主义的艺术手法，只会导致彻底的失败，任何艺术家都应避免形式或题材流于现代性。对我们而言，最不适合作为艺术题材的时代，就是当下的十九世纪。真正美好的事物必须与我们毫无关系。容我重复先前所述，赫卡芭的悲伤能成为令人赞赏的悲剧主题，就是因为与我们毫无任何瓜葛。况且，现代是唯一会过时的题材。左拉先生在作品中描写了法兰西第二帝国。但如今有谁会在乎第二帝国？这个题材显得落伍。生活的脚步快过现实主义，但浪漫主义却永远走在前面。

第三项原则：生活模仿艺术，远超过艺术模仿生活。这不仅源于生活的模仿本能，更源于生活的目的即表达自我，而艺术提供不少特定的表达方式，让生活的目的得以实现。这理论先前不曾有人提出，成果却特别丰硕，提供解读艺术史的全新观点。

由此可证，自然的表象也模仿着艺术，故展示在我们面前的景色，都已在诗歌或绘画中出现过。这正是自然如此迷人的秘密，同时说明了自然的缺陷。

最后一项要点则是：说谎，即虚构美丽的事物，才是艺术的终极目标。但我想先前已说得够多了。现在，我们一起到露台上吧，欣赏“乳白孔雀垂羽仿若鬼魂”[1]，还有暮星“以银光洗涤黄昏”[2]。暮色低垂之时，自然有着绚丽多彩的景色，美不胜收，尽管它的主要功用是呈现诗人的文句。走吧！我们聊得够久了。

1. 原文为“droops the milk-white peacock like a ghost”，出自英国诗人丁尼生（Alfred Lord Tennyson，1809—1892）诗作《公主：深红的花瓣睡着了》（*The Princess: Now Sleeps the Crimson Petal*）。

2. 原文为“washes the dusk with silver”，出自英国诗人布莱克诗作《给黄昏的星》（*To the Evening Star*）。

我眼中的王尔德

安德烈·纪德

第一部

早期来往

凡是在王尔德人生尾声才接触他的人，只看得到他出狱后的憔悴落魄，会难以想象他早期的才华洋溢。我是一八九一年初识王尔德的。他当时拥有萨克雷口中的“伟人天赋”，亦即艺术成就。他的姿态意气风发，他的成就早已注定，仿佛只需迈步向前与之相会。他的著作震惊文坛又风靡世人，每出戏剧都是伦敦街谈巷议的话题。他家财万贯、身材高挑、容貌俊美，人生满载着好运与荣誉。有人将他喻为酒神巴克斯、罗马皇帝，甚至阿波罗再世。毋庸置疑的是，他当时的确英姿勃发。

在巴黎，凡是王尔德所到之处，民众立即口耳相传，甚至还有荒谬的谣言：他依然是爱抽着金嘴香烟的人，常手拿一朵向日葵在大街上漫步。他擅长将世俗名气玩弄于股掌，深谙如何于真实性格之外，投射出风趣幽默的幻影，并积极扮演好此角色。

我当初是在马拉美家中，听到有人提起王尔德，说他特别能言善道，让我很想认识他，但并不抱持任何期待。但某次偶然的机会下，多亏有位知道我心愿的朋友帮我牵线，特地邀请王尔德共进晚餐。我们约在餐厅碰面，共有四人出席，但唯有王尔德说得口若悬河。

王尔德并非在对话，而是单方面叙事。整顿饭下来，他几乎没停下半晌，叙事的语气和缓温柔、声音悦耳。他的法语说得娴熟，但会佯装思索字词，故意吊人胃口。他几乎不带口音，或至少随兴所至，故意保留口音，赋予字词全新的韵味。他总喜欢把“scepticisme”念成“skepticisme”[1]。他整晚滔滔不绝说的故事，情节东拉西扯，称不上优秀之作。那时他对我们仍有疑虑，所以故意测试我们。他见人说人话、见鬼说鬼话，或反映智慧，或表现愚昧，根据自身喜好与品味来服务听众。若听众不抱持期待，就不会有任何收获，充其量就是口水泡沫。由于娱乐众人是他的首要考虑，因此许多自认为认识他的人，其实只见过他插科打诨的一面。

1. 法语 scepticisme 里面的“sc”中，“c”并不发音。

晚餐结束后，我们离开餐厅。两位朋友刚好走在前头，王尔德忽然把我拉到一旁说："你习惯用眼睛听话吧。"他这话说得没头没脑的，"所以我要跟你说个故事：纳西瑟斯死后，原野花朵们向河流要些水滴，想为他的死哀悼哭泣。河流回答：'唉！如果我的水滴都是眼泪，那给我自己哭泣都不够用了，毕竟我深爱过他。'花朵们说：'唉！怎么可能不爱纳西瑟斯呢？他真是太俊美了。'河流说：'他很俊美吗？'花朵们说：'你应当最清楚不是吗？他每天都靠在河岸边，看着河水顾影自赏呢……'"

王尔德停顿了半晌。

"河流回答：'我之所以爱他，是因为当他倾身凝视河面时，我在他眼中看到了自己的倒影。'"

语毕，王尔德放声大笑，接着说："这个故事叫作《门徒》。"

我们抵达他家后便告辞了，他邀我再找时间见面。接下来的两年，我经常在各地跟他会面。

如前所述，王尔德总是在人前戴着华丽的面具，目的是要让人觉得惊奇、逗趣甚或气恼。他从不认真倾听别人说话，倘若某些观点不再是自己独享，他便不愿意去多加注意；他一旦无法独自发光，就会低调藏起锋芒，等到再度与他独处时，他才会恢复原本的样子。

但没过多久，他就会开始问说："昨天到现在，你都做了哪些事？”

由于我当时的生活还算顺遂，因此没什么有趣的事好分享，只能乖乖地述说千篇一律的琐事，同时留意到他的脸色沉了下来。

“真的就这些事吗？”

“对啊。”我答道。

“而且你说的全是事实！”

“对啊，句句属实。”

“那为什么重复去做呢？你也知道这样做没半点乐趣。要知道，世界分成两种：其中一种是不言自明的现实世界，因为就算不去谈论也看得到；另一种则是艺术世界，唯有通过不断谈论才会存在。

“从前某个村庄中，有位男子擅长说故事，因此十分受村民爱戴。他都是在早上离开村庄并于傍晚归来，辛勤干了一整天活的村民，就会围着他说：‘快告诉我们！你今天看到了什么有趣的东西？’他就会说：‘我在森林里看到农牧神在吹笛子，还围绕着一大群林中动物，随着笛声跳舞。’村民又说：‘多说一点嘛！你还看到了什么？’‘我走到海边，看到浪尖上有三只美人鱼，手拿金黄的梳子梳着碧绿的头发。’村民都好喜欢听他说这些新奇的故事。

“某天早上，他一如往常离开了村庄。但是当他来到海边时，竟然真的看到三只美人鱼，手拿金黄的梳子梳着碧绿的头发。他继续前进，走到树林附近，看到农牧神在吹笛子，身旁围绕着一大群林中动物。当晚他回到村中，村民一如往常地问道：‘快告诉我们！你今天看到了什么有趣的东西？’他却回答：‘我什么都没看到。’”

王尔德停顿片刻，让我感受故事的余韵，然后再度开口：“我不喜欢你的嘴唇，太直了，像是从来不懂得说谎的人。我想教你怎么说谎，嘴唇才会像古董面具那样，漂亮又有弧度。

“你知道艺术之作和自然之作的成因吗？能够分辨两者的差异吗？毕竟水仙花与艺术品一样美丽，其中差异想必不是美不美，那你知道两者的不同吗？艺术之作永远独一无二，自然之作则是难以永恒，只能故技重施以避免作品消失。世上有许许多多水仙花，因此每株的寿命只有一天。大自然只要出现创新，立即就会将之复制。某一片海域中的海怪，也知道其他海域有同类海怪的存在。上帝创造史上的尼禄、波吉亚和拿破仑时，也在其他地方创造相同的人物，尽管无人知晓、无足轻重；重点在于成名与否。上帝创造人类，人类创造艺术。

“我当然知道……某天世上骚动不安，仿佛大自然终于要有真正独一无二的产物，然后基督诞生了。这件事我当然知道……但听好了：

“那晚，耶稣刚在伽略山上死去，亚利马太人约瑟下山时，遇见一位年轻人坐在白石上哭泣。约瑟走近说：‘我了解你很难过，毕竟人就是人。’年轻人却回道：‘唉！我才不会因此而哭，我哭是因为我也施展了奇迹啊！我让瞎子重见光明，让瘫痪之人重新行走，让死者复生。我也让光秃的无花果树变得干枯，并把水变成酒……却没有人把我钉死在十字架上。’”

就我多次观察，王尔德深信自己肩负某种使命。

基督福音曾困扰着怀抱异教精神的王尔德。他笔下精彩绝伦的道德寓言，以及读来难受的讽喻故事，用意皆为结合异教自然主义与基督教理想主义，并刻意让后者难堪。

他叙述道：“基督重回拿撒勒时，拿撒勒早有大幅变化，他完全认不得了。该城以前弥漫着哀伤与懊悔，如今却充满着欢笑与歌唱。基督一进城，就看到一名抱满花朵的奴隶冲向一栋白大理石房屋的阶梯。基督进屋后，在金碧辉煌房间的内部，看到一名男子横躺于贵气十足的沙发上，蓬乱的头发上插着许多红玫瑰，唇上沾着红酒的痕渍。基督走近，轻拍他的肩膀说：‘你为何要过这种生活呢？’那男子转过头，认出了基督，便答道：‘我本来有麻风病，你治好了我的病，我为何不能过这种生活？’

“基督走出那栋房屋。他看到街上有位女子，脸上与服装均涂了艳彩，脚踏着镶珍珠的鞋子。她后面跟了一名男子，身穿双色外套，眼神充满欲望。基督向他走近，轻拍他的肩膀说：‘你为何要跟着那位女子，又盯着她看呢？’那男子转过头，认出了基督，便答道：‘我本来是个瞎子，你让我重见光明，我为何不能善用视力？’

“基督改向那位女子走近，对她说：‘你现在走的是罪恶之路，为何还要继续走下去呢？’女子认出了基督，笑着答道：‘这条路走起来很快活，况且你已赦免了我所有的罪啊。’

“基督痛心不已，打算离开拿撒勒，出城时在护城河边，看到有位年轻人在哭泣。基督向他走近，轻摸他的头发说：‘小兄弟，你为何在此哭泣呢？’

“年轻人抬起头，认出了基督，便答道：‘我本来已经死了，你却让我活了过来，我这辈子还能干吗呢？’”

某天在埃雷迪亚[1]家，客厅里挤满了宾客，王尔德把我拉到一旁，低声说道：“你想不想听一个秘密？但你得答应我不泄露出去才行……你知道基督为何不爱他的母亲吗？”他停顿了一会儿，抓住我的手臂，微微向后退，然后大笑出声：“因

1. 埃雷迪亚（José-Maria de Heredia，1842—1905）：法国诗人。1894年当选法兰西学术院院士。

为她是处女！……”

容我再引述以下这则故事，说来不可思议又晦涩难解，少有人能体会其中的矛盾，这也不太可能是王尔德杜撰的。

“……上帝的审判大殿里一片死寂——罪人的灵魂赤裸地站在上帝跟前。

“上帝打开记载罪人的生死簿后说：

“‘你生前作恶多端，犯下……（罗列出骇人听闻的罪状）——既然你恶贯满盈，我势必要送你下地狱了。’

“‘你不能送我下地狱啊。’

“‘有何不可？’

“‘因为我已经活在地狱里一辈子了。’

“上帝的审判大殿里一片死寂。

“‘那么既然我不能送你下地狱，就送你上天堂好了。’

“‘你也不能送我上天堂啊。’

“‘有何不可？’

“‘因为我从来无法想象天堂的样子。’

“上帝的审判大殿里一片死寂。”

某天早上，王尔德给我看一篇某位无知评论家的文章，赞许王尔德“知道编造有趣的故事来掩饰他的思想”。

王尔德说：“那些人以为，所有思想生来都是赤裸裸的状态……殊不知，我只能用故事来思考。雕刻家并非将思想寄托于大理石中，而是直接以大理石来思考。

“曾经有位男子只能以青铜思考。有天，他当下萌生喜悦的念头，觉得必须让世人知晓，但世上的青铜早已用得一块不剩，男子心想若不说出来，他必定会发疯。

“然后，他想起妻子坟上有一块青铜，是他当初刻来陪伴爱妻的雕像。雕像反映出一辈子的悲伤。男子再也忍不住了，就将那座悲伤的雕像砸毁，重新赋予其片刻的喜悦模样。”

王尔德深信文艺家有着宿命，理念比人本身更为强韧。

他常说：“文艺家分成两类：其中一类带来答案，另一类则带来问题。我们得知道如何区分两者，因为提出问题的文艺家，就不会是解开问题的文艺家。有些艺术作品等待着伯乐，长年来无人了解其含义，因为其回答的问题尚未有人提出。经常是答案出现多年之后，问题才姗姗来迟。”

他也说：“古老的灵魂诞生于身体之中，身体将其注入活力而逐渐衰老。柏拉图就是年轻的苏格拉底……”

后来，我有整整三年没见到王尔德。

第二部

悲惨回忆

随着王尔德每部作品的成功（当时伦敦同时有三家剧院搬演他的剧作），坊间关于他的谣言更是甚嚣尘上，说他私下的行为不检。有些人听了固然不悦，但仍一笑置之，有些人则毫不在意。此外，谣言还说他非但不加掩饰，反而还爱夸耀这类行径，有人说他很有勇气，有人说他损人利己，有人则说他矫情做作。这类谣言让我大感诧异。自从我与王尔德来往开始，完全没察觉任何蛛丝马迹。但有些明哲保身的朋友，已渐渐地开始离他而去。人们虽然尚未直接公开驳斥他，但不再因为认识他而引以为荣。

某次因缘际会下，我们再度碰面了。那是一八九五年一月，我正在旅行的路上；那次旅行是因为受到一股焦虑的驱使，只是想要追求孤独，而非游历陌生环境。我当时刚从阿尔及尔飞到卜利达，正准备从卜利达前往比斯卡拉。离开旅馆时，我无意中瞥见黑板上的房客名单，我的名字旁竟是王尔德。由于这趟旅行我只想独处，因此就把自己的名字擦掉了。

但还没抵达火车站时，我不禁觉得此举好像太过懦弱，于是就原路折返回去，重新把名字写到黑板上。

三年不见（若不算前一年在佛罗伦萨的短暂相会），王尔德真的变了不少，外貌少了些温柔，笑声多了分尖锐，喜悦多了丝疯狂。他好像更大胆、更坚强也更有气势。奇怪的是，他不再说道德寓言了。我们相处的那两三天里，我都没听到他说任何故事。

起初出乎我意料的是，自己竟会在阿尔及利亚与他重逢。

他说："喔！我只是得逃离艺术创作，现在只想好好崇拜太阳……你有没有注意到，太阳最拒斥思想，都会把思想赶到阴影之中。思想最早在埃及出现，太阳占领了埃及；思想后来出现于希腊，太阳又征服了希腊，然后是意大利与法国。目前，思想节节败退到太阳照不到的挪威与俄罗斯，只能说太阳嫉妒艺术作品。"

崇拜太阳就是崇拜生活。王尔德对于生活的享受越来越无节制，像是被某种宿命牵着鼻子走，躲也躲不掉。他似乎过度强调命运，而渐渐对自己失去耐性，寻欢作乐成了自我义务。他会说："我有义务尽情地娱乐自己。"

后来就连尼采都没让我如此震惊，因为我曾听王尔德说：

“不是追求幸福！首先要强调，不是追求幸福，而是享乐！我们永远都得追求最可悲的目标……”

他走在阿尔及尔的街头时，身旁围绕着衣衫破烂的贫童，他会跟每个孩子开心地谈天，并且随意把身上的钱丢给他们。

他对我说：“我希望败坏这座城市的道德风气。”

我想起福楼拜说过的话。曾经有人问他最想达成什么傲人的成就，他回答：“当个败坏道德的人。”

对于他的转变，我内心五味杂陈，既诧异、敬佩，又恐惧。我察觉到他的情况岌岌可危，加上外界各种攻讦与敌意，以及他那副欢乐面具底下深藏的焦虑[1]。他提及要回伦敦一事，

---

1. 王尔德离开阿尔及尔前的某个晚上，好像打定主意不想说任何正经话。最后，我终于被他诙谐过头、似是而非的言论给惹怒了：

“你少在那边装俏皮了，明明能说些更有意义的话，”我开口说，“你今天晚上说起话来，好像把我当成了一般大众。你理应把平时跟朋友的聊天，好好说给大众听听才对。为什么你不提升剧本的质量呢？你总是说得头头是道，为什么不写下来呢？”

“哎！”他立刻嚷嚷道，“问题是我写的每出剧都很烂啊，我也完全不重视这些作品……但你有所不知啊，这些剧本都是写着玩的！……几乎每部都是跟人打赌的结果。《格雷的画像》也不例外。我花了几天时间一口气写完这部小说，全是因为有个朋友说我写不出小说来。我觉得写作实在无聊！”接着他忽然弯下腰小声说道：“你想知道我人生中最扯的事是什么吗？就是我的天赋都挥霍在生活中了，作品里头只有我的才思而已。”

此言丝毫不假。即使是他笔下最优秀的作品，也只稍稍反映他言谈的精妙。凡是听过他说话的人，读他的作品时都会大失所望。《格雷的画像》起初是了不起的杰作，远胜过《驴皮记》，也更有文学价值！唉，可是写下来之后，就成了有瑕疵的作品。他的故事写得再精彩，都有着太浓厚的文学气息；文雅归文雅，读来却是太过矫情造作。那些繁复细节与华丽辞藻，都掩盖了最初创作的美感。从他的这些作品中，可以感觉到创作诞生的三个阶段。最初的创作念头既美丽、单纯、隽永又撼动人心，某种潜在的需求牢牢巩固着此念头；然而接下来，天赋不再有任何影响，念头分成各部分发展，斧凿的痕迹太深，缺乏严谨的架构；之后，王尔德开始雕琢文句，并着手加以藻饰，极尽浮夸与琐碎之能事，达到哗众取宠的效果，但内容没有情感可言，结果就是表面光鲜亮丽，让人看不见深层的主要情感。——原注

昆斯伯里侯爵正用各种手段侮辱他、传唤他，还指控他畏罪潜逃。

“但你回伦敦会发生什么事？你明白这是冒着什么风险吗？”我问道。

“天知道会发生什么事……朋友们都要我谨慎行事，但我又能多谨慎呢？这不啻是在走回头路。我必须勇敢向前走，直到走不下去为止，该来的躲也躲不掉……”

王尔德隔天就动身回伦敦了。

接下来事态的发展，大家想必都耳熟能详了。所谓“该来的”就是指日后牢中劳役[1]。

1. 此处引用的最后一句话绝无捏造或修改。王尔德这番话言犹在耳，要我背出来都不成问题。我并非说王尔德精准料到日后的牢狱之灾，但有件事可以肯定：那场让全伦敦都为之哗然的审判，让王尔德从原告变成被告，如此急转直下的发展，他其实一点都不意外。各大报纸只把他当成小丑来报道，尽其所能地扭曲他答辩的态度，进而剥夺了其中的意义。也许在遥远的将来，这场审判背负的龌龊污名方能洗刷干净。——原注

第三部

塞巴斯提安 · 梅莫斯

王尔德一出狱就回到了法国，在迪耶普滨海小镇贝尼沃住了下来，化名为塞巴斯提安·梅莫斯。由于他入狱前，我是最后见他的法国朋友，因此他出狱后，我希望当首位见他的法国朋友。我一得知他的住址，就立刻前往拜访。

我在接近中午时抵达他的旅馆，可以说是不请自来。梅莫斯常在画家陶洛的热情吆喝下跑来迪耶普，我得知他要到傍晚才会回来，没想到他到半夜才返回旅馆。

冬天仍徘徊不去，寒风凛冽，景色荒凉。我只好整天在空无一人的海滩闲晃，既消沉又无聊，纳闷王尔德为何会挑贝尼沃这个了无生气的地方。

夜色降临，我在同一家旅馆租下最后一间套房。用餐时，我发现周遭房客都是平庸之辈，想来还真是委屈梅莫斯了。

我闲来无事，幸好还有本书可读。晚上十一点，我正打算不再等他了，就听到门外传来马车的声音……梅莫斯先生回来了。

但他在回来的路上竟把御寒大衣给弄丢了，所以简直要冻坏了。前一晚仆人拿给他的孔雀羽毛（不祥兆头）显示他会碰上灾厄；幸好没发生大事。但他浑身打着哆嗦。旅馆上下忙着替他准备热酒，一时间好不热闹。他没怎么向我打招呼，也许在其他人面前，他不想显得太过热情。眼前的塞巴斯提安·梅莫斯，很像过去的奥斯卡·王尔德，不再是阿尔及利亚说话天马行空的狂人，而是在一切危机爆发之前，具有绅士风度的王尔德。我觉得顿时回到过去，不是两年前，而是四五年前，同样的疲累神情、同样的开心微笑、同样的声音……

他租下了旅馆内最好的两间房，一切摆设都按照他的品味。桌上堆了许多本书，他拿出我最近才出版的散文诗《地粮》。房间阴影处还有一尊美丽的哥特式贞女像，摆放在高高的基座上。

我们坐在台灯旁，王尔德啜饮着热酒。借着灯光，我注意到他脸上皮肤发红，少了神采，双手更是如此，但又戴起了戒指，其中一只还是他特别喜爱的，镶着青金石制的埃及圣甲虫。他一口牙齿都快蛀光了。我们聊着聊着，我提到上次在阿尔及尔与他的会面，问他记不记得自己几乎料中了牢狱之灾。

我说道："你当时应该多少知道，回英国后会有什么下场吧，那又何必自投罗网呢？"

（以下是我后来凭印象所誊写的内容，我觉得这样较能忠实呈现他说的话。）

他回答："喔！当然知道啊！我早料到下场会很凄惨啦，这也是没办法的结果。你想想，当时无法再逃避，也无法维持现状，所以迟早得面对结果。监狱生活彻底改变了我，这正是我所需要的。波西无法理解，他不懂我为何回不去了，还怪其他人改变了我。但没有人应该走回头路，我的人生就像艺术品一样，艺术家每次的创作都不会一样，否则就不算成功。我坐牢前的人生已达到巅峰，如今那段人生已经结束了。"

他燃起一支烟。

"大众是无知的，只会以别人做的最后一件事来认识那个人。如果我现在回巴黎，大家只会把我看作……受刑人。除非我写完一出剧，否则绝不想抛头露面。"他又忽然说："这里是很好的选择对吧？朋友看我刚出狱很疲惫，原本要我到米迪休息一阵子。但我叫他们来法国北部找我。这里有小小的沙滩，不会碰到认识的人，终年凉爽又缺乏阳光。来到贝尼沃真是正确的选择啊（外面天气恶劣得很）！

“这里每个人都很友善，牧师更是对我照顾有加。我也很喜欢当地的小教堂，名称竟然就叫列斯圣母院耶！太可爱了。而且牧师今早还说要给我合唱团的永久席位，这下子我真的离不开贝尼沃了。

“还有海关官员！他们的工作太无聊了，我就问他们有没有书可读。现在，我都会带大仲马的小说给他们，这下子非留不可了，对吧？

“对了，还有小孩！他们爱死我了！女王登基纪念日那天，我举办了很棒的庆祝活动，还筹划了一场盛大的晚宴，一共有四十位学童出席耶！他们的老师也来了！你不觉得这是件很值得开心的事吗？你也知道我很喜欢女王，随身都带着她的肖像。”他指了一幅钉在墙上的女王肖像画。

我起身瞧着那幅画。附近有座小图书室，我花了点时间看着那些书。我很希望王尔德能用更认真的态度说话。我又坐了下来，语带疑惧地问他是否读过《死屋手记》。他没有直接回答，却滔滔不绝起来：

“俄罗斯的作家太出色了，他们的作品之所以伟大，是因为字里行间透露出怜悯。我以前很喜欢《包法利夫人》对吧？但福楼拜不想在作品中放入怜悯的成分，所以整体的格局才显得狭隘又封闭。怜悯才能拓展作品的格局，进而开启无限可能……老友啊，你知道吗？多亏了怜悯，我才没自杀。

坐牢头六个月，我郁闷得不得了，很想自我了断。但我没有真的做傻事，因为看着其他人跟我一样痛苦，我就产生了怜悯之心。噢，老友啊，怜悯真的值得钦佩，我以前却不知道！（他的声音低沉，不带一丝喜悦。）你明白怜悯有多么值得钦佩吗？我每天晚上都跪着感谢上帝，感谢上帝让我了解怜悯的可贵。我刚进监牢时是铁石心肠，只想到自己的享乐，但如今我的心完全碎了，怜悯才得以进来。我现在明白怜悯是世上最珍贵美丽的事物，所以我才无法对任何人生气，多亏了他们，我才领悟这个道理。波西写给我一封封措辞难听的信，说他不懂我了，也不懂我为何不生气，或为何大家都讨厌我……是啊，他已经不懂我了，他再也不可能懂我了。但我在每封信中都向他说，我们无法再走同一条道路了。他走的是亚西拜阿德[1]之路，我走的是阿西西的圣方济各之路……你对阿西西的圣方济各熟悉吗？噢，太好了！太好了！可不可以请你帮我个忙？寄给我一本你心目中最棒的圣方济各传记吧……”

我一口答应了。他继续说道：

“对了，我还遇到一个很棒的典狱长。坐牢前半年，我心情非常低落，当时的典狱长是个恶劣的德国人，完全缺乏想象力。”最后一句话可以说是飞快带过，听起来滑稽不已，

1. 亚西拜阿德（Alcibiades）：古希腊政治家，聪明却高傲自我，常受奢侈骄傲所误导。

我忍不住大笑出声，他也跟着笑了出来，又说了一遍，接着说：

“那个典狱长想不到其他让我们受苦的方式……你知道他有多缺乏想象力……狱中囚犯每天有一个小时的放风时间，囚犯都一个接着一个，绕着中庭散步，严禁彼此交谈，旁边还有狱卒监督，只要被抓到讲话，就要接受严重的惩罚。刚入狱的犯人很好辨认，他们还没学会说话不动嘴唇。我当时在牢里六个星期了，都还没跟任何人说过半句话。某天晚上，我们在中庭放风散步时，我听到后面有人叫我的名字，他说：‘奥斯卡·王尔德，我真替你难过，比起我们这种人，坐牢对你来说想必更加难熬。’我努力假装不动声色，继续向前走，然后说：‘这位朋友，我们受的苦是一样的。’从那天起，我再也没有自杀的念头了。

“我们就这样聊了好几天。我知道了他的名字、犯了什么罪，姑且就叫他P吧，是个很够义气的家伙，哎！太有义气了！……但我还是没学会如何说话不动嘴唇，到了某天晚上，狱卒说：‘C33（就是我）和C48出列！’我们乖乖站了出来。‘典狱长要见你们。’我心中已存有怜悯，眼下只担心他的安危，我很乐意能替他挨罚。典狱长想分开审问，先找了他问话，因为先开口的人与回答的人罚则不同，先开口的人要关两星期的禁闭，回答的人只要关一星期。典狱长想知道是谁先开口的，P这老兄很有义气，承认是他先开口的；

后来典狱长找我问话，我当然说是我先开口的，这可让典狱长气坏了，因为这超乎他的理解，他说：‘但是P也承认是他先开口的！真搞不懂你们……’

“亲爱的老友啊，没想到吧！他完全无法理解啊！这下子他可难堪了，不断地说：‘但是我已经说要关他两星期了……’接着又说：‘好吧，如果这样的话，我就决定把你们俩都关两星期的禁闭。’你不觉得很离谱吗？那男的实在太没想象力了。”

王尔德越说心情越好，笑得开怀，乐于分享这段往事：

“禁闭两星期后，我们比之前聊得更起劲了。你有所不知，愿意为了彼此受苦，是多么甜美的事。而当我们没有排在同一列时，我也渐渐能跟所有人说话，得知他们的名字、背景和出狱日期。我跟每个人都说：‘你出狱后第一件事就是到邮局，那里会有一封给你的信和一些钱。’就这样，我继续认识更多狱友，有些人聊起来十分有趣。你相信吗？目前已有三个人来这里拜访过我，这难道不值得开心吗？

“后来换了个很好的典狱长，对我相当客气。幸好在我坐牢期间，《莎乐美》正好在巴黎演出，不像这里的人早就忘了我作家的身份，得知我的剧作在巴黎大受欢迎，都觉得不可思议。自从换了典狱长后，我就可以读想读的书了。

“我原本以为希腊文学最合自己的胃口，但要了索福克勒斯的书，读来却不怎么喜欢。然后我找来公元前几世纪教父的著作，但依然提不起兴趣。我后来想到但丁的《神曲》，每天读得不亦乐乎，而且是意大利文版本。但《炼狱篇》和《天堂篇》对我没什么启发，反倒是《地狱篇》深得我心。监狱就是地狱啊……"

当晚他告诉我，接下来他想写一部关于法老王的剧本，还说了一个精彩的犹太故事。

隔天，他带我到一栋雅致的小屋，距离旅馆约两百米，他才刚租下来，正开始装潢。他打算在这里写剧本，先写《法老王》，再写《亚哈与耶瑟贝[1]》（他念成"伊"瑟贝），他口中的故事十分引人入胜。

当我准备搭马车离开时，王尔德也上了马车，陪我一段路程。他再度称赞起我的书，但似乎有些难言之隐。后来马车停了下来，他向我道别，下车时忽然说："对了，老友啊，你得答应我一件事。《地粮》真的是本好书，但答应我，以后不要在作品中写'我'了。"

他看我似乎没有听懂，就补了一句："你理应知道吧？艺术中并没有所谓的第一人称啊。"

1. 亚哈（Ahab）和耶瑟贝（Jezebel）分别为古代以色列国王与王后。

第四部

王者人生

我回到巴黎后,向波西转达了王尔德的近况。波西说:“这些话太可笑了。他根本耐不住无聊。我再了解他不过了，他每天都写信来。我也觉得他得先写完剧本，但之后他就会来找我了。他在独处时从没写出过好东西,生活也向来需要消遣。他那些出色的作品，都是和我在一起时完成的。你自己看看他最近写来的那封信……”波西拿出那封信，开始念给我听。王尔德在信中拜托波西，务必让他安静写完《法老王》的剧本，之后他就会去找波西，信末还意气风发地作结 :“……然后，我就可以再过我的王者人生了。”

第五部

巴黎

不久后，王尔德就回到了巴黎，但根本没有完成剧本，后来再也没有机会了。当社会要遗弃一个人时，会用比死亡更幽微的方式……两年来，王尔德默默受了太多苦，意志早已消磨殆尽。头几个月，他还能欺骗自己，但很快就垮掉了。他像是放弃了自我，破碎的人生所剩无几，徒留往日风光的忧伤，虽不时仍想证明自己在思考，但机智的话语显得牵强做作。我后来只再见过他两次。

某天傍晚，我与友人在大街上散步，听到有人叫我的名字，转头发现是王尔德，他的样子变得真多！他曾对我说："如果我还没写完剧本就重返社会，世人依然只会把我当成囚犯。"但他没写完剧本就自行复出，已吃了不少闭门羹。许多好友想方设法要拉他一把，还带他到意大利去。他却很快就溜走了，而后故态复萌。他那些不离不弃的朋友都跟我说："王尔德现在这副德行，实在不适合见人……"我承认，如今在大庭广众之下看到他，着实感到不大自在。王尔德坐在一家咖啡馆的露天座位区，帮我和友人点了两杯调酒。我本来想背对来往的路人面向他坐下，但王尔德大概料想我是怕丢脸(唉，他也不算料错)，便说："坐过来一点嘛！"他指着身旁的椅子。"我这阵子好孤单哪！"

王尔德一身行头仍十分体面，但帽子已无往日的光泽，衣领挺立却不再那么干净，外套袖子也略有磨损。

"以前我跟魏尔伦碰面的时候，都不会不好意思。"他语带自豪地说："当时我有钱、快乐又有成就，但就算被人看见我跟他在一起，我也觉得是件很光荣的事，即使他喝得醉醺醺的也一样。"接着，他大概怕我的友人觉得无聊，忽然改变语气，努力想说笑，气氛却越来越沉重。这段记忆实在令人不忍心回想。最后，我和友人起身准备离去，王尔德坚持要付酒钱，但当我正准备向他道别时，他却把我拉到一旁，低声地说："那个，跟你说一下……我身上其实半毛钱都没有了……"

数日后，是我最后一次见到他。我只想引述一段我们的对话。他向我诉说他面临的困境，抱怨自己完全没有办法动笔写作。我感到难过之余，只好提醒他先前承诺的事：除非写完新的剧本，否则不会回到巴黎。

我说："唉！你怎么一下就离开贝尼沃了呢？你不是应该待上很长一段时间吗？我并不是对你生气，只是……"

他打断了我的话，把手放在我手上，满脸忧郁地看着我说："对于人生受到这么大打击的人，你不应该生气的。"

这是我们最后一次会面，当时是一八九八年，之后我便出发去旅行了，再也没有见到王尔德。两年后，他就因病过世了。

王尔德年表

一八五四年	十月十六日生于爱尔兰都柏林，父亲 Sir William Robert Wills Wilde（1815—1876）是外科医师，母亲 Jane Francesca Agnes, Lady Wilde née Elgee（1821—1896）为诗人、作家、翻译家。
一八六四年	进入普托拉皇家学校（Portora Royal School）就读。
一八七一年	获得奖学金进入都柏林大学三一学院（Trinity College）就读。
一八七四年	获得奖学金进入牛津大学莫德林学院（Magdalen College）就读。
一八七六年	四月父亲逝世。
一八七八年	诗作《拉温纳》（*Ravenna*）获纽迪盖奖（Newdigate Prize）。
一八八〇年	完成首部剧作《薇拉》（*Vera*）。
一八八一年	出版首部作品《诗集》（*Poems*）。
一八八四年	与 Constance Mary Lloyd（1859—1898）结为夫妻，婚后育有二子 Cyril Wilde（1885—1915）及 Vyvyan Wilde（1886—1967），一八九五年王尔德入狱后皆改姓 Holland。
一八八八年	出版了堪与安徒生及格林童话作品比拟的童话故事《快乐王子及其他故事集》（*The Happy Prince and*

Other Stories）。

一八八九年　《说谎的式微》（*The Decay of Lying*）在文学月刊《十九世纪》（*The Nineteenth Century*）上发表。

一八九〇年　最受争议的小说《格雷的画像》（*The Picture of Dorian Gray*）首次发表于《利平科特》（*Lippincott's Monthly Magazine*）。

一八九一年　《人的灵魂》（*The Soul of Man under Socialism*）在《双周评论》（*The Fortnightly Review*）上发表。

《格雷的画像》经大幅改写并新增六个章节后，成书出版，引发极大批评及攻击。

同年出版其他三本风格不同的书：《石榴屋》（*A House of Pomegranates*）、《瑟·沙维爵士的罪行》（*Lord Arthur Savile's Crime and Other Stories*）、《意图集》（*Intentions*）。

该年结识了改变他一生命运的阿尔弗雷德·道格拉斯勋爵（Lord Alfred Bruce Douglas，即波西）。

一八九二年　《温夫人的扇子》（*Lady Windermere's Fan*）于伦敦圣詹姆斯剧院（St James Theatre）首演。

一八九三年　《无足轻重的女人》（*A Woman of No Importance*）于英国伦敦海马克剧院（Theatre Royal Haymarket）首演，引起轰动。

由法文写成再翻成英文的剧作《莎乐美》(*Salomé*)因内容涉及《圣经》人物，在英国遭禁止演出。

一八九五年　《理想丈夫》(*An Ideal Husband*)一月三日于英国伦敦海马克剧院首演，大获好评。

《不可儿戏》(*The Importance of Being Earnest*)二月十四日于英国伦敦圣詹姆斯剧院首演，王尔德声势达到高峰。

四月遭控为同性恋有害风化，五月入狱服刑二年。

一八九六年　二月母亲死于支气管炎，因申请遭驳回，未能与在狱中的王尔德见最后一面。

《莎乐美》在巴黎剧院公演。

一八九七年　在狱中完成篇幅极长的伟大的情书《自深深处》(*De Profundis*)。

五月服刑期满出狱后，移居法国，写下诗作《雷丁监狱之歌》(*The Ballad of Reading Gaol*)。

一八九八年　妻子在一场手术后去世。

《雷丁监狱之歌》《不可儿戏》出版。

一八九九年　《理想丈夫》出版。

一九〇〇年 十一月三十日因脑膜炎死于法国巴黎，身边只有两位好友为伴。

图书在版编目（CIP）数据

自深深处 /（英）王尔德著；林步升译．— 北京：中国友谊出版公司，2019.7

ISBN 978-7-5057-4781-4

Ⅰ．①自… Ⅱ．①王… ②林… Ⅲ．①书信集 – 英国 – 近代 Ⅳ．① I561.64

中国版本图书馆 CIP 数据核字（2019）第 143220 号

书名 **自深深处**
作者 ［英］王尔德
译者 林步升
出版 中国友谊出版公司
发行 中国友谊出版公司
经销 新华书店
印刷 天津旭丰源印刷有限公司
规格 880 × 1230 毫米　32 开
9.25 印张　190 千字
版次 2019 年 12 月第 1 版
印次 2019 年 12 月第 1 次印刷
书号 ISBN 978-7-5057-4781-4
定价 48.00 元
地址 北京市朝阳区西坝河南里 17 号楼
邮编 100028
电话 （010）64678009

OWL 猫头鹰

阅读，认识你自己
Lege, temet nosce

001 《我生命里的光》 中村修二 著，安素 译
002 《当呼吸化为空气》 保罗·卡拉尼什 著，何雨珈 译
003 《刀锋》 毛姆 著，林步升 译
004 《圣诞男孩》 马特·海格 著，马爱农 译
005 《了不起的盖茨比》 菲茨杰拉德 著，徐之野 译
006 《为你，耶路撒冷》 拉莱·科林斯、多米尼克·拉皮埃尔 著，晏可佳、晏子慧、姚蓓琴 译
007 《街角的奇迹》 肯尼迪·欧戴德、杰茜卡·波斯纳 著，王楠 译
008 《你杀不死一只老狐狸》 大卫·豪沃思 著，静恩英 译
009 《个人的体验》 大江健三郎 著，王中忱 译
010 《树上的时光》 韩奈德 著，鲁梦珏 译
011 《彼得·潘》 詹姆斯·巴里 著，黄意然 译
012 《长腿叔叔》 简·韦伯斯特 著，黄意然 译
013 《津轻》 太宰治 著，吴季伦 译
014 《小说灯笼》 太宰治 著，陈系美 译
015 《小丑之花》 太宰治 著，刘子倩 译
016 《长夜漫漫路迢迢》 尤金·奥尼尔 著，乔志高 译
017 《夜莺书店》 维罗妮卡·亨利 著，王思宁 译
018 《简·爱》 夏洛特·勃朗特 著，陈锦慧 译
019 《乱时候，穷时候》 姜淑梅 著
020 《野性的呼唤》 杰克·伦敦 著，杨耐冬 译
021 《寻找更明亮的天空》 古尔瓦力·帕萨雷、娜德纳·古力 著，吴超 译
022 《荒野求生手册》 贝尔·格里尔斯 著，李璞良 译
023 《善心女神》 乔纳森·利特尔 著，蔡孟贞 译
024 《越过一山，又是一山》 特雷西·基德尔 著，钱基莲 译
025 《寂静的春天》 蕾切尔·卡森 著，黄中宪 译
026 《超越人类》 伊芙·赫洛尔德 著，欧阳昱 译
027 《无人岛生存十六人》 须川邦彦 著，陈娴若 译
028 《圣诞女孩》 马特·海格 著，鲁梦珏 译
029 《伤心咖啡馆之歌》 卡森·麦卡勒斯 著，赵丕慧 译
030 《心是孤独的猎手》 卡森·麦卡勒斯 著，赵文伟 译
031 《权力之路》 罗伯特·A.卡洛 著，何雨珈 译
032 《海的那一边》 梅丽莎·弗莱明 著，小庄 译
033 《了不起的身体重启术》 崎田美菜 著，田中千哉 监制，单元皓 译
034 《宅人瑜伽》 崎田美菜 著，福永伴子 监制，单元皓 译
035 《夜行》 森见登美彦 著，单元皓 译
036 《不抓狂人生指南》 艾米丽·雷诺兹 著，何雨珈 译
037 《荒野之狼》 赫尔曼·黑塞 著，阙旭玲 译

038	《月亮和六便士》	毛姆 著，赵文伟 译
039	《最后的告别》	玛丽莎•莫斯 著，何雨珈 译
040	《Hello，最好的自己》	邓雪美 著，鲁梦珏 译
041	《破狱》	吉村昭 著，李重民 译
042	《脆弱亦美好》	亚历山德罗•达维尼亚 著，徐力源 译
043	《等待》	哈金 著，金亮 译